FANTASTIC ORIENTAL HEROES
목용단 新무협 판타지 소설

快路莫强

괘로막강

쾌로막강 1

목용단 新무협 판타지 소설

초판 1쇄 찍은 날 § 2007년 11월 30일
초판 1쇄 펴낸 날 § 2007년 12월 10일

지은이 § 목용단
펴낸이 § 서경석

편집장 § 문혜영
편집책임 § 이재권
편집 § 조수희 · 이환진

펴낸곳 § 도서출판 청어람
등록번호 § 제1081-1-89호
등록일자 § 1999. 5. 31
어람번호 § 제2-1354호

주소 § 경기도 부천시 원미구 심곡1동 350-1 남성B/D 3F (우) 420-011
전화 § 032-656-4452 팩스 § 032-656-4453
http://www.chungeoram.com
E-mail § eoram99@chollian.net

ⓒ 목용단, 2007

ISBN 978-89-251-1051-6 04810
ISBN 978-89-251-1050-9 (세트)

목용단 新무협 판타지 소설
FANTASTIC ORIENTAL HEROES

쾌로막강 快路莫强

1 – 뜻을 얻다

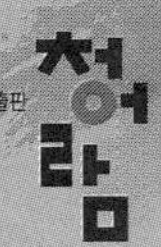
도서출판 청어람

目次

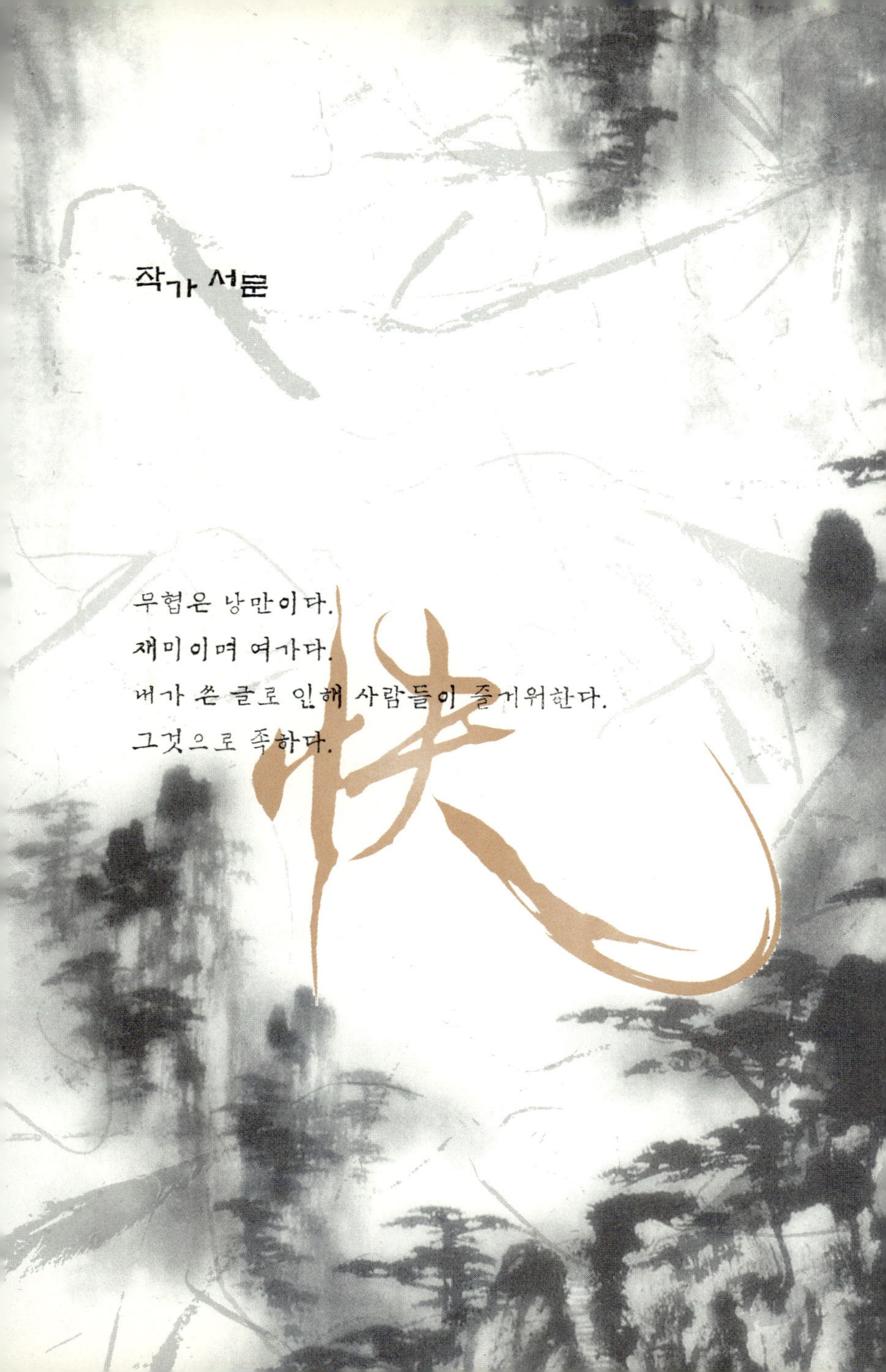

무협은 낭만이다.
재미이며 여가다.
내가 쓴 글로 인해 사람들이 즐거워한다.
그것으로 족하다.

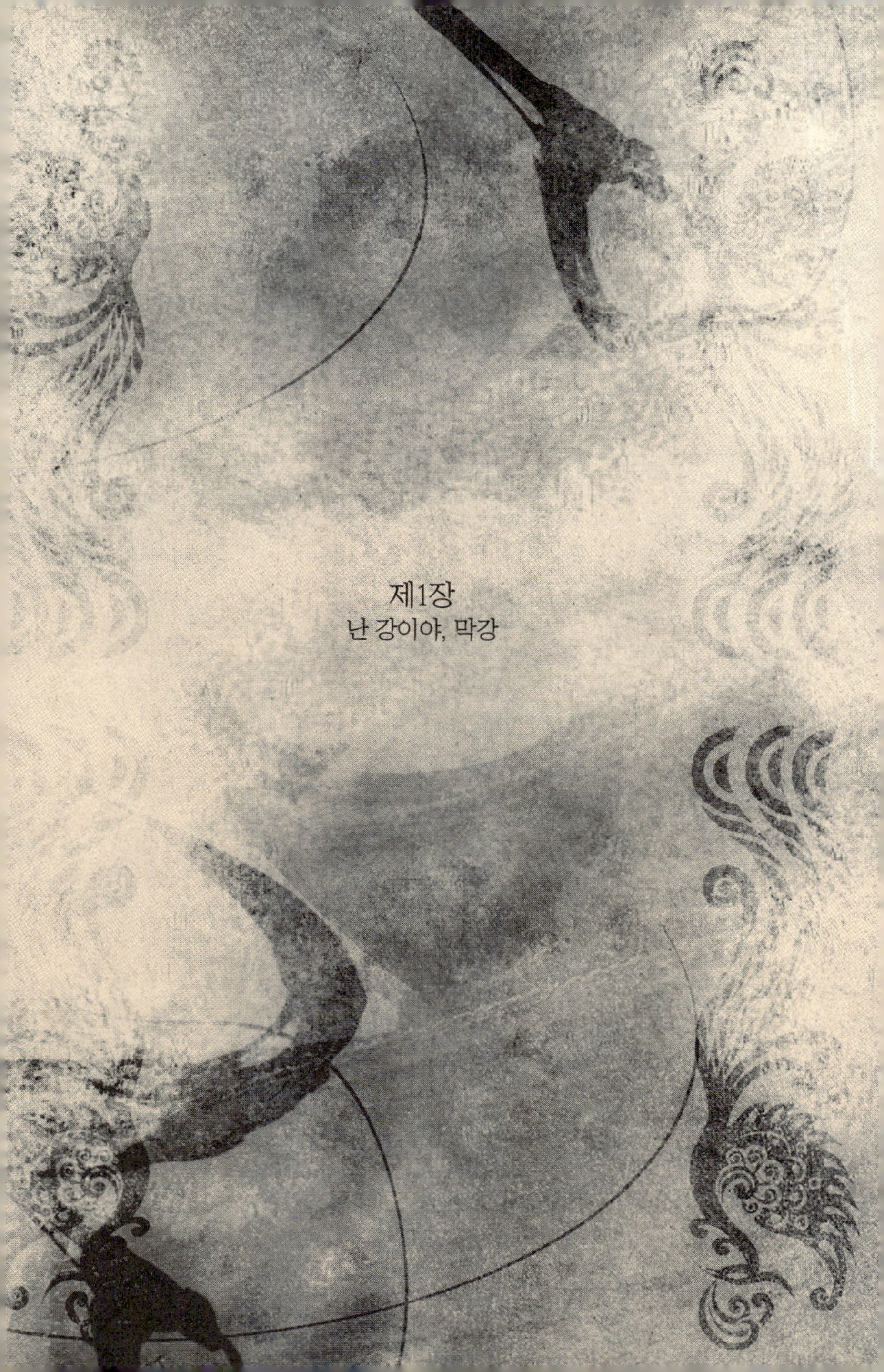

제1장
난 강이야, 막강

크어어어엉!

거대한 흑웅(黑熊)의 거친 울부짖음에 형산(衡山) 구석구석이 진동한다. 과연 산중지왕인 호군(虎君)조차 한 수 접을 만한 위세다.

그러나 그 앞에 버티고 선 막강(莫强)은 담담을 넘어 여유로운 미소까지 얼굴에 그리고 있었다.

"에구 시끄러워라. 어이 그러지 말고, 진정해."

귀를 틀어막는 막강의 행동에 더욱 자극받은 듯, 흑웅은 뒷발로 몸을 세우며 막강을 위협하기 시작했다.

끄워워워워! 크엉!

적나라하게 드러나는 무시무시한 송곳니와 비수 같은 발톱.

흑웅은 당장이라도 막강을 찢어발길 태세다.

그 모습을 보던 막강은 손을 휘휘 저었다.

"어이, 어이! 이러지 말고 그냥 조용히 끝내자니까. 우리 아버지가 다 죽게 생겼다고. 좀 봐줘. 잠깐 기절시키고 살짝 네 쓸개만 조금 떼 갈… 오옷!"

순간, 이미 독이 오를 대로 오른 흑웅의 육중한 몸이 막강을 덮쳤다.

쑤욱!

솥뚜껑만 한 흑웅의 앞발이 막강의 면전을 향해 날아왔다.

그러나 막강은 눈 하나 꿈쩍 안 한 채 뒤로 살짝 반보 물러서며 간단히 그것을 피해냈다.

막강의 눈에서 맑은 청광이 번뜩였다.

"휴우… 어쩔 수 없군."

천천히 소매를 걷어 올리는 막강.

공격이 실패한 데다가, 서서히 막강에게서 어떠한 기세가 일어나는 것을 감지한 흑웅은 위협을 느끼며 더욱 사납게 으르렁대기 시작했다.

끄으어엉!

다시 날아오는 앞발.

그리고 그와 동시에 움직이는 막강의 좌수!

마치 키우던 황구(黃狗)의 머리를 부드럽게 쓰다듬어 주듯 좌수로 순식간에 흑웅의 앞발을 잡아챈 막강은, 그대로 흑웅의 가슴팍을 향해 오른손의 검지를 내뻗었다.

"탄지소음(彈指簫音)!"

휘리리~

허공을 가르는 막강의 손가락 끝에서 은은한 옥소음(玉簫音)이 흘러나와 흑웅의 귓가에 맴돈다.

끄워어…….

막강의 검지가 흑웅의 가슴 한가운데에 닿는 순간, 흑웅은 움직임을 멈춘 채 그대로 굳어버렸다.

찾아온 고요함.

뚝. 뚝. 뚝.

벌어진 흑웅의 입을 타고 끈적끈적한 침이 흘러내린다.

그리고 곧 마지막 숨을 내뱉으며 기울어지는 흑웅의 몸.

쿠웅!

죽은 흑웅의 시체를 내려다본 막강이 양손을 탁탁 털었다.

"미안. 그러게 좀 떼 달랄 떼 줬으면 좋았잖아. 에잉! 죽이긴 싫었는데, 쩝."

막강은 찜찜한 표정으로 쪼그려 앉아 흑웅의 가슴 부위를 살피며 중얼거렸다.

"음, 다행히 진기를 조금만 써서 다른 장기는 괜찮구나. 자, 그럼 따끈할 때 어여 꺼내 볼까나. 히히!"

허리춤에서 작은 단도를 꺼내 흑웅의 가죽을 벗기려던 막강은 돌연 슬쩍 고개를 들었다.

서쪽으로 넘어간 태양이 형산의 골짜기에 서서히 어둠을 내리고 있었다.

"벌써 이렇게 됐네. 저녁상 차려 드리려면 서둘러야겠는데."

입맛을 다신 막강은 흑웅의 시체를 바라보며 머리를 긁적였다.

"별수없군. 가서 꺼내야지."

막강은 흑웅의 목덜미를 잡아 들었다.

쭈그려 앉은 자세로 흑웅의 머리와 앞발을 자신의 등에 바짝 붙인 막강의 입에서 짧은 기합성이 터져 나왔다.

"으싸아!"

순간, 육중한 흑웅의 몸뚱이가 공중으로 번쩍 들어 올려졌다.

육척삼촌(六尺三寸 : 약190㎝)에 이르는 큰 신장을 가진 막강이지만, 자기 몸집의 두 배가 넘는 흑웅을 들쳐 업은 지금은 한없이 작아 보인다.

"어휴, 되게 무겁네. 가져가는 김에 오늘은 곰 고기로 포식이나 해야겠다. 히히."

타앗!

군침을 삼키며 땅을 박찬 막강의 신형은 어느새 사 장 아래

보이는 바위 뒤로 사라지고 있었다.

*　　*　　*

꼬불꼬불. 굽이굽이.
형산의 줄기가 그렇다.
형산의 특이한 점은 깊은 골짜기가 많다는 것이다. 너무나 깊은 나머지 인적이 드문 곳도 꽤 된다.
바로 그런 곳에 막강이 산다. 혼자가 아니라, 누군가와 함께.
"아버지, 아들 왔어요!"
허름한 모옥 앞에 도착한 막강이 메고 있던 흑웅을 한쪽에 내던지며 크게 소리를 질렀다.
아무런 대답이 없으나, 그저 막강은 성큼성큼 문으로 걸어갈 뿐이다.
벌컥!
나무 문을 힘차게 열어젖힌 막강은 또 한 번 외쳤다.
"아버지, 오늘은 내가 뭘 가져왔는지 맞춰보세요!"
천진한 미소를 잔뜩 머금은 막강이 한쪽 구석의 침상으로 다가갔다.
침상 위에 누워 있는 자.
피골이 상접한 모습에 당장이라도 숨이 끊어질 듯 기식이

엄엄한 이 초로인이 바로 막강의 아버지 막동(莫銅)이다.

병색이라 더욱 나이가 들어 보이긴 했으나, 그것을 감안해도 올해 스물이 된 막강의 아버지라 하기엔 좀 나이가 많아 보였다.

막강의 얼굴을 본 막동은 힘겹게 입을 떼 가느다란 음성을 내뱉는다.

"귀청 떨어지겠다, 이놈아. 호랑이라도 잡은 게냐?"

"비슷해요! 호랑이보다 더 쓸모 있는 곰이에요, 곰! 헤헤!"

호들갑을 떨며 곰을 잡던 상황을 장황하게 설명해 대는 막강을 바라보는 막동의 눈엔 뭐라 형용하기 힘든 많은 감정들이 떠오른다.

처음엔 미웠다.

어린것이 아버지라 부르며 자신을 졸졸 따라다니는 것이 싫지만은 않더니, 이젠 죽어가는 자신을 위해 병 수발을 하며 애쓰는 모습이 고맙고, 미안하기까지 하다.

막동은 이미 강호에서 자취를 감춘 형산파의 제자였다.

또한 그의 아버지 막패(莫覇)는 형산파의 여덟 장로 중 한 명이었다.

당당한 구파(九派)의 일원으로 성세를 이어가던 형산파는 사십 년 전 발흥(發興)한 멸천교(滅天敎)의 중원 침공에 그만 멸문을 맞이하고 만다.

천년마교의 잔류로써, 사천을 비롯하여 호남과 호북까지

파죽지세로 밀고 들어왔던 멸천교는 뒤늦게나마 의천맹(義天盟)을 결성한 중원 무림에 의해 소탕되고 말지만, 형산파는 결국 사람들의 뇌리 속에서 지워져야만 했다.

당시 명을 받고 화산파가 있는 섬서를 다녀오느라 화를 피할 수 있었던 막동은 돌아와 잿더미가 된 형산파를 보고 큰 충격을 받았고, 그 가운데 두 다리가 잘리고 왼쪽 팔마저 잘려 나간 채 쓰러져 있는 자신의 아버지 막패를 발견하곤 다시 한 번 경악했다.

막패는 당시 형산파의 상징이자, 강호제일고수를 논할 때 항상 빠지지 않던 실력자였다. 그런 자신의 아버지가 처참한 몰골로 죽어가는 것이 그는 믿기지 않았던 것이다.

아버지 막패의 숨이 아직 끊어지지 않은 것을 확인한 막동은 그 자릴 떠나 심산유곡인 이곳으로 들어온다. 문파는 망했으나 차마 형산을 떠나진 못한 것이다. 그리고 이후 거동할 수 없는 막패를 홀로 보살피며 평범한 촌부로 살아가게 된다.

그렇게 세월은 무심히 흘러 이십 년이 지난 어느 여름날.

엄청나게 퍼붓는 폭우 소리를 뚫고 웬 갓난아이의 울음소리가 그들 부자(父子)의 귀에 들려왔다.

이런 깊은 산중에 웬 아이 울음소리인가 의아하게 생각하며 울음소릴 좇아간 막동은 강보에 싸인 채 작은 굴속에 버려진 갓난쟁이를 발견하게 되는데, 그 아이가 바로 막강이었다.

어찌나 울음소리가 우렁찼던지 폭우 소릴 뚫고 오십 장(丈)

밖의 그들에게까지 들렸던 것이다.

그들의 손에 거둬진 막강은 막패가 지어준 이름처럼 강하고 튼튼하게 자라났다.

밝고 씩씩한 막강은 흑암에 젖어 있던 늙은 막패의 삶에 유일한 위안 거리이자 기쁨이 되었다.

그러나 막동에겐 그렇지가 않았다.

그의 삶에 귀찮고 짜증나는 일만 더해주는 존재일 뿐이었다. 나이 사십에 똥 기저귀나 갈고 짐승들 젖이나 찾아다녀야 하니, 미움이 절로 솟아났던 것이다.

그래서 어쩔 땐 밥도 안 주고, 심술이 나면 아버지 몰래 때리기도 하였다. 하지만 막강은 커갈수록, 또 막동이 미워하면 할수록 더욱 그를 따르며 붙어 다녔다.

그것이 그의 짜증을 더욱 돋우긴 하였지만, 막강이 그러는 이유를 모르진 않았다. 이곳에서 어린것이 정붙일 사람이 누가 있겠는가?

막강이 다섯 살이 되었을 때, 막동은 막강을 마을로 내려보내 평범하게 살게 하자고 말을 꺼냈다.

그러나 막패는 반대했다. 막패는 이미 자신이 알고 있는 형산파의 무공을 모두 막강에게 전수하여 형산파의 명맥을 유지하고자 하는 마음을 굳혔기 때문이었다.

막동은 막패의 심정 또한 이해했다.

자신은 천성적으로 몸이 약했다. 그나마 어려서부터 익힌 내공의 도움이 없었다면, 이미 이 세상 사람이 아닐 수도 있었다. 그것을 늘 안타까워했던 아버지 막패다.

그런 막패에게 무공을 익히기에 더없이 좋은 재질을 타고 난 막강이 떡하니 굴러왔으니, 어찌 가만있을 수가 있겠는가. 막패에게 막강은 한줄기 단비와도 같은 존재일 수밖에 없었다.

그러나 자신이 받지 못한 아버지의 인정과 관심을 받는 막강이 미워지는 것은 인지상정인 걸까?

막동은 단 한 번도 막강을 살갑게 대해준 적이 없었다. 하지만 그런 그를 막강은 항상 좋아하고 따랐다.

막패가 살아 있을 때도.

오 년 전 막패가 죽은 뒤에도.

또 삼 년 전, 자신이 병들어 드러누운 뒤에도 막강은 한결같았다.

"왜 그리 빤히 쳐다봐요?"

눈이 휘둥그레진 채 자신을 바라보는 막강의 얼굴이 눈에 들어오자 막동은 깊은 상념에서 벗어났다.

"이런 미친놈… 닥치는 대로 잡아서 산짐승들 씨를 말릴 작정이냐?"

말은 그렇게 하고 있지만, 매일같이 산을 오르내리며 몸에 좋다는 것은 다 찾아다가 자신에게 주는 막강의 마음을 그가 모를 리 없었다.

"하하! 걱정 마세요! 아버지 백 살 될 때까지 잡아다 줄 놈들은 아직 많이 남아 있어요."

그 말에 막동은 울컥 치미는 마음에 핏대를 세운다.

"이노옴! 누가 본파의 무공을 고작 짐승들이나 잡는 데 쓰라더……! 커헉! 쿨록! 쿨록!"

터져 나온 각혈이 그를 덮은 이불을 빨갛게 물들인다. 이를 본 막강의 얼굴이 딱딱하게 굳었다.

그러나 이내 능숙하게 본래의 미소로 돌아온 막강.

"아이고! 알았으니 괜히 힘쓰지 마세요. 이런 건 빨아도 지워지지도 않는단 말이에요."

계속해서 기침을 해대는 막동을 부축하여 바로 누인 막강이 한 손으로 그의 가슴을 부드럽게 쓸어주었다. 막강의 손길에서 따스한 기운을 느끼며 기침을 멈춘 막동이 눈을 감으며 나직하게 중얼거렸다.

"…미친놈……."

이에 막강은 손에 깃든 진기를 거두며 히죽 웃었다.

"하나 있는 아들이 미친놈이라 좋겠네요."

"미친놈……."

막강은 대꾸없이 이불을 펴서 덮어주곤 몸을 일으켰다.

"좀만 있어 봐요. 제가 곧 따끈따끈한 웅담을 대령할 테니."

그렇게 막강이 신형을 돌려 막 방문을 나서려고 할 때 등 뒤에서 막동의 나지막한 음성이 들려온다.

“아들아…….”

“……!”

막강은 그 자리에서 얼어버린 듯 우뚝 섰다.

“…아들아…….”

부르르!

전신에서 소름이 돋는 통에 막강은 한차례 몸을 가늘게 떨고야 말았다.

평소와 어울리지 않게 머뭇거린 막강은 이내 환하게 웃었다.

“왜요? 아버지, 아들 여기 있어요.”

“아들아…….”

막강의 두 눈이 어느새 물기로 번들거린다.

“거참 응담이 급하긴 급한가 보네. 조금만 기다려요! 바람처럼 나갔다 올게요!”

몰래 눈물을 훔친 막강이 자신의 말처럼 바람과 같이 밖으로 뛰쳐나간 뒤에도 막동의 입술은 쉬지 않고 달싹거렸다.

“…아들아…… 아들, 내 아들…….”

감은 두 눈에 맺힌 이슬.

그의 음성은 조금씩 희미해져 가고 있었다.

푸욱! 사삭!

푸욱! 사삭!

정오의 태양 아래 삽질은 계속된다.

토닥토닥…….

"휴우."

푸욱!

마지막으로 삽 뒷면으로 흙을 두드려 모양을 낸 막강은 삽을 옆에다 찍어 세운 뒤 이마의 땀을 훔친다.

막강의 앞에 솟아 있는 두 개의 무덤.

가만히 보고 있노라니, 올록볼록한 것이 처녀의 젖가슴인 양 탐스럽게도 생겼다. 두 봉분의 차이점이라면 하나는 풀이 돋아 있고, 다른 하난 벌거벗었다는 것뿐.

잠시 봉분을 바라보던 막강은 미리 다듬어놓은 넓적한 돌을 집어 든다.

돌의 표면은 무엇으로 다듬었는지 제법 매끈했다.

"합!"

쑤욱!

짧은 기합과 동시에 두 자(尺)나 되는 돌이 절반이나 땅속에 박혀 들어갔다.

박힌 돌 앞에 쪼그려 앉은 막강이 잠시 다른 봉분 쪽으로 고개를 돌린다. 그곳에도 역시 같은 모양의 돌이 박혀 있다.

莫覇之墓(막패지묘)

“음……."

돌에 새겨진 글자를 보며 짧게 숨을 내쉰 막강은 단검을 꺼내 돌 앞면에 갖다 대고 진기를 주입시켰다.

진기를 머금은 단검은 곧 푸르스름한 빛을 띠며 돌의 앞면을 일 촌(寸)가량 파고 들어갔다.

그 상태에서 일정한 속도로 움직이기 시작하는 단검.

쓰쓰스스스윽…….

한 획, 한 획. 이내 다섯 글자를 새긴 막강은 단검을 거둬 도로 품 안에 넣었다.

父莫銅之墓(부막동지묘)

몸을 일으킨 막강은 자신이 쓴 묘비명을 보며 씩 웃는다.

“특별히 할아버지 것보다 한 글자나 더 썼어요, 아버지. 훗……."

휘이이이잉~

일진미풍(一塵微風)에 막강의 긴 흑발이 허공에서 춤을 춘다.

분칠을 한 듯 뽀오얀 얼굴에 깃든 것은 미소요, 두 눈에 비친 것은 슬픔이라.

막동은 막강이 들고 온 따끈한 웅담의 맛도 보지 못하고 세상을 떴다.

그토록 부르고 싶었던, 그러나 부르지 못했던 한마디를 내뱉고, 내뱉고, 또 내뱉으며…….

"그렇게 부르고 싶던 걸 왜 그리 오래 참았어요? 참으면 병이 생기는 거라고 할아버지가 그랬는데……."

털썩.

막강은 두 무덤 사이로 걸어가 벌러덩 드러누웠다. 자신의 기분과는 정반대인 밝은 태양 빛에 눈을 뜰 수가 없었지만, 햇살의 따사로움이 싫지만은 않았다.

"좋네. 할아버지랑 아버진 그 안에 있으니 눈부시지도 않고 따뜻하기만 하겠네. 자아, 이 자린 내가 찜했으니 넘보지들 마시고!"

생글거리던 막강은 천천히 손을 뻗어 할아버지 막패의 무덤을 쓰다듬는다.

언제나 다정했던 할아버지.

자리에 누워 오로지 한 팔과 입으로만 무공을 가르치던 할아버지.

제대로 가르쳐 주지 못하는 불구의 몸을 항상 한탄했던 할아버지. 그럼에도 혼자서 잘도 배우고 익히는 자신에게 고마워했던 할아버지.

그리고 자신의 모든 것을 고스란히 전해주고 간 할아버지……. 문득 막강이 중얼거린다.

"할아버지, 나 이제 뭐 하고 살까요?"

막강의 머릿속엔 막패가 죽기 전 자신에게 남겼던 말들이 떠오른다.

"…강아, 이 할아비는 지금도 형산파가 다시 중원 천지에 우뚝 서는 모습을 꿈꾼단다. 하지만 난 네게 형산파를 다시 일으켜 달라고 부탁하지 않을 것이다. 모든 성쇠(成衰)는 하늘에 달린 법. 무엇보다 네게 짐을 지우는 것이 싫구나. 너는 네 뜻대로 살거라. 하지만 한 가지, 본파의 무공을 후대에 전하여 명맥만은 유지시켜 줬으면 고맙겠구나. 그것마저 네게 부탁하지 않는다면 죽어서 내가 조사(祖師)님들을 뵐 면목이 없을 것 같구나……."

형산파가 어떻게 멸문을 당했는지는 막패에게 들어서 알고 있었다.

이미 사십 년 전의 일.

형산파를 기억하고 있는 사람 또한 이젠 그리 많지 않을 터였다.

막패나 막동과는 달리 막강에게는 형산파라는 사문에 대한 별다른 감흥이 없었다. 그저 자신이 형산파의 무공을 배웠고, 자신의 할아버지와 아버지가 형산파의 제자였다는 것뿐.

"그럴게요, 할아버지. 제 뜻대로 살아보지요, 뭐. 하지만 할아버지의 꿈은 언제가 되든지 제가 꼭 이뤄 드릴 거예요.
그러니 걱정 마세요."

막강은 스스로 다짐하듯 굳은 표정을 지어 보인다. 그러더
니 곧 곰곰이 생각에 잠기기 시작하는 막강.

"음, 그럼 지금 당장 내 뜻은 무엇일까……? 내 뜻은……."
입술이 튀어나온다.

코 평수가 넓어진다. 그리고 이내 머리를 긁적거린다.

그러던 어느 순간, 막강은 자신의 아래턱을 매만지며 중얼
거렸다.

"없는… 건가? 흐음, 에이! 천천히 생각하지 뭐. 급할 건 없
잖아?"

막강은 그대로 낮잠을 청하려는 듯 팔베개를 하고 눈을 감
는다. 그러나 얼마 안 있어 막강의 두 눈은 다시 번쩍 떠졌다.

"그래! 거기나 한 번 다시 가볼까? 언년이라 했었지 아마?
히! 많이 컸겠네."

막강은 마치 즐거운 놀이를 찾은 어린아이 마냥 해맑게 웃
었다.

＊　　　＊　　　＊

열두 살 언년(彦年)은 동네 아이들과 함께 산을 내려가고
있다. 나무하러 올라온 어른들을 따라와 실컷 놀다가 마을로

내려가는 중이었다.

아이들은 신나게 장난치고 떠들며 내려가고 있었지만, 언년은 그러질 못했다. 똥마려운 강아지 마냥 안절부절 어찌할 바를 모르는 표정.

그랬다. 언년은 급했다.

아랫배를 울리던 신호가 이젠 항문까지 위협하고 있었던 것이다.

"얘들아! 자, 잠깐만!"

"……?"

우뚝 멈춰 선 채 의아한 표정이 된 아이들을 보며 언년이 배시시 웃는다.

"저, 저기… 내가 위에다 뭘 좀 놓고 온 거 같……! 흐읍!"

부글부글!

일촉즉발의 상황.

"빨, 빨리 갔다 올게!"

후다다닥!

잰걸음으로 위로 달려가는 언년을 보며 한 아이가 중얼거렸다.

"그, 그쪽이 아닌데……?"

숨이 차게 달리던 언년은 잎이 무성한 나무가 빽빽하게 들어찬 곳으로가 재빨리 치마를 걷어 올리고 속바지를 내렸다.

뿌지지지지직!

"흐아!"

언년은 머리부터 발끝까지 싸하게 만드는 전율과도 같은 쾌감에 절로 탄성을 터뜨린다.

조금만 늦었더라면…….

상상조차 하기 싫은 장면을 떠올리며 언년은 고개를 젓는다.

뱃속에서 뽑아낸 내용물을 모두 확인한 언년은 주변을 두리번거렸다. 이제 마무리만 하면 되는 것이다.

그렇게 일을 마무리 지을 도구를 찾던 언년의 시선이 좌측을 향했을 때다.

무언가 큼지막한 것이 그녀의 눈에 들어왔다. 화려한 황색과 흑색 줄무늬가 그어진 커다란 가죽이 눈앞에 아른거린다.

'호, 호랑이?!'

"꺄아악!"

다리에 힘이 풀린 언년은 비명을 내지르며 그대로 주저앉아 뒷걸음질치기 시작한다.

그런데 기이하게도 자신을 향해 다가와야 하는 호랑이가 그대로 멀뚱히 서 있는 것 아닌가?

그리고 조금 정신을 차리고 보니, 뭔가 이상하다. 호랑이가 네 발이 아닌, 두 발로 서 있는 것이다.

의아한 생각에 조심스레 호랑이를 살피던 언년은 호랑이

의 앞발이 불쑥 튀어나오는 것을 보곤 또다시 기겁을 한다.

"꺄악!"

그리고 드디어 호랑이의 울부짖음이 들려온 것은 바로 그때였다.

"에구, 시끄러워라. 나 호랑이 아닌데."

"음?"

언년은 눈이 휘둥그레졌다.

들려온 것은 사람의 음성이요, 보이는 것은 사람의 손인 것이다.

결국 눈앞에 있는 것은 호랑이가 아닌 것이다.

아니나 다를까? 튀어나온 손이 들쳐 메고 있던 호랑이 가죽을 벗겨내자, 곧 키가 헌칠한 한 소년의 천진한 얼굴이 드러났다.

"크윽! 똥 누고 있었나 보네. 냄새가 진짜 지독하구나!"

코끝을 찡그려 보인 소년은 아직까지 정신을 못 차리고 있는 언년을 한동안 관찰하더니 다시 중얼거린다.

"으음, 정말 여자는 고추가 없구나……?"

"헉!"

그 말에 정신이 번쩍 든 언년은 속바지부터 올릴 생각도 못한 채 황급히 걷어 올린 치마를 내렸다.

마주치는 둘의 시선.

그리고 곧 터져 나온 울음소리.

"흐윽! 우아아아아아앙!"

목 놓아 울기 시작하는 언년을 보며 소년은 고개를 갸웃거린다.

"왜 우는 거지? 나 호랑이 아니래도 그러네."

울고 있는 언년이 있는 곳으로 다가가 쪼그려 앉은 소년은 목청을 드러내며 우는 언년의 얼굴을 가만히 들여다보곤 씩 웃는다.

"헤, 예쁘다 너."

뚝!

울음을 그친 언년은 훌쩍거리며 소년을 향해 고개를 돌린다. 그런 언년을 보며 소년이 다시 입을 연다.

"난 강이야, 막강. 넌 이름이 뭐야?"

그러나 점점 숨넘어갈 듯 훌쩍대던 언년은 다시금 울음을 터뜨리고야 만다.

"으헝엉엉엉엉……!"

서럽게 우는 언년을 보면서도 소년은 미소를 지을 뿐이었다.

"가르쳐 주기 싫어? 그럼 나이는 몇 살이야? 난 열세 살인데."

"우어어어엉엉엉!"

언년의 울음소리가 더욱 커지자 소년도 당혹스러운지 머리를 긁적거린다.

"왜 자꾸 울지? 흐음……."

곰곰이 생각하던 소년은 곧 무언가 알아낸 듯 탄성을 터뜨렸다.

"아하! 그래서 우는 거였구나. 알았어! 잠깐만 기다려 봐!"

몸을 돌린 소년은 좀 전에 바닥에 내려놓은 호피(虎皮)가 있는 곳으로 단숨에 뛰어갔다.

그러더니 곧 호피를 손에 들고 꼼지락거리기 시작한다. 그 모습에 호기심이 동한 언년도 소년이 있는 쪽을 힐끔거린다. 물론 여전히 목 놓아 울면서.

"됐다!"

손에 뭔가를 쥐고 다시 언년이 있는 곳으로 달려온 소년은 울고 있는 언년의 눈앞에 그것을 불쑥 내민다.

"자아! 받아."

"……?"

언년의 눈앞에서 길게 하늘거리는 그것은 다름 아닌 호랑이의 꼬리.

윤기가 자르르 흐르는 게 갓 잡은 것이 틀림없어 보인다.

호랑이 꼬리를 왜 자신에게 주는지 모른 언년은 또랑또랑한 눈망울을 소년에게 향한다. 이에 소년은 햇살보다도 환하게 웃으며 말했다.

"괜찮아, 닭아."

"……!"

흔들리는 언년의 눈동자. 점점 일그러지는 언년의 얼굴.

"끄아아아아아아앙!"

짹짹짹짹.

아침이 밝아온다.

열아홉의 언년은 눈을 번쩍 뜨고 자리에서 일어나 앉았다.

'휴우! 또 그 꿈이야!'

그날 이후로 적어도 일 년에 한 번씩은 꼭 이 꿈을 꾸곤 하는 그녀다.

언년은 두 손을 들어 올려 양 볼을 쑤욱 눌렀다.

"아휴! 지겨워. 그만 좀 나타나지."

비록 어린 나이였다곤 하나, 그토록 부끄러운 기억을 어찌 잊고 싶지 않겠는가?

그러나 한편, 이 꿈을 꾼 날이면 괜스레 그 소년이 궁금해지곤 한 것도 사실.

고개를 들어 방 안 한쪽 벽면을 바라보고 있던 언년의 귀에 쩌렁쩌렁한 고성이 밖에서부터 들려온다.

"언년아! 야 이년아, 해가 중천인데 안 일어날 거야!"

그 소리에 언년은 빽 하고 소릴 질렀다.

"일어났어욧!"

"이년아! 일어났으면 처박혀 있지 말고 가서 물이나 길어 와!"

“알았다고요!”

언년은 대충 머리를 매만지며 나갈 채비를 했다.

“아이고, 해가 중천은 무슨…….”

재차 들려오는 고성.

“빨랑 안 갈 거야!”

“가요! 가!”

언년은 벌컥 하고 방문을 열어젖혔다.

문틈을 비집고 한줄기 서늘한 바람이 방 안으로 스며든다. 그 바람에 한쪽 벽면에 걸린 알록달록한 기다란 무언가가 살랑거렸다.

졸졸졸…….

쉴 새 없이 재잘대며 흘러가는 작은 개천.

이 개천이야말로 형산을 병풍 삼아 자리 잡은 남악촌(南岳村) 사람들의 유일한 젖줄이다.

첨벙! 첨벙!

물속에 발을 담근 언년은 지고 온 나무통에 물을 담기 시작했다.

이미 물을 긷는 덴 이골이 난 듯, 그녀는 단 한 번 나무통을 기울이는 것만으로 한 통 가득 물을 채우는 요령을 발휘하고 있었다.

가져간 두 개의 나무통에 모두 물을 채운 언년은 양쪽에 각각 나무통을 매단 뒤 물지게를 어깨에 졌다.

그렇게 가냘픈 몸임에도 거뜬히 물지게를 지고 일어선 언년이 고개를 들고 발걸음을 내딛는 순간이었다.

"어맛!"

철푸덕!

언년은 무엇에 크게 놀란 듯 짧은 비명과 함께 그만 중심을 잃고 그대로 뒤로 자빠졌다.

옷이 물에 흠뻑 젖은 언년이 헐레벌떡 몸을 일으키려 했다.

그때, 그녀의 눈앞에 불쑥 나타난 길고도 하얀 손.

"괜찮아?"

고개를 든 언년의 눈에 들어온 것은 걱정스런 표정으로 자신을 내려다보고 있는 한 마삼(麻衫) 청년의 얼굴이었다.

'헉!'

언년의 눈이 왕방울만 하게 커진다.

그 아이였다.

오늘도 꿈에 나타난 바로 그 아이, 막강!

키는 훨씬 더 커졌고 체구도 더욱 다부져지긴 했지만, 그때 본 천진함은 아직도 얼굴 구석구석에 남아 있었다.

얼떨결에 막강이 내민 손을 잡으려던 언년은 황급히 손을 거두며 혼자 일어선다.

빠르게 주섬주섬 물지게를 다시 어깨에 메는 언년.

담았던 물은 이미 다 쏟아졌으나, 지금 그것이 문제가 아니다. 서둘러 이 자릴 떠야 한다는 생각뿐.

"어?"

두 눈을 휘둥그레 뜬 채 언년의 허겁지겁한 모습을 보던 막강이 입을 연다.

"이봐? 물은 안 떠가?"

후다닥!

대꾸없이 종종걸음으로 뛰기 시작하는 언년. 그러자 막강도 덩달아 급해졌다.

"어이! 자, 잠깐만! 물어볼 게 있다고!"

그러나 언년은 뒤도 안 돌아보고 후다닥!

"어이! 이보라구!"

순간, 막강의 왼발이 땅을 구른다.

탓!

한 마리 나비처럼 부드럽게 허공으로 떠오른 막강의 신형이 그대로 오 장 거리를 날아 앞서 가던 언년의 앞에 사뿐히 내려선다.

"어맛!"

또다시 놀래 자빠진 언년.

"어! 어떻게?!"

막강은 놀란 그녀를 향해 손을 내저으며 말했다.

"나, 나쁜 사람 아니야! 그냥 한 가지 물어볼 게 있다니까! 저기, 너 혹시……!"

후다다닥!

물어볼 새도 없이 벌떡 일어나 다시 뛰기 시작하는 언년.

이젠 아예 물지게까지 내팽개치고 뛴다.

"앗! 잠깐! 너 언년이라고 알아?"

우뚝!

자신의 이름이 흘러나오자 언년은 그 자리에 우뚝 멈춰 선다.

'어, 언년이를 아냐고? 그럼 날 못 알아본⋯⋯?'

다행이었다.

정말 다행이어야 했다.

다행이어서 좋아야 하는데⋯ 그런데⋯⋯.

좋기는커녕 되레 뭔가 찝찝한 기분이 팍팍 드는 이유는 뭘까?

"엇! 너 언년이를 아는구나?"

막강은 희색(喜色)을 띠며 언년에게 다가온다.

'뭐라구? 언년이를 아냐고? 치잇!'

언년의 눈썹이 활처럼 휜다.

막강은 그런 언년 앞으로 얼굴을 들이밀며 씩 웃는다.

"언년이 사는 데가 어디니?"

머뭇거리던 언년은 돌연 빽 소릴 질렀다.

"몰라요! 난!"

"응?!"

　어리둥절한 표정이 된 막강을 뒤로하고 다시 성큼성큼 걸어가는 언년. 그리고 또 그 뒤를 쫓아가는 막강.

　“정말 몰라?”

　“모른다니까요!”

　언년과 나란히 발걸음을 맞춘 막강이 다시 언년에게 얼굴을 들이대며 씨익 웃는다.

　“에이, 아는 거 같은데? 알면 좀 가르쳐 줘. 응?”

　언년은 점점 짜증이 났다.

　막강은 정말로 자신을 못 알아보고 있었다, 이렇게 가까이 얼굴을 쳐다보고 있음에도.

　‘바보 같으니라고!’

　이젠 막강의 미소마저 멍청하게 보인다.

　걸음을 멈춘 언년은 허리에 손을 얹고 막강을 쏘아보며 입을 연다.

　“근데 처음 보는 사람한테 왜 자꾸 반말해요!”

　“응?”

　이에 막강은 눈을 끔뻑거린다.

　“너 몇 살인데?”

　“열아홉!”

　“열아홉?”

　그 말을 들은 막강은 뭔가 계산을 하는 듯하더니 이내 눈을 동그랗게 뜬다.

"와! 언년이랑 나이가 같네! 언년이도 나보다 한 살 어렸는
데. 하핫! 난 스무 살이거든."

그 모습에 언년은 할 말을 잃었다.

'후우… 정말 바본가 봐.'

한심한 듯이 자신을 바라보는 언년의 얼굴을 빤히 쳐다보
던 막강의 미소가 조금씩 짙어진다.

"근데 너도 참 예쁘구나? 이름이 뭐야? 난 강이라고 하는
데, 막강."

"……!"

언년은 막강의 시선을 느끼곤 얼굴을 살짝 돌렸다.

칠 년 전에도 자신에게 똑같은 말을 하더니, 지금도 이러고
있다.

그땐 몰랐는데, 지금 와서 또 들으니 왠지 뭔가 꺼림칙하
다.

'여자들한테 다 이쁘다고 하는 거 아냐?'

뾰로통한 표정이 된 언년.

"그, 그만 비켜요!"

입을 꾹 다문 그녀는 그대로 막강을 지나쳐 갔다.

"어? 왜 자꾸 가려는 거야? 그리고 저거 가져가야지?"

두고 온 물지게 생각에 언년은 잠시 멈칫했지만, 뒤돌아보
기 싫은 듯 그냥 발걸음을 옮긴다.

"흐음… 이상한 여자 아인 걸. 내가 뭘 잘못한 건가? 이봐!

거기 잠깐만 기다려 봐!"

중얼거리던 막강은 쏜살같이 뒤로 몸을 날려 땅에 널브러
진 물지게를 어깨에 지고 개천으로 몸을 날렸다.

그리고 다시금 제자리로 돌아온 막강의 어깨엔 빈 나무통
이 아닌, 물이 가득 찬 나무통이 지어져 있었다.

"어이! 잠깐! 언년이 집이 어딘지는 알려주고 가야지!"

막강은 이미 저만치 사라진 언년을 향해 재차 몸을 날렸다.

"좀 가르쳐 줘."

"그런 사람 몰라욧!"

"정말?"

"모른다니까요!"

언년은 팔짱을 끼고 새침하게 앞서 가고, 물지게를 진 막강
은 그 뒤를 졸졸 따르며 달라붙는 것이 마을 어귀에 이르도록
반복되고 있었다.

누군가 멀리서 지켜본다면 시골 처녀, 총각이 지들끼리 애
정 놀음을 즐기고 있는 것이라 여기기에 딱인 광경이었다.

"이상하다? 분명히 여기 산다고 했는데. 이름이 언년이가
아니었나? 흠… 그럼 을년이? 갑년이? 음… 어떤 년이지?"

"헛!"

바로 등 뒤에서 중얼대는 막강의 음성을 듣고 있던 언년은
기가 막힌다는 표정이 되어 휙 돌아선다.

"지, 지금 뭐라 그랬어요!"

"응? 뭐가?"

"마지막에 뭐라 그랬냐고요! 나 욕했죠! 그죠?!"

막강은 다짜고짜 따지고 드는 언년을 보며 의아한 표정이
되었다.

"마지막에? 어… 난 그냥 이름이 언년이가 아닌가 해서 그
럼 어떤 년인가 생각하고 있던 중이었는데? 뒷 글자가 년인
건 확실하거든. 흐음. 어떤 년이었더라?"

손가락으로 얼굴을 긁으며 고민에 빠진 막강.

"이익!"

그것을 보고 두 눈에 쌍심지가 켜진 언년.

차라리 다 알면서 놀리는 것이라면 대놓고 따지기라도 할
텐데, 이건 도무지 답답해서 미칠 지경이다. 그렇다고 스스로
밝히기도 그렇고…….

'휴우… 그래, 이대로 두면 마을까지 따라오려고 할 거
야…….'

마을에 막강을 달고 들어간다면 결국 자신이 언년임이 밝
혀지게 되어 있다. 거기에 더해 한바탕 시끄러운 일이 발생할
터였다.

마음을 정한 언년은 양손을 허리에 올린 채 날카로운 눈으
로 막강을 올려다보았다.

"도대체 언년인 왜 찾는 건데요?"

그 말에 막강의 얼굴이 환해진다.

"너 알면서 안 가르쳐 준 거 맞구나? 하하!"

"왜 찾느냐고요!"

막강은 씨익 웃으며 대답한다.

"응, 그냥 보고 싶어서. 언년이랑 나는 엄청 친한 사이거든."

"허! 뭐라고요? 친하긴 누가 친해요!"

"으응, 그게 언년이랑 나는 이미 볼 거 안 볼 거 다 본 사이거든. 볼 거 안 볼 거 다 본 사이는 엄청 친한 거라고 우리 할아버지가 그러셨어."

"……!"

볼 거 안 볼 거 다 본 사이라는 말에 언년의 얼굴이 빨갛게 변하기 시작한다. 어떻게 얼굴은 기억도 못하면서, 그 일만 기억하고 있는지…….

"언년인 지금 어디 있니? 언년이도 너만큼 예뻐?"

부끄러운 생각이 들어 다시 갈등에 휩싸였던 언년은 두 눈을 질끈 감으며 소리치듯 말한다.

"내! 내가 언년이에요!"

"응?"

막강은 눈을 끔뻑이며 재차 묻는다.

"네가 언년이라구? 진짜?"

언년은 아랫입술을 깨물며 말한다.

“…그래요.”

막강은 게슴츠레한 눈빛으로 언년의 위아래를 천천히 살피기 시작한다.

그때서야 자신의 옷이 젖은 상태인 것을 안 언년이 흠칫하며 몸을 움츠린다.

“뭐, 뭐 하는 거예요. 지금!”

잠시 후, 막강은 그에 대한 대꾸없이 갑자기 크게 떠들어대기 시작했다.

“정말 네가 언년이야? 하하! 언년이가 이렇게 예뻐졌다니! 그래서 못 알아봤구나! 하하하!”

막강은 뭐가 그렇게 좋은지 연신 언년을 살피며 소리 내어 웃는다.

‘흥! 그때도 예쁘다고 하구선! 역시 상습임이 틀림없어!’

편한 대로 골라서 기억하는 막강의 어이없는 기억력에 혀를 내두른 언년이지만, 예쁘다는 말이 싫진 않은 것도 사실.

언년은 짐짓 화가 난 얼굴을 하며 막강을 향해 쏘아댔다.

“봤으니까 됐죠? 그럼 이제 그만 가 봐요! 난 당신… 아니, 그쪽 별로 안 보고 싶으니까요!”

그러나 언년의 말을 듣기는 하는 건지, 막강은 여전히 생글거릴 뿐이었다.

“언년아, 나랑 놀자. 나 혼자 놀기 심심해.”

“내가 그쪽이랑 왜 놀아요! 그만 가란 말예요!”

마을 쪽으로 몸을 돌려 걸어가는 언년.

당연히 쫓아가는 막강.

"그러지 말고 우리 잠깐만 같이 놀자, 언년아."

"싫다니까요! 다른 사람이랑 놀라고요! 왜 나한테 그래요?"

"우린 엄청 친한 사이잖아. 볼 거 안 볼 거 다 본 사이는 이제 너밖에 없다고. 그러니까 나랑 놀자. 응?"

"몰라요! 그리고 그 얘기 좀 그만 해요! 난 그쪽이랑 안 친하다고요!"

점점 걸음을 빨리하는 언년.

역시 덩달아 빨라지는 막강의 걸음.

'이잇! 정말! 어쩌라는 거야 대체!'

이대로 마을로 들어가면 큰 사단이 벌어질 게 틀림없다. 같은 남악촌 사내랑 잠깐 만나기만 해도 마을이 시끄러워지는 판에, 타지 사내랑 같이 다니는 것이 눈에 띄기라도 한다면 마을이 발칵 뒤집어질 것이 뻔했다.

'아휴! 어쩌지……?'

바로 그때, 조금은 낯선 광경이 그녀의 눈에 들어왔다.

마을 입구에 웬 사내 넷이 서 있는 것이다. 뭔가 이야길 나누는 듯, 심각한 얼굴들.

'어떤 사람들이지? 처음 보는데……?'

의문에 빠진 언년의 두 눈이 그들의 허리에 달린 검을 보는 순간 반짝거린다.

'그래! 저 사람들이라면……!'

뒤따라오는 막강을 힐끔 본 언년은 얼굴을 잔뜩 구긴 채 사내들을 향해 뛰기 시작했다.

"꺄악! 도와주세요! 이 사람이 자꾸 날 쫓아와요!"

"이번은 처음이니 가능한한 은자를 주면서 회유해 보라는 총관님의 명이다. 그러니 괜히 소란 일으켜서 시끄럽게 만들지들 말아. 알겠어?"

"예! 위장."

짐짓 진중한 목소리로 수하들 셋에게 당부를 한 고광칠(高狂七)은 문득 짜증이 밀려오는 것을 느끼며 매부리코를 매만졌다.

'젠장! 내가 진짜 이런 짓까지 해야 되는 거야!'

고광칠은 호남에서 가장 번성한 도시 장사(長沙)에 자리 잡은 금가장(金家莊)의 호위조직인 복호위(伏虎衛)의 위장(衛長)이다.

금가장은 최근까지만 해도 강남 일대에선 제법 잘나갔던 상단이다.

그러나 오 년 전 전대 장주가 죽고, 장남인 금적산(金積山)이 장주가 된 이후부터는 그 세가 하향일로를 걷고 있었다. 이유는 바로 장주인 금적산의 무능과 사치 때문이다.

어려서부터 부친과 달리 말초적인 것을 좋아라 했던 금적산은, 장주가 되자 향락에 눈이 멀어 일은 돌보지 않고 주색(酒色)에만 빠져 가산을 탕진해 댔다. 그런 와중에도 금가장이 아직 상단으로서 명맥을 유지하고 있는 것은, 전대 장주 때부터 총관을 맡아온 모개(募愷)의 숨은 노력 덕분이었다.

좌우간, 고광칠이 지금 남악촌에 온 이유는 얼마 전 형산에서 술판을 벌이러 왔다가 이곳에서 한 처자의 미모에 반한 금적산이 그 처자를 데려오라고 지시를 내렸기 때문이다.

처음엔 정말 어이가 없었다. 상단의 안위를 지키는 호위무사들에게 이런 잡스런 일을 시키다니. 미치지 않고서야 이럴 순 없었던 것.

그래서 고광칠은 앞서 떠난 전 위장처럼 자신도 확 떠버릴까도 했으나, 이내 생각을 접었다. 금가장을 떠나 봐야 딱히 갈 곳도 없는 데다가, 버리기엔 위장이라는 직책이 주는 재미가 제법 쏠쏠했기 때문이다.

자신의 실력으로 감히 어디 가서 조직의 수장 자리를 맡아 보겠는가? 망할 땐 망하더라도, 끝까지 금가장에 붙어 있는 것이 이득인 것이다.

'그래도 그 돼지 같은 장주는 정말 맘에 안 든단 말씀이야!'

속으로 금적산을 열심히 씹어대던 고광칠의 귀에 가녀린

여인의 고성이 들려온 것은 바로 그때였다.

"꺄악! 도와주세요! 이 사람이 자꾸 날 쫓아와요!"

여인의 비명에 놀라 시선을 돌린 고광칠의 눈에 다급한 표정으로 자신들이 있는 곳을 향해 달려오고 있는 한 여인과 그 여인의 뒤를 따르는 헌칠한 사내의 모습이 들어왔다.

누가 봐도 여인이 사내를 피해 달아나고 있는 상황.

하지만 그는 여인의 목소릴 외면한다. 지금은 임무에 충실해야 할 때고, 또 이런 촌구석에서 벌어지는 일은 신경 쓰기조차 싫었기 때문이다.

"뭣들 해! 어서 가!"

고광칠의 재촉과 함께 위사들이 마을로 막 들어가려 할 때였다. 고광칠의 귀가 솔깃했다.

"언년아! 그러지 말고 잠깐만 나랑 놀자!"

'응? 언년? 저 계집이?'

고광칠은 자신을 향해 뛰어오고 있는 여인에게 다시 시선을 돌린다.

그러고 보니 촌 계집치곤 제법 반반하다.

'돼지 같은 장주가 군침을 흘릴 만도 하군.'

뛰어오는 여인이 언년임을 안 이상 고광칠도 외면할 순 없다.

아니, 외면해선 안 된다. 자신이 이곳에 온 이유가 바로 언년이 때문이니까.

"헉! 헉! 아저씨, 제발 저 좀 도와주세요!"

고광칠은 자신에게 당도한 언년을 등 뒤로 물린 채 짐짓 눈을 부라리며 막강을 노려보았다.

"벌주 대낮에 젊은 놈이 이 무슨 해괴한 짓이냐! 썩 물러가라!"

그는 제법 무게를 잡으며 말했으나, 막강은 그에게 눈길조차 주지 않고 언년만을 응시한 채 다가간다.

'어라? 이놈이…?'

"왜 도망가는 거야? 나랑 놀기가 그렇게 싫어?"

"싫어용! 그러니까 이제 가란 말이에요! 이 아저씨들한테 혼나기 전에!"

고광칠의 등 뒤에 숨은 언년은 애원하듯 소릴 질렀다.

하지만 막강은 그것을 보고도 히죽거리며 계속해서 언년에게 다가갔다.

"음… 오늘은 놀기 싫은가 보구나. 그럼 내일이라도 놀……!"

챙! 챙! 챙!

순간, 고광칠을 제외한 다른 삼 인이 검을 뽑아 막강을 가로막았다.

눈앞의 새하얀 검날을 본 막강은 그제야 고광칠 등을 둘러보며 의아한 표정을 짓는다.

"아저씨들은 누구세요?"

당장 겁을 처먹을 줄 알았던 막강이 전혀 놀란 기색이 없자 오히려 당황한 고광칠은 이내 비릿한 조소를 머금으며 소리친다.

"이런 천둥벌거숭이 같은 놈! 우리가 누군지는 네놈이 알 것 없다! 네놈이 알아야 할 것은 몸성히 돌아가고 싶으면 지금 당장 내 앞에서 사라지는 게 네놈에게 좋다는 것이다. 썩 꺼져라!"

"……?"

고광칠의 입에서 험악한 말이 쏟아지자 막강의 얼굴에 떠올라 있던 미소가 지워졌다.

"지금 당장은 못 꺼지는데요?"

"뭐, 뭐가 어……! 헉!"

순간 막강의 시선과 마주친 고광칠은 하던 말을 잇지 못하고 자신도 모르게 몸을 떨어야만 했다.

부르르!

막강의 눈은 아무런 변화도 없었고, 또 막강에게선 아무런 기세도 일지 않았다. 그러나 막강의 눈을 대한 순간 고광칠은 태산에 억눌리는 듯한 착각에 빠졌다.

이런 경우는 둘 중 하나다.

상대의 내공 수위가 자신보다 월등히 높아서 그렇거나, 아니면 심신이 허해져서 헛것을 본 것이거나.

고광칠은 전자라고 생각할 수 없었다.

그래도 눈동냥, 귀동냥으로 배운 심법(心法)을 일곱 살 이래로 매일 꾸준히 익혀온 그다.

거기다가 눈앞의 어린놈은 자신보다 적어도 열 살은 어려 보이는 놈이 아닌가? 신공을 익힌 명문대파의 자제가 아니고서야, 그럴 수는 없는 일이다.

'혹시……? 아니야!'

고광칠은 고개를 젓는다.

큰 키와 다부진 체격, 곱상하게 생긴 얼굴이었지만, 풀어헤친 긴 머리에 허름한 마삼. 거기다 무기조차 없는 놈이 명문대파의 자제 일 리가 없었다.

'그래, 요새 초선이 년한테 빠져서 기운을 너무 써댔던 게야.'

열심히 머리를 굴리고 있는 고광칠의 떨리는 눈동자를 본 막강이 돌연 씨익 웃는다.

"지금 당장 사라지란 말은 내가 아저씨한테 해야 어울릴 것 같지 않아요?"

정신을 차린 고광칠은 막강의 말에 발끈하며 소리를 질렀다.

"뭐! 뭐라구! 이런 쳐죽일 놈이! 뭣들 하느냐! 당장 이놈을 아작내지 않고!"

고광칠의 명이 떨어지기가 무섭게 검을 뽑았던 위사 삼 인이 막강을 향해 검을 찔러온다.

슈슉!

"아앗!"

그 모습을 본 언년이 사색이 되어 비명을 질렀다.

기실 언년은 무인인 듯한 네 명의 도움을 받아 막강을 쫓아낼 생각만 했지, 일이 이렇게까지 험악해질 줄은 미처 예상치 못한 것이다.

언년의 비명을 들은 막강은 자신을 공격하는 삼 인에게 손을 쓰려다 말고, 날아오는 검을 가볍게 옆으로 흘리며 언년을 향해 외친다.

"내 걱정 말고 잠깐만 기다리고 있어! 내가 이 아저씨들 금방 조용히 시켜줄 테니까! 이크!"

멍한 표정이 된 언년을 향해 히죽 웃어 보이던 막강이 탄성과 동시에 황급히 허리를 뒤로 꺾는다.

슈욱!

순간, 콧잔등 바로 한 치 위를 날카로운 검날이 스치고 지나갔다.

신형을 되돌린 막강은 얼굴에 깃들었던 미소를 지우며 자신을 향해 달려드는 삼 인을 빠르게 쓸어본다.

번쩍!

막강의 두 눈에서 맑은 청광이 번뜩인다 싶은 순간!

사삭! 사사삭!

수많은 잔상을 남기며 막강의 두 다리가 좌우로 움직이기 시작했다.

그 두 발의 움직임에 맞춰 두 팔도 허공을 휘젓는다.

그렇게 흐느적거리던 막강의 신형이 바닥에 기이한 나선을 그리며 세 사람을 향해 전진하기 시작했다.

쉬쉬! 쉬쉬쉭!

갑자기 일어난 한줄기 회오리바람이 그대로 막강의 전신을 감싸 버린다.

형산파의 절학, 표풍무영보(飄風無影步)가 반백 년 만에 다시 막강을 통해 세상에 모습을 드러내고 있는 순간이었다.

슈학!

정수리를 향해 떨어져 내리는 검.

그것을 본 막강은 알 수 없는 각도로 다리를 비튼다.

잔뜩 몸을 움츠렸다 그대로 튕기듯 회전하면서 전진하는 막강의 신형!

쉬쉬쉿!

'엇!'

지켜보던 고광칠의 눈이 왕방울만 해졌다.

막강의 신형은 어느새 검의 공세를 벗어나 좌측에 있던 위사의 뒤편으로 돌아서고 있었다.

"거기! 뒤!"

그러나 좌측의 위사는 그때까지도 막강의 위치를 파악하지 못하고 있었다.

휘리이~

그의 귀에 은은한 옥소음이 들려온다 싶은 순간.

'읍!'

막강의 오른손 검지가 그의 목 뒤, 천주혈(天柱穴)을 짚었
다.

그는 검을 뻗은 자세 그대로 굳어버렸고, 이를 본 남은
두 위사는 황급히 막강이 있는 쪽을 향해 검날을 돌려 세웠
다.

그러나 잠시의 틈도 주지 않으려는 듯, 막강의 신형은 그들
을 향해 쾌속하게 움직였다.

이에 당황한 두 위사는 본능적으로 전방을 향해 검을 떨쳤
다.

"하압!"

"이잇!"

비록 다급한 상태에서 나온 공격이나 오랜 기간 손발을 맞
춰온 그들의 검은 동시에 막강의 좌우를 노리며 날아들었다.
막강의 행동반경을 좁히기 위한, 실로 적절한 방법이라 할 만
했다.

두 위사를 향해 돌진하는 막강.

그 길을 이미 막아서고 있는 두 개의 검.

두 검에 의해 공간이 점점 좁혀진다.

계속 전진한다면, 그대로 검에 꿰뚫려 버릴 상황!

　그러나 막강은 전진을 멈추지 않는다. 오히려 더욱 빠르게 공간을 향해 달려들어 갈 뿐이다.

　이에 눈을 부릅뜨며 더욱 힘주어 검을 떨치는 두 위사!

　쒜액!

　두 개의 검신이 허공을 하얗게 가른다.

　그리고 그 두 검 사이를 뚫고 한줄기 바람이 스쳐 갔다.

　휘우웅……!

　한 가닥 경풍이 자신들의 얼굴을 간질인다 느낀 찰나, 두 위사의 귀에도 역시 투명한 옥소음이 파고든다.

　탁! 탁!

　온몸이 마비된 채 얼굴을 일그러뜨리는 두 위사.

　두 팔을 벌려 순식간에 그들의 거골혈(巨骨穴:어깨뼈와 팔의 뼈가 만나는 지점)에 있는 마혈을 제압한 막강은, 입을 다물지 못하고 있는 고광칠을 향해 이를 드러내 보였다.

　"자! 이젠 거기 아저씨 차례?"

　막강이 실실 웃으며 천천히 자신에게 다가오려 하자, 고광칠은 두 손을 다급하게 휘저으며 뒷걸음질치지 바쁘다.

　"아, 아이고! 이보게, 소형제(小兄弟)! 내가 잠시 소형제를 오해했나 보네. 이 계집의 말만 듣고 그만… 헤헤, 미안하게 되었네."

　막강은 돌변한 고광칠의 태도를 보며 씨익 웃는다.

　"그럼 이제 나랑 안 싸울 건가요?"

고광칠은 과장스레 고개를 끄덕였다.

눈치 하나로 산 삼십 년. 자존심은 엿 바꿔 먹은 지 오래다.

"아! 이를 말인가! 우린 그냥 우리 갈 길을 갈 테니, 저 계집은 소형제의 뜻대로 하시게. 흐흐."

"……?"

음흉스런 고광칠의 표정에 막강은 고개를 갸웃거린다. 그 모습을 조심스레 살피던 고광칠이 다시 말을 꺼냈다.

"저기… 그런데 말일세. 좀 전에 내 수하들을 제압한 그 수법이 뭐였는지 알려줄 수 있겠나? 내 그런 신.묘.막.측.한 수법은 처음 봐서 말일세! 하하!"

그래도 무인이라고, 막강의 무공 내력을 궁금해하고 있는 고광칠이다.

한편, 신묘막측하단 말에 기분이 좋아진 막강은 친절하게 대답을 해준다.

"아! 그건 소음점혈(簫音點穴)이라고, 우리 할아버지가 가르쳐 준 소음삼수(簫音三手) 중 한 초식이에요."

뻔한 입발림에도 확 빠져 드는 막강을 보며 되레 의아해지는 고광칠이었다.

"소음삼수라! 정말 멋진 이름이군, 그래!"

'소음삼수라고? 흐음…….'

그래도 강호밥이 십 년인데, 전혀 떠오르는 게 없다.

"저… 그 소음삼수라는 신묘막측한 수법을 가르쳐 주신 소형제의 조부님은 어떤 분이신지 정말 궁금하구먼……?”

이쯤 되면 밑천을 드러내라는 식이다.

정당한 비무도 아니고, 다짜고짜 시비를 걸어 해치려던 마당에 이런 식으로 물어보는 것은 다른 강호인들 사이에선 생각하기 어려운 일이다.

다른 사람 같으면 엄두도 못 낼 일이지만, 막강에게는 왠지 물어도 괜찮을 것 같기에 묻는 고광칠이다.

아니나 다를까? 막강은 별다른 거리낌 없이 술술 불었다.

“우리 할아버진 형산파의 장로였어요.”

“혀, 형산파?”

고광칠로선 놀라운 말이었다. 형산파라면 자신이 태어날 때도 이미 강호에 존재하지 않던 문파다. 이젠 예전에 그런 문파가 있었다는 것 정도만 사람들의 뇌리 속에 남아 있을 뿐이었다.

그런데 그 형산파의 장로가 살아 있었다니!

그리고 형산파의 무공을 익힌 그 손자가 자신의 눈앞에 서 있다니! 이것은 강호 전체를 놓고 볼 때도 제법 흥미로운 일임에 틀림없었다.

더불어 고광칠은 내심 가슴을 쓸어내려야 했다.

비록 망했다곤 하나, 어엿한 구파의 일원이었던 형산파다.

그곳의 장로가 직접 가르쳤다면, 자신과 같은 이류(二流)는 일초지적도 될 수 없음이 당연할 터. 그것도 모르고 덤볐다가

자칫 오늘 큰 낭패를 볼 뻔한 것이다.

'제길! 일진이 사납더라니!'

이젠 장주의 지시고 뭐고 없다. 서둘러 이 자릴 뜨고 싶은 마음뿐이다.

"오! 대 형산파의 전인(傳人)을 만나 보게 되다니! 이런 영광이! 하하! 자, 그럼 소형제 우린 이만 갈 테니 내 수하들 좀 풀어……?"

그러나 고광칠은 하던 말을 다 잇지 못했다. 막강이 자신을 외면하듯 지나쳐 언년에게 다가가고 있었던 것.

"언년아, 많이 걱정했지?"

언년은 막강이 미소를 띠며 다가오자 흠칫 놀라며 자신도 모르게 뒷걸음질친다.

"괜찮아, 언년아. 이제 저 아저씨들 안 무서워해도 돼."

언년에게 손을 뻗는 막강.

움찔하며 잔뜩 웅크린 채 오들오들 떠는 언년.

"응? 언년아 왜 그래?"

"네… 네?"

떨리는 언년의 목소리. 언년은 막강의 얼굴을 쳐다보지도 못했다.

왜 안 그렇겠는가? 자신으로 인해 싸움이 벌어진 데다가 막강이 단숨에 칼 찬 무인들을 제압해 버렸으니. 막강이 그 말로만 듣던 절세고수(?)일 줄은 꿈에도 생각 못한 그녀다.

지금 언년에게 막강은 귀신보다 무서운 존재인 것이다. 하지만 막강은 언년이 이제 자신을 쳐다보기도 싫어하는 것으로 생각하고 한숨을 내쉰다.

"휴우, 언년아 정말 그렇게 나랑 놀기가 싫은 거야?"

풀이 죽은 막강의 얼굴을 본 언년은 막강이 자신 때문에 화가 난 것으로 생각하곤 흠칫한다.

"그, 그게 아니고 저… 저 그러니까……."

막강은 금세 고개 숙인 언년 앞으로 얼굴을 들이밀었다.

"헙!"

이에 기겁을 하는 언년.

"그러지 말고 나랑 놀자, 응? 놀아줄 거지? 응? 응?"

언년은 심각한 갈등에 휩싸였다.

만일 자신이 막강에게 끝까지 놀아주지 않겠다고 한다면?

자신도 막강의 손에 저 위사들 같은 꼴이 되지 않으리란 법은 없다. 우두머리로 보이는 저 아저씨도 지금 막강 앞에서 쩔쩔매고 있지 않은가!

완전 고양이 앞의 생쥐 꼴이 된 언년은 결국 기어들어 가는 목소리로 말한다.

"놀, 놀아 줄게요……."

"엇! 정말? 진짜 나랑 놀 거지?"

"…네……."

이에 막강은 호들갑을 떨며 목청을 돋우며 웃는다.

"하하하! 고마워 언년아! 자, 그럼 우리 어디 가서 놀까?
음… 그래! 우선 거기부터 같이 가자! 헤헤. 으샤!"

"어맛!"

잔뜩 얼어 있는 언년을 번쩍 안아 올린 막강은 그대로 몸을
날려 온 길을 되돌아가기 시작했다.

이를 본 고광칠은 다급해질 수밖에 없었다.

"이, 이보게 소형제! 그냥 가면 내 수하들은 어찌하란 말인
가!"

막강의 등 뒤에다 대고 외치는 고광칠에게 막강의 커다란
음성이 들려 왔다.

"조금만 있으면 다 풀릴 거예요! 또 봐요, 아저씨!"

"이! 이봐! 소……!"

울상이 된 고광칠.

그는 이후 한 시진을 그렇게 멀뚱히 서서 기다려야 했다.

막강이 언년을 품에 안고 형산을 누빈 것도 어느새 한 식경
을 넘어섰다.

언년을 안고 시종 신법을 발휘하고 있는 막강이지만 얼굴
에선 전혀 피로한 기색을 찾아볼 수 없다. 오로지 환한 미소
가 걸려 있을 뿐이다.

한편, 처음엔 겁을 먹은 상태에서 빠르게 지나쳐 가는 주변
경물에 정신까지 혼미해졌던 언년은, 어느새 깃털처럼 가볍

게 바람을 가르는 막강의 움직임에 적응하기 시작했다.

또한 거기서 그치지 않고, 서서히 눈앞에 펼쳐지는 광경에 적지 않은 희열마저 느끼고 있는 중이었다.

그러한 언년의 희열은 축융봉(祝融峰)에 도달한 막강이 땅을 박차며 순식간에 공중으로 십여 장을 솟아오른 순간 극에 달하였다.

봉우리 전체를 자욱하게 뒤덮은 짙은 운무(雲霧).

그것을 뚫고 공중에 떠오른 순간.

찬란한 태양에 물든 황금빛 창공이 그들을 맞이했다.

“아아……!”

운무의 아래에선 상상할 수조차 없는 환상과도 같은 장엄한 광경에 넋을 잃은 언년의 입에선 자신도 모르게 탄성이 터져 나온다.

감탄에 젖은 그녀의 얼굴이 황금빛으로 물들었다.

그 모습을 바라보는 막강의 얼굴은 기쁨으로 만연하다.

“어때? 정말 멋지지?”

언년은 자신의 의지완 상관없이 고개를 끄덕이며 입술을 나풀거린다.

“네… 정말… 정말 멋져요!”

그녀의 대답에 태양보다 환하게 웃은 막강은 전신에 충만한 진기를 끌어올려 휘돌리기 시작한다.

조금이라도 더 오래 언년에게 이 광경을 보여주고픈 마음

뿐이었다.

축융봉을 내려오면서부터 언년은 자꾸만 가슴이 두근거려 막강의 시선을 피했다.

막강이 쳐다보면 시선을 돌리고, 막강이 다른 곳을 보면 막강의 얼굴을 힐끔거리기를 반복하는 그녀.

막강이 자신을 안은 상태로 둘이 찰싹 달라붙어 있는 것이 벌써 한 시진. 그녀가 품었던 막강에 대한 두려움과 경계심은 자연스레 풀어지기 시작했다.

'무겁지도 않은가? 하긴, 하늘을 날 정도니.'

언년은 바람에 흩날리는 짙은 흑발 속에 드러난 막강의 얼굴을 바라보며 속으로 중얼거린다. 그녀의 시선을 느꼈는지 막강의 시선 또한 언년을 향했다.

'……!'

흠칫하며 황급히 고개를 돌리는 언년.

그 모습을 보며 씨익 웃는 막강.

더는 안 되겠다 싶은지 그녀가 작은 목소리로 말했다.

"이제 그만 내릴래요……."

신법을 발휘하여 계속해서 깊은 골짜기로 들어가던 막강이 순순히 고개를 끄덕인다.

"응, 알았어. 이제 다 왔으니까 조금만 기다려."

더욱 달리는 속도를 배가시킨 막강이 당도한 곳은 바로 자신의 거처.

“다 왔다.”

막강은 언년을 사뿐히 내려놓는다.

“아…….”

언년은 짧은 탄성을 발했다.

형산에 이런 깊숙한 곳이 있는 것도 놀라웠고, 이런 곳에 사람이 사는 집이 있다는 것 또한 놀라웠다.

“여기서 살아요?”

“응, 좋지?”

언년은 한차례 주변을 빙 둘러본다.

별다른 것은 없다. 그저 허름한 모옥 한 채가 보이고, 그 바깥엔 불을 피우는 곳과 여기저기 쌓여 있는 장작, 걸려 있는 짐승들의 가죽들이 눈에 띌 뿐이다.

“혼자… 사는 거예요?”

“응, 지금은.”

“……?”

언년이 의문스런 표정을 짓자 막강은 미소를 지으며 말한다.

“할아버지랑 아버지, 나 이렇게 셋이 살았는데, 할아버지랑 아버진 지금 저 골짜기 위에 같이 계셔. 땅속에.”

“아…….”

표정이 어두워진 언년은 애처로운 눈빛을 띠며 막강을 바라본다.

‘그래서 나하고 놀자고…….’

심심하다고, 놀 사람이 없다고 한 막강의 말을 그저 어린아이의 장난처럼 여겼던 언년은 막강의 사정을 듣게 되자 미안한 마음이 들었다.

“그럼… 계속 여기서 혼자 살 거예요?”

그 말에 막강은 어깨를 으쓱거린다.

“음, 뭐 특별히 할 일도 없고, 일단 그냥 여기서 살 생각이야. 내 뜻이 생길 때까진. 할아버지가 내 뜻대로 살라고 하셨거든.”

“네에…….”

가만히 고개를 끄덕이는 언년을 보던 막강의 얼굴에 서서히 장난스런 표정이 떠오른다.

“여기서 나랑 같이 살래?”

“……!”

이에 기겁을 한 언년이 황급히 몸을 움츠린다.

“뭐, 뭐라고요?!”

“내가 맛있는 것도 많이 잡아다 주고, 밥도 내가 다 해줄게.”

언년은 서서히 뒷걸음질쳤다.

‘같이 놀자는 것도 모자라 이젠 같이 사, 살자고……?’

이젠 막강의 천진한 웃음마저 음흉하게 느껴지는 그녀다.

“나, 그, 그만 집에 갈래요! 데려다 줘요.”

예상 밖으로 강렬한 언년의 거부반응에 막강은 당황했다.

잔뜩 겁먹은 그녀를 향해 손사래를 치는 막강.

“농담이야! 농담! 그냥 같이 놀아주기만 해줘. 응? 알았
지?”

그러나 언년은 막강의 말을 듣고서도 불안감을 떨쳐 버릴
수가 없다.

가만 생각해 보니 여기서 혼자 집에 돌아갈 수도 없는 상황
인 것.

“빠, 빨리 집에 데려다 줘요!”

“오자마자 가려고? 조금만 있다 가면 안 돼?”

섭섭한 표정이 된 막강.

그러나 언년은 단호하게 고개를 젓는다.

“지금 갈래요. 어서 데려다 줘요.”

“조금만 더 있다 가지… 맛있는 거 해주려고 했는데…….”

머리를 긁적이며 혼자 중얼거리는 막강.

“안 데려다 줄 거면 그냥 나 혼자 가겠어요!”

언년은 더는 기다리지 않고 그대로 몸을 돌려 성큼성큼 걸
어가기 시작한다.

“에잇! 괜히 같이 살자는 말을 해서는! 쩝… 언년아, 잠깐!”

자책한 막강은 다급하게 언년을 부른다. 그러나 멈추지 않
는 언년.

"데려다 줄게. 잠깐만 기다려 줘!"

그제야 걸음을 멈춘 언년은 고개를 돌리며 말한다.

"정말이죠?"

막강을 바라보는 그녀의 두 눈엔 의심이 가득하다.

"그럼! 그러니까 가지 말고 기다려 봐. 너한테 줄 게 있으니까."

말을 끝마치기 무섭게 모옥 안으로 뛰어들어 간 막강은 얼마 되지 않아 양손을 곱게 모아 쥔 채로 언년 앞으로 달려왔다.

"자아! 이거 받아."

막강은 언년의 눈앞에 자신의 양손을 내밀었다.

"이게 뭔데요?"

순간.

"끼익! 찌찍!"

막강의 손 안에서부터 작은 울음소리가 들려왔다.

"……?"

막강은 말없이 웃으며 모았던 손을 천천히 펼친다.

그리고 곧 언년의 입에선 작은 탄성이 흘러나온다.

"아……?!"

펴진 막강의 손바닥 위에는 엄지손가락만 한 갈색의 작은 생명체가 몸을 잔뜩 웅크린 채 얼굴의 반이나 차지하고 있는 커다란 눈을 끔뻑거리고 있었다.

“이, 이건……?”

“원후(猿猴)야. 이름은 소소(小少)고. 예전에 내가 저쪽 골짜기에 갔다가 잡아온 녀석이야.”

“원숭이라고요? 와! 어떻게 이렇게 작을 수가……!”

“원래 여긴 안 살고 따뜻한 데서만 사는 놈이라는데, 어떻게 여기에 살고 있는지 모르겠다고 할아버지도 신기해 하셨어.”

“와아!”

언년은 고개를 끄덕이며 그저 탄성만 발하고 있었다.

눈, 코, 입의 생김새도 그렇고, 앞발의 모양 또한 사람의 손과 똑같은 모습이었다.

귀여워서 어찌할 바를 모르는 언년을 보며 막강이 입을 연다.

“만져도 돼. 순한 놈이니까.”

그 말에 그녀가 이름을 부르며 원숭이를 향해 조심스럽게 손가락 하나를 갔다댄다.

“소소?”

자기를 부르는 줄 아는지, 소소는 언년을 빤히 쳐다보더니 냉큼 언년의 손가락으로 껑충 뛰어오른다.

“어머!”

자신의 손가락에 찰싹 달라붙어 천천히 기어오르는 소소와 막강을 번갈아 쳐다보는 언년의 얼굴엔 언제 찌푸렸냐는 듯 즐거움이 잔뜩 묻어났다.

"찌찍!"

언년의 손바닥까지 기어오른 소소는 짧게 울고는 그대로 몸을 웅크리며 눈을 감았다.

"호호! 애 좀 봐!"

"엄청 게으른 녀석이야. 하루에 반 이상을 잠만 잔다고."

언년은 환하게 웃으며 막강을 쳐다본다.

"근데, 정말 이거 나 주는 거예요?"

"그럼! 맘에 들어?"

"네, 좋아요."

"헤헤. 그럼 이제 가볼까나?"

"응……."

고개를 끄덕이는 언년을 다시 안아 든 막강.

두 사람은 올 때와는 달리 천천히 산을 내려가기 시작한다.

자신의 손 위에서 잠이 든 소소를 얌전히 두 손으로 포개어 가슴에 품은 언년의 얼굴엔 시종 따스한 미소가 떠나질 않는다.

*　　　*　　　*

장사는 그 옛날 시황제 때부터 호남의 중심 도시로 발달한 유서 깊은 곳이다.

북으로는 상강(湘江)을 따라 동정호(洞庭湖)요, 서로는 울창한 숲과 명승고적이 많기로 유명한 악록산(岳麓山)이 버티고 있다.

금가장은 바로 그러한 장사의 중심이라 할 수 있는 안평로(安平路)에 자리 잡고 있었다.

장사의 남북을 길게 가르며 널찍하게 놓은 안평로엔 소위 명문이라 불리는 거대한 장원들이 좌우로 길게 들어서 있는데, 금가장 역시 그중 하나다. 금가장이 아직은 유력한 상단으로서 명맥을 유지한다고 볼 수 있는 상징적인 징표가 바로 이 거대한 장원인 것이다.

"지금 뭐라고 했나? 형산파라고?"

자신의 집무실에 앉아 장부를 정리하던 모개는 앞에 서서 연방 굽실대고 있는 고광칠을 쏘아보며 말했다.

"예, 총관 어른."

수십 년을 장사판에서 살아온 자라고 보기엔 별로 어울리지 않는 후덕한 인상을 소유하고 있는 그는 웬만한 일엔 눈썹 하나 까딱하지 않는 철한으로 유명하다. 하지만 지금 만큼은 그의 얼굴에도 약간 놀라운 기색이 엿보였다.

"분명 자신의 조부가 형산파의 장로라고 했단 말이지?"

"예! 분명 그리 말했습니다."

"으음……."

장부를 덮은 모개가 미간을 좁히며 희끗희끗한 수염을 매만진다.

'형산파의 인물이 생존해 있었다니? 음…….'

생각에 잠긴 모개의 눈치를 보던 고광칠이 짐짓 애처로운 표정을 띠며 입을 연다.

"저어, 총관 어른. 장주님께는 어찌 말씀드려야 할지……?"

"……."

고광칠의 물음에 아무런 대답을 하지 않고 골똘히 생각에 잠겨 있던 모개가 어느 순간 고광칠을 바라보며 묻는다.

"그 아이가 본장의 위사 셋을 순식간에 제압했다고?"

"예! 어찌나 움직임이 쏜살같던지 제 눈으로 미처 따라잡지 못할 정도였습니다."

고광칠은 일부러 더욱 막강을 대단한 존재로 설명을 해댔다. 그래야 자신의 임무 실패에 대한 변명이 먹혀들 것이기 때문이었다.

고개를 끄덕인 모개가 입을 연다.

"자넨 다시 그곳으로 가서 그 아이를 내게 데리고 오게."

"예! 총관, 어… 헉! 아니… 예?"

얼떨결에 대답을 한 고광칠이 고개를 쳐들며 모개를 바라본다.

"뭘 그리 놀라나?"

그 말에 고광칠은 어찌할 바를 몰라 했다.

"아, 아니 그것이… 그놈이 워낙에 신출귀몰한지라 다시 가도 찾을 수 있을지도……. 또! 찾는다고 해도 그토록 무공이 고강한 놈을 잡아오는 것은 본장에 있는 위사들을 모두 데리고 가도 쉽지 않은……!"

"내가 언제 그 아일 잡아오라 했는가? 데리고 오라 했지."

"예에? 그, 그래도……!"

"그 아일 데리고 오면, 장주님께는 내가 잘 말씀드리도록 하지."

그 말에 고광칠의 귀가 솔깃한다.

모개가 잘 말해준다면야, 남악촌의 그 촌년을 데리고 오는 데 실패한 것에 대해 돼지 같은 장주의 질책을 피할 수 있을 터였다.

'그래, 이 노인네라면 그놈을 데리고 올 뭔 수가 있긴 있겠지.'

"더 할 말 있는가?"

"아닙니다! 하교하시지요."

비웃듯 고광칠을 일별한 모개는 곧 진지한 표정으로 구체적인 지시를 내리기 시작했다.

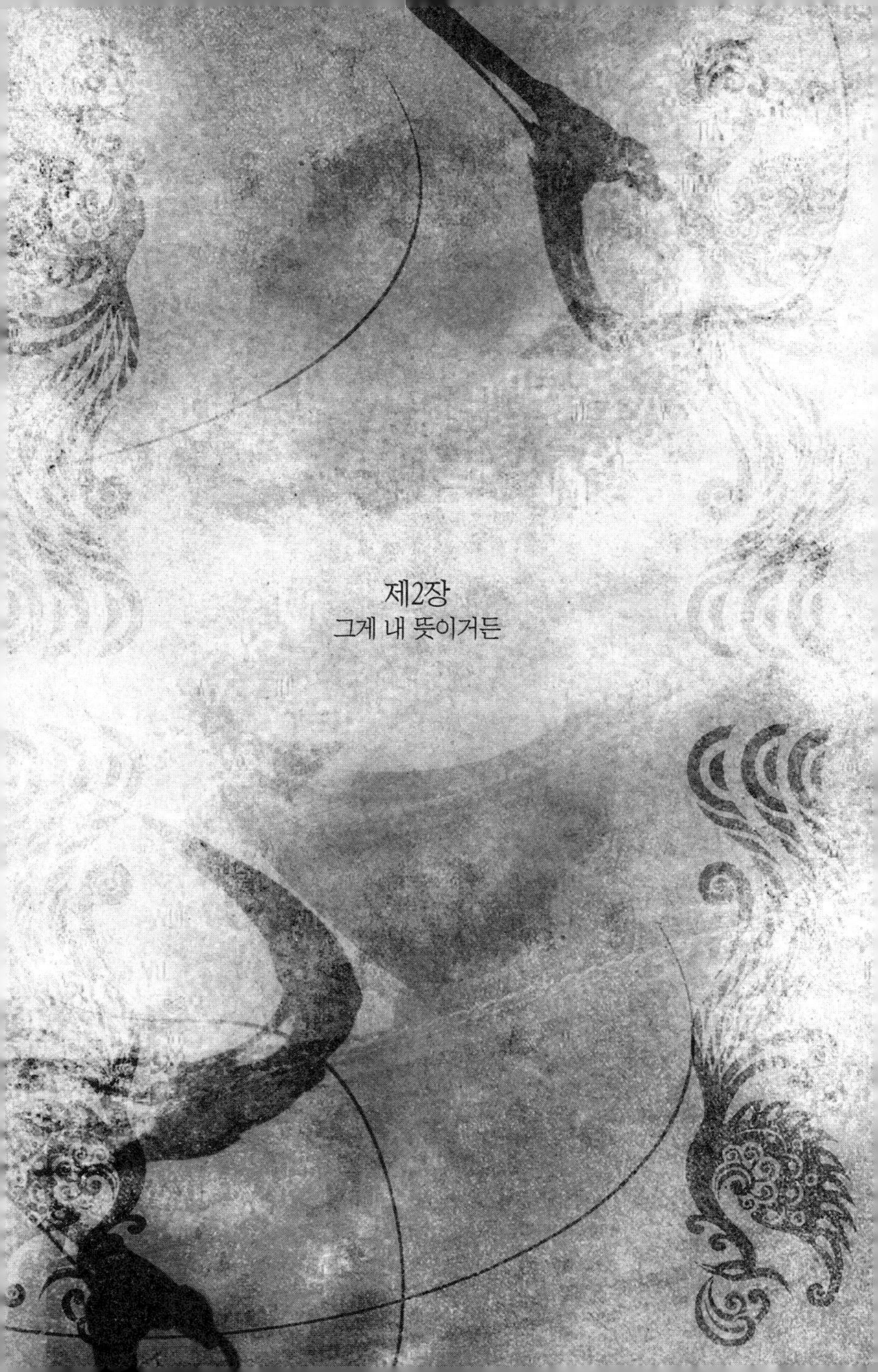

제2장
그게 내 뜻이거든

새 아침이 밝아온다.

풀잎에 맺힌 이슬방울이 지면으로 떨어져 내려 하나둘씩 소멸해 가고 있을 즈음.

고광칠은 자신이 타고 온 말 한 필과 함께 남악촌 어귀에 털썩 주저앉아 있었다. 누군가를 기다리는 듯, 그의 눈은 마을의 반대편을 계속해서 힐끔거리고 있다.

"만약에 오늘도 안 오면 꼼짝없이 이 촌구석에 더 틀어박혀 있어야 되는데… 크윽."

모개의 지시를 받고 사흘 전, 이곳에 다시 오게 된 고광칠은 곧 언년을 찾아가 막강의 행방을 물었다. 언년은 고광칠이 막강에게 당한 것을 앙갚음하려는 것으로 알고 말하길 주저했고, 고광칠은 그런 것이 아니라고 목이 아프도록 연설을 하고 나서야 언년의 말을 들을 수 있었다.

그러나 정작 언년에게서 들을 수 있는 말은 별것없었다.

막강이 어디 있느냐고 물으니, 형산 골짜기라고 대답했다.

거기가 어디냐고 다시 물으니, 가봤는데 잘 모르겠단다.

고광칠이 어이없다는 표정으로 언년을 바라보자 언년은 사흘 뒤에 막강이 이곳으로 올 거라고 말해줬다. 뭐 지들끼리 오 일마다 만나서 놀기로 했다나 어쨌다나.

한마디로 막강을 만나려면 사흘을 기다리라는 말이다. 이런 촌구석에서…….

"에잇! 빌어 처먹을!"

갑자기 짜증이 확 밀려옴을 느낀 고광칠은 그냥 돌아가 버리고 싶은 충동을 간신히 억눌렀다.

돼지 같은 장주로부터의 문책을 피하고, 위장 자리에 타격을 주지 않으려면 막강을 데리고 가는 수밖에 없기 때문이다.

그리하여 마을의 한 촌로의 빈방에서 보내게 된 사흘은 고광칠에겐 곤욕의 나날이었다. 잠자리 불편하지, 뭐 하나 즐길 것도 없지, 부실한 밥상까지…….

하루라도 빨리 푹신한 침상과 달콤새콤한 요리들이 기다리고 있는 금가장으로 돌아가고 싶었다.

"제발 빨리 좀 와 다오!"

그러한 그의 염원을 하늘이 들었음인가.

"음?!"

저만치에서 신법을 펼치며 마을 입구로 다가오는 한 인영의 모습이 고광칠의 눈에 들어온다. 그 어찌나 움직임이 가벼운지 도약하는 동작마저 움직임 속에 그대로 녹아들어, 마치 바닥에 뜬 상태로 달려오는 듯한 착각마저 든다.

"옳거니! 왔구나!"

고광칠은 몸을 벌떡 일으키며 막강을 향해 활짝 웃는다.

"안⋯⋯!"

그러나.

쌔애앵!

마치 목석을 지나치듯 그대로 자신을 지나쳐 가는 막강.

"이, 이보게! 소형제!"

황급히 막강을 부르는 고광칠.

그제야 신형을 멈춘 막강이 그에게 고개를 돌린다.

"엇! 아저씨, 또 보네요?"

"하하⋯! 잘 지냈는가?"

"그럼요. 다른 아저씨들은 같이 안 왔어요?"

"나 혼자 왔다네."

"그렇구나. 그럼 다음에 또 봐요, 아저씨."

막강은 손을 흔들며 그대로 다시 몸을 날리려고 한다.

"자! 잠깐!"

"……?"

다급한 나머지 자기도 모르게 소릴 질러 버린 고광칠은 막강을 보며 곧 어색하게 웃는다.

"헤헤… 사실 오늘 소형제에게 할 말이 있어 이렇게 기다리고 있었다네."

"저한테요? 뭔데요?"

"아, 다름이 아니라……."

일단 마음을 가다듬은 고광칠이 막강의 얼굴을 힐끔거리며 입을 열기 시작했다.

"아! 그전에 우리 통성명이나 하는 게 어떤가. 먼저 내 소개를 하지. 내 이름은 고광칠이라 하고, 지금 금가장이라는 큰 상단의 호위를 책임지고 있다네."

잠시 말을 그친 고광칠은 조심스레 막강의 반응을 살핀다.

막강은 탄성을 터뜨리며 고개를 끄덕거린다.

"아! 그렇구나. 상단 호위무사들 대장이라 이거죠?"

막강이 줄곧 산에만 있었던 것은 아니다. 어릴 때 몇 번 막동을 따라 짐승 가죽 등을 팔고, 곡물 등 필요한 것을 얻기 위해 근방의 시전(市廛)에 내려가 보곤 했던 것이다.

물론 열 살 이후로는 본격적인 무공 수련이 시작되면서 그런 기회마저 없어졌지만 적어도 장원이 뭔지, 상단이 뭔지 또, 호위무사가 뭔지 정도는 대충 보고 들어 알고 있었다.

막강의 말에 우쭐해진 고광칠은 헛기침을 해댔다.

"커험! 뭐 그렇다고 볼 수 있지. 하하하!"

"난 강이에요, 막강. 근데 할 말이란 건 뭐예요? 지금 좀 바쁘거든요."

웃어 젖히던 고광칠은 순간 아차 했다.

'헙! 이럴 때가 아니지!'

서둘러 표정 관리에 들어간 고광칠.

"하하! 강이라… 멋진 이름이구먼! 막 소제(小弟)!"

"소제요…?"

"하하! 내 평생 자네처럼 예의 바르고, 무공이 고강한 친구를 만나 본 적이 없다네! 자네와 형제지연을 맺는다면 이 보다 더 큰 홍복이 없을 것일세! 어떤가? 내 청을 받아주겠는가?"

구렁이 담 넘듯, 순식간에 자신과 막강을 형님 동생 사이로 만든 고광칠은 애원하는 눈빛을 담아 막강을 바라본다.

얼떨떨했던 막강은 고광칠의 두 눈을 보더니 이내 대수롭지 않게 생긋 웃으며 흔쾌히 고개를 끄덕인다.

"그러죠 뭐! 광칠 형님."

"하핫! 과연 화끈해서 좋군! 자, 소제가 바쁘다니 어서 용건을 말해야겠군."

고광칠은 서둘러 화제를 돌렸다.

"사실, 그날 자넬 만나고 돌아가서 우리 총관 어른께 자네에 대한 이야길 해드렸다네. 그런데 아 글쎄! 총관 어른이 크게 놀라시며 자넬 꼭 좀 만나고 싶다고 하시지 뭔가.”

막강은 눈을 크게 뜨며 물었다.

“저를요? 왜요?”

이에 고광칠은 넌지시 되물었다.

“혹시 형산파의 장로셨다는 자네 조부께선 아직 살아 계신가?”

“아뇨. 몇 년 전에 돌아가셨어요.”

‘옳거니! 그럼 총관이 일러준 대로만 하면 되겠구나……’

속으로 쾌재를 부른 고광칠.

“아, 저런 괜한 걸 물었군. 미안하네. 커험, 그럼 혹시 생전에 그분께 우리 금가장에 대한 이야길 들은 적은 없는가?”

막강은 골똘히 생각을 하더니 고개를 저었다.

“음, 못 들은 것 같은데요.”

이에 고광칠은 짐짓 감탄에 젖은 표정을 지었다.

“아! 과연 대 형산파의 사람들은 대인(大人)이로군!”

“……?”

무슨 말인지 궁금해하는 막강에게 고광칠의 설명이 이어진다.

“총관 어른의 말씀에 의하면, 같은 호남에 자리 잡고 있던 우리 금가장과 형산파는 오래전부터 꽤나 돈독한 관계를 유지했었다더군. 그런데 중요한 것은 사십 년 전 갑작스레 형산파가 변을 당했을 당시, 형산파와 우리 금가장 사이에 마무리 짓지 못한 거래가 하나 있었다고 하네.”

“거래요?”

고광칠은 고개를 끄덕였다.

“그렇다네. 멸천교가 쳐들어오기 바로 얼마 전에 형산파는 본장이 운영하고 있던 단철장(鍛鐵場)에다가 수십 자루의 검을 비롯한 병장기를 주문하며 은자 일백 냥을 선불로 지불했었지. 그러나 형산파는 우리가 물건을 다 만들기도 전에 그런 변을 당하고 만 것이야. 당시 본장의 행수(行首)였던 총관 어른께선 아직도 그 일을 마음에 두고 계시다가, 자네 이야기를 들으시곤 그때 마무리 짓지 못한 거래를 어떻게든 꼭 끝내고 싶다 하셨네. 그러니 나와 함께 본장으로 총관 어른을 뵈러 가주겠는가?”

고광칠은 막강의 안색을 살피며 조심스럽게 물었다.

“흐음, 그런 일이 있었다니.”

막강은 자신의 턱을 쓰다듬으며 다시 생각에 잠긴다.

분명 들어보지 못한 이야기다. 막패는 자신에게 금가장의 금 자도 꺼낸 적이 없었다.

‘왜 말 안 해주셨지? 쩝.’

고광칠은 초조한 마음에 간절한 음성으로 재차 말했다.

“부탁하네. 이 우형(愚兄)을 봐서라도 함께 가줄 수 없겠나?”

막강은 머리를 긁으며 고광칠에게 물었다.

“가면 그때 받은 돈은 저한테 돌려주나요?”

막강에게서 긍정적인 말이 튀어나오자 고광칠은 밝게 웃으며 말한다.

“잘 모르겠지만, 어떻게든 대가를 지불하시지 않겠나? 그럼 함께 가는 것인… 가?”

이에 막강은 좀 전과 동일하게 히죽 웃으며 흔쾌히 고개를 끄덕인다.

“그러죠, 뭐!”

“아이고! 소제! 정말 고맙네! 정말 고마워! 하하하!”

고광칠은 고마워서 아주 절까지 하고 싶은 심정이었지만 한편으론 막강의 이러한 반응이 신기하기까지 했다.

‘뭐가 이리 쉬워? 괜히 쫄았잖아?’

고광칠의 상념은 곧 들려온 막강의 음성에 의해 깨어진다.

“하하! 고맙긴요. 근데 금가장에 가면 맛있는 요리가 많이 있나요?”

“그럼, 그럼! 걱정 말게. 가면 나라도 거하게 한 상 차려줄 테니! 아암!”

그 말에 막강은 군침을 삼킨다.

“정말이죠? 벌써 침 넘어가네. 쩝쩝. 헤헤. 그럼 내일 여기서 봐요, 광칠 형님!”

순간 고광칠의 얼굴에 가득했던 웃음이 씻은 듯 사라진다.

“응? 막 소제 지금 뭐라고……? 내일이라니? 아니, 그냥 지금 가면 되는데……?"

"오늘은 언년이랑 같이 노는 날이거든요. 왜 그때 형님도 봤죠? 그럼 저 가요!"

사색이 된 고광칠은 자리를 뜨려는 막강을 붙잡으려 손을 뻗었다.

"아니! 총관 어른께서 기다리시는데, 그러지 말고 그냥……!"

"엇! 언년아!"

후다닥!

"이, 이보게! 막 소제!"

애타게 불러도 이미 막강은 저만치 뛰어가고 있었다.

'이런 제기랄!'

고광칠의 어깨는 어느새 힘없이 추욱 늘어져 버렸다.

기어이 또 하루를 그 냄새나는 촌로의 집에서 보내야 한다 생각하니 벌써부터 머리가 지끈거렸던 것이다.

*　　　*　　　*

장사를 남북으로 관통하는 안평로 외곽엔 여러 좁은 길들이 동서로 가로질러 뻗어 있고, 그 길들엔 주루며, 기루, 시전, 객잔들이 각기 한데 모여 자리를 차지하고 있었다.

제법 방귀 좀 뀐다 하는 자들이 사는 안평로 중심부를 피하여 자연스레 이러한 구조가 되어버린 것이다.

한낮의 시전.

어디나 그렇듯, 시전판은 밤낮 시끌벅적하기 마련이다.

특히 장사와 같이 사람이 많이 사는 큰 도시는 시전판의 규모나 거래 물품이 넘쳐 났기 때문에, 몰려드는 인파로 더욱 요란할 수밖에 없었다.

"우잇! 으자자자찻!"

많은 점포들 가운데 한곳.

그곳의 지붕 위에서 따사로운 정오의 햇살을 이불 삼아 한가로이 오수를 즐기던 염장팔(染長八)은 사람들의 떠드는 소리에 눈을 뜨며 한껏 기지개를 켠다.

"거, 잠 한번 늘어지게 잘 잤다!"

누런 거적때기에, 누렇게 뜬 얼굴, 누리끼리한 이까지…….

누가 보아도 거지 중에 상거지의 모습이다.

아니나 다를까? 그의 허리춤에 보이는 두 개의 매듭은 그가 명백한 거지임을 입증하고 있었다.

꼬르르륵!

손가락으로 연신 코를 후비던 염장팔은 뱃속의 울림을 듣곤 시무룩한 표정을 지으며 자신의 배를 내려다본다.

"쩝, 아무리 거지 새끼의 밥통이라지만 소면(素麵)을 집어넣어준 지가 한 시진도 안 지났는데, 너무 심한 것 아니냐? 아무래도 너한테 먹을 거 갖다 바치다가 내 인생이 쫑날 것 같구나.”

짐짓 한탄을 하던 염장팔이 돌연 씨익 웃는다.

“그래도 니 덕에 덩달아 내 입도 즐거워지긴 하니, 꼭 너를 탓할 수는 없는 법. 흐흐흐. 흐음, 어디 보자…….”

고개를 쳐들고 지붕 아래로 지나가는 사람들을 쓰윽 내려다보던 염장팔의 두 눈이 어느 순간 반짝거린다.

“호오! 저건 금가장의 얼뜨기 위장이 아냐? 그런데 옆에 저 키 큰 놈은 뭐지? 처음 보는 얼굴인데……?”

적어도 이 일대에 왕래하는 자들은 모르는 자가 없다고 자부하는 염장팔이다. 자신이 모르는 자가 나타났으니, 호기심이 이는 것은 당연지사.

“흐음, 겸사겸사 한 번 따라가 볼까나?”

지붕에서 폴짝 뛰어내린 염장팔은 사람들을 헤치며 걸어가기 시작했다.

“와아! 이거 참 신기한 물건이네!”

막강은 눈을 크게 뜬 채 연방 좌우를 두리번거리며 걷고 있었다.

장사와 같이 큰 도시는 처음이었기에, 막강의 눈엔 모든 것이 신기해 보이기만 했다.

그러나 반면 고광칠은 그런 막강이 짜증스럽기만 했다. 이 것저것 구경하느라 어찌나 더디게 걷는지, 이러다가는 해질 녘까지도 금가장에 도착하지 못할 것 같았다.

참다못한 고광칠은 억지로 미소를 그리며 막강에게 타이르듯 말한다.

"이보게 소제, 구경은 나중에 내가 실컷 시켜줄 테니, 우리 조금만 서두르면 안 되겠나?"

그러나 구경하는 데 정신이 팔린 막강의 귀에 그의 말소리가 들어올 리 없다.

고광칠은 기분이 더러웠다.

여기까지 오는 동안에도 이놈이랑 같이 이야기를 하다 보면 항상 이런 식이었다. 언제나 자신이 무시당하는 기분이 드는 것이다. 뭐, 기분뿐 아니라 실제로도 그랬고…….

'끄응! 일만 끝나 봐라. 네놈을 다시 상종하면 내가 고광칠이 아니고, 광견(狂犬)이다! 광견!'

속으로 분통을 터뜨리며 걷던 고광칠의 눈에 웬 거지 하나가 자신의 앞을 막아서는 것이 보인다.

안 그래도 엿 같은 기분인데, 재수없게 거지 새끼가 달라붙자 화가 치민 그는 버럭 고함을 내지른다.

"뭐냐! 꺼지지 못 해!"

그 거지는 물론 좀 전까지 지붕 위에 있던 염장팔.

과연 거지답게 염장팔은 고광칠의 고함에도 아랑곳하지 않고 그를 향해 굽실대며 해죽거린다.

"아이구! 장사 땅에 명성이 자자하신 금가장의 위장 어른 아니십니까! 헤헤."

'이 어린 거지 놈이 어찌 날……?'

의아하게 생각하며 염장팔의 신색을 살피는 고광칠.

스물이 될까 말까 한 앳된 얼굴에, 거지치곤 제법 또랑또랑한 눈이 돋보인다. 그러던 중 염장팔의 허리춤에 있는 매듭을 확인한 고광칠의 표정이 살짝 일그러진다.

'젠장! 개방 제자 놈이었구먼. 에잉! 귀찮게스리……!'

"무슨 일이냐?"

여전히 하대지만, 고광칠의 어조는 분명 아까와는 달리 조심스럽다. 그 모습에 염장팔은 비릿한 조소를 머금는다.

"아이구! 이놈이 며칠을 피죽도 못 먹어 배가 고파 죽을 지경이니, 고귀하신 위장 어른께서 불쌍한 이놈 좀 살려주십시오!"

꾀죄죄한 두 손바닥을 펴서 고광칠을 향해 다소곳이 내미는 염장팔.

'빌어 처먹을 놈! 배고파 죽을 지경이라는 놈이 실실 잘도 웃는구먼!'

고광칠은 염장팔의 뻔한 수작에 찝찝한 표정을 지으며 주머니에서 동전 한 개를 꺼내 염장팔의 손바닥 위에 던진다.

"옜다! 그만 비켜라!"

"아고오! 이렇게 고마우실 때가! 위장 어른! 부디 불로장생(不老長生)! 입신출세(立身出世)! 하시길 빌겠습니다! 케헤헤!"

　고광칠이 준 동전을 재빨리 품에 쑤셔 넣은 염장팔은 고광칠의 뒤에서 점포의 물건을 만지작거리며 서 있는 막강의 앞으로 다가간다.

　"아이구! 소협! 이놈이 하루 종일 물 한 모금 못 마셔 오줌 지릴 힘도 없으니, 잘생기신 소협께서 이 불쌍한 거지 놈 좀 살려주십시오!"

　고광칠에게 한 것과 동일하게 막강 앞으로 두 손을 쑤욱 내미는 염장팔.

　"저, 저놈이……!"

　앞서 걷다가 그 광경을 본 고광칠은 막강이 있는 쪽으로 걸음을 되돌렸다.

　막강은 씨익 웃고 있는 염장팔의 얼굴을 빤히 쳐다보더니 갑자기 코를 찡그렸다.

　"크웃! 냄새 한번 지독하다! 너 좀 씻어야겠다."

　'어……? 이놈 봐라?'

　막강의 엉뚱한 반응에 잠시 멍했던 염장팔은 다시 굽실대며 손을 내밀었다.

　"아이구! 소협! 제발 한 번만 도와주십시오!"

　이에 막강은 머리를 긁적거린다.

　"흐음, 불쌍하긴 한데… 난 돈이 없는걸?"

　고민하던 막강은 뭔가가 떠올랐는지 금세 얼굴이 밝아진다.

“아, 그래! 내가 곧 돈이 생길 거 같으니까 돈 생기면 그때 줄게. 알았지? 그럼 나중에 보자.”

환하게 웃으며 염장팔의 왼쪽으로 비켜가려는 막강.

그러자 살짝 발을 움직여 막강의 앞을 막아서는 염장팔.

“아이구! 소협! 그냥 가시면 어쩝니까!”

“진짜 다시 올 거야. 난 약속은 꼭 지킨다고! 걱정 안 해도 돼.”

염장팔을 안심시키며 이번엔 오른쪽으로 비켜가려는 막강.

그러나 또다시.

“아이구! 소협!”

이번엔 왼쪽.

“아이구! 소협!”

다시 오른쪽.

“아이구! 소협!”

“흐음…….”

자신의 앞을 막아선 채 고개를 숙이고 있는 염장팔을 가만히 내려다보고 있는 막강.

염장팔의 고개가 천천히 들려진다.

웃고 있는 염장팔의 얼굴.

이를 본 막강도 씩 웃는다.

“너 일부러 이러는 거지?”

“…….”

대답없이 여전히 웃고만 있는 염장팔.

“나랑 싸우자는 거야?”

“흐…….”

염장팔의 웃음은 이제 비릿한 조소로 바뀐다.

“흐음… 나도 싸우는 거 무지 좋아하긴 하는데, 지금 저 아저씨랑 같이 좀 가야 하거든?”

순간 염장팔이 막강의 말을 중간에서 싹둑 잘라 버린다.

“가 봐. 갈 수 있으면. 흐흐…….”

그러자 막강의 입꼬리가 살짝 위로 올라간다.

염장팔에게서 어떠한 기세가 이는 것을 느낀 까닭이다.

“제법 실력이 있는 모양이네. 좋아! 그럼 같이 한 번 놀아 볼까?”

말이 끝남과 동시에 막강은 표풍무영보를 펼치기 위해 자세를 잡았다.

사삭… 사사삭……!

흐느적거리기 시작하는 두 다리.

동시에 휘저어지는 양팔.

‘…뭐, 뭐야 이건?’

비웃음을 흘리던 염장팔은 막강의 특이한 움직임을 보는 순간 긴장하지 않을 수 없었다. 들은 적도, 본 적도 없는 움직임이었던 것이다.

안색을 굳힌 염장팔은 이내 자신도 천천히 보법을 밟기 시
작했다.

개방 제자라면 누구나 익히고 있는 취리건곤보(醉裏乾坤
步).

취리건곤보가 흔하다곤 하나, 당대에 취리건곤보를 거의
완벽하게 시전할 수 있는 자는 개방에서도 몇 되지 않는다.
그리고 염장팔이 바로 그 몇 중의 하나였다.

연신 비틀거리며 종종걸음으로 짧게 좌우를 움직이는 염
장팔의 신형.

순간!

쉭쉭!

막강의 두 발이 바닥에 기이한 나선을 그렸다.

휘휘휙!

회전의 잔상을 남기며 빠르게 염장팔의 왼쪽으로 나아가
는 막강.

'어딜!'

염장팔은 재빨리 자신의 측후방으로 쓰러질 듯 몸을 움직
여 막강을 막아서는 데 성공했다. 그러나 거기서 멈추지 않고
또다시 몸을 회전시키는 막강.

그리고 이를 막아서기 위해 막강과의 거리를 바짝 좁히는
염장팔.

그렇게 사방 삼 장도 안 되는 좁은 시전 길목에서 둘의 기

이한 추격전이 펼쳐지기 시작했다.

"아니, 저것들이 지금 뭐 하는 거야?"

다가오던 고광칠은 서로 달라붙은 채 얽히고 있는 막강과 염장팔을 의아한 표정으로 바라보았다.

이는 고광칠뿐만이 아니다. 시전을 오가던 많은 사람들은 벌써 둘의 주위를 둘러싸고 구경에 여념이 없었다.

막강은 자신이 구경거리가 된 것도 모른 채, 염장팔과의 놀이에 빠져들고 있었다.

처음엔 가볍게 움직였다. 그런데 염장팔이 너무도 쉽게 자신의 앞을 가로막아 서는 것이다. 놀랍기보단 오히려 신이 난 막강은 서서히 수위를 높여 나갔고, 이젠 자신이 펼칠 수 있는 최대한까지 표풍무영보를 펼치고 있었다.

이는 염장팔 또한 마찬가지였다.

처음 보는 막강의 신색이 범상치 않아 그저 어떤 녀석인지 알아나 볼까 하고 접근한 것이었는데, 이처럼 자신이 펼치는 취리건곤보에 밀리지 않을 정도의 뛰어난 실력을 갖추고 있는 녀석일 줄은 전혀 예상치 못했다.

게다가 도대체 정체를 알 수도 없는 무공이라니! 놀라움 반, 흥미 반으로 그 역시 막강과의 놀이를 즐기는 데 여념이 없었다.

형산파의 표풍무영보와 개방의 취리건곤보.

둘은 마치 약속이라도 한 듯, 오로지 보법만으로 싸움을 즐기고 있었다.

쉴 새 없이 몸을 움직이던 막강은 자신을 졸졸 따라다니는 염장팔을 보며 히죽거린다.

'정말 빠르네. 빠져나가기 쉽지 않겠는걸.'

막강은 염장팔의 보법 실력이 자신과 대등 혹은, 자신보다 반수 정도 위라고 판단했다.

물론 공세와 수세가 동반되어야만 진정한 위력을 발휘하는 것이 보법이고, 자신의 표풍무영보는 더욱 그러한 점에 중점을 둔 보법이지만 오로지 보법만을 놓고 보았을 때는 자신의 미세한 열세를 부정할 순 없는 것이다.

'흐음, 어쩐다? 가긴 가야 되는데……?'

염장팔과의 놀이가 재밌긴 하나, 언제까지고 이러고 있을 순 없다.

'쩝, 어쩔 수 없네. 좀 미안하긴 하지만…….'

마음을 정한 막강이 돌연 두 눈을 빛내며 전방을 향해 질풍처럼 신형을 날린다.

슉!

지금까지는 염장팔의 좌우나 빈 공간을 파고들었지만, 지금은 염장팔의 정면을 향해 그대로 돌진하고 있었다.

'엇!'

막강의 돌변한 움직임에 흠칫 놀란 염장팔.

'이! 이 자식! 설마……?'

설마는 막강의 두 눈에 어린 맑은 청광을 보는 순간 현실이 되고야 말았다.

휘리이.

느닷없이 귓전을 파고드는 옥소음!

놀란 염장팔은 황급히 방어 자세를 취했다.

그러나 때는 이미 늦었다.

달려오던 막강의 신형이 갑자기 그의 시야에서 사라진다 싶은 순간!

어디선가 불어온 강풍이 그의 전면으로 불어 닥쳤다.

후우우웅!

'협!'

입을 벌린 채 그대로 굳어버린 염장팔.

막강은 자신을 노려보는 염장팔의 분에 가득 찬 눈빛을 보며, 그의 거골혈을 누르고 있던 손가락을 슬며시 떼었다.

"미안. 계속 너랑 놀다간 너무 늦을 것 같아서 말야. 니가 너무 빠르더라고. 다음에 만나면 더 신나게 놀아보자! 알았지?"

'이⋯⋯!'

마혈을 제압당해 입을 열지도 못하는 염장팔은 분한 나머지 온몸을 부들부들 떨 뿐이다.

"나 이만 갈게. 참, 난 강이라고 해, 막강. 넌 이름이⋯⋯? 아차! 지금은 말 못하지. 헷! 그럼, 안녕!"

손을 한차례 흔들어 보인 막강이 장팔의 눈앞에서 사라진
다. 그것을 지켜보며 염장팔은 피가 거꾸로 솟는다.

'야! 이 비겁한 새끼야! 거기 서! 서란 말야! 이 개자식아아
아!'

막강을 향해 이렇게 목이 터져라 외치고 싶지만, 애석하게
도 그저 눈만 끔뻑거릴 수밖에 없는 염장팔이다.

시전을 빠져나와 고광칠과 함께 금가장의 정문을 들어서
는 막강의 입이 쩌억 벌어진다.

"와! 크다 커!"

뭐 이리도 건물이 많은지, 얼핏 눈에 보이는 것만 해도 십수
채는 되어 보인다. 또 어찌나 크고 높은지, 말 그대로 고루(高
樓)와 거각(巨閣)이 커다란 장원 안에 가득 들어차 있었다.

"안녕하세요!"

총관의 집무실로 가는 동안 인사를 하는 위사들과 일꾼들
을 향해 막강은 환한 표정으로 마주 인사했다.

'나한테 인사하는 걸 왜 지가 받고 난리야. 아우!'

막강의 하는 양을 보며 고개를 가로젓던 고광칠은 모개의
집무실 앞에 당도하여 입을 연다.

"총관 어른, 고 위장입니다. 말씀드린 그 아이를 데리고 왔
습니다."

"들어오게."

고광칠은 막강을 향해 씨익 웃어 보인다.

"자, 소제, 들어가세."

고개를 끄덕이며 고광칠과 함께 안으로 들어간 막강.

전표와 장부가 수북이 쌓인 탁자 뒤에 앉아 있는 후덕한 인상의 초로인이 그들을 반긴다.

"바로 이 아이입니다."

고개를 들어 고광칠의 옆에 선 막강에게 한동안 시선을 고정시킨 모개의 두 눈이 반짝거린다.

'눈이 좋군. 탁하지도 않고, 또 그렇다고 허하지도 않으니……'

모개는 일단 흡족해했다.

열 살 때부터 전대 장주의 밑에서 장사를 배운 지가 오십 년이다.

장사판에서 버틴 오십 년이란 세월은 그에게 사람을 보고, 다루는 일에서 만큼은 일가(一家)를 이룰 수 있게끔 만들어주었다.

그런 그가 막강의 두 눈에서 본 것은 바로 장래다.

막강의 장래와 금가장의 장래.

"수고했네."

모개는 자리에서 일어서며 막강을 향해 훈훈한 미소를 지어 보인다.

"와줘서 고맙네. 나는 여기 안살림을 맡고 있는 총관 모개라고 하네."

모개의 인사를 받은 막강도 환하게 웃으며 살짝 고개를 숙이려 하다가 뭔가 생각난 듯, 곧 두 손을 마주 잡아 보인다.

"전 막강이라고 합니다."

"포권지례군?"

막강은 어색한 듯 뒷머리를 긁으며 말했다.

"저희 할아버지가 나중에 산을 내려가서 높은 사람을 만나면 무인답게 이렇게 공손하게 인사하라고 하셔서……."

막강의 말을 들으며 모개 또한 재밌다는 듯 웃음을 흘린다.

"허허, 그런가? 하지만 난 그리 높은 사람이 아니라네. 자, 그만 자리에 앉게나."

한편, 곁에서 막강의 이야길 들은 고광칠은 인상을 구긴다.

'이 자식! 나한테는 손이나 흔들어대더니……!'

속으로 구시렁대던 고광칠이 모개와 막강이 자리에 앉는 것을 보고 따라서 막강의 옆에 앉으려는 찰나.

"고 위장은 그만 나가 보도록 하게."

"예에? 그……?"

뭐라 더 말하려던 고광칠은 모개의 굳은 표정을 보고는 그만두었다.

"아, 알겠습니다."

밖으로 나가려던 고광칠은 잠시 멈칫하고는 비굴한 미소를 지으며 모개를 돌아본다.

"그런데 저기… 약속하신 것은……?"

"잊지 않고 있으니 그만 나가게."

"아! 감사합니다! 그럼 말씀들 나누십시오!"

과도하게 허리를 접어보이며 바깥으로 나온 고광칠은 더할 나위 없이 상쾌한 표정을 짓는다.

"휘유! 드디어 끝났구나! 이제 돼지 같은 장주한테 깨질 일도 없고, 저놈을 다시 볼일도 없겠구나! 하하! 일단 술이나 한 잔 꺾으러 가볼까? 흐흐."

고광칠이 나가자 모개는 막강의 얼굴을 바라보며 부드러운 어조로 입을 연다.

"내 생전에 형산파의 전인을 다시 만나 보게 되다니 감회가 새롭군. 젊은 시절에 보았던 형산파의 무인들은 하나같이 의기(義氣)와 절도로 똘똘 뭉친 사람들이었는데, 자네에게서도 그때 그들에게서 느꼈던 의기가 느껴지는 것 같군."

"아! 형산파 사람들이 그렇게 멋진 사람들이었나요? 음…하긴 우리 할아버지를 보면……. 하하!"

막강은 기분이 좋아진 듯 어깨를 으쓱거린다.

이를 본 모개는 내심 고개를 갸웃거리며 막강을 다시 한 번 쳐다본다.

'음… 산에서만 자랐음인가? 감정에 솔직한 아이로군.'

단 한 번의 언행으로 막강의 기질을 파악해 내는 모개다.

감정을 거를 줄 모른다는 것은 막강이 어려서부터 많은 사람들과 어울려 살지 못했음을 뜻한다. 갓난아이들은 자신의 감정을 있는 그대로 표출한다. 싫으면 울고, 좋으면 웃는 식이다. 이것은 매우 단순하면서도 솔직한 것이어서 상대로 하여금 쉽게 아이의 속내를 파악할 수 있게 해준다.

그러나 그러한 아이도 사람들 틈에 섞여 자라나면서부터는 이러한 단순함에서 서서히 벗어나기 시작한다. 그저 단순함만으로는 세상을 살아갈 수 없음을 경험을 통해 알게 되기 때문이다. 싫더라도 그 마음을 조금만 내보이기도 하며, 조금 좋더라도 많이 좋은 것처럼 과장하여 표출하기도 하는 것이다. 이처럼 감정을 거를 줄 알게 되는 변화를 가리켜 사람들은 흔히 어른이 되어가는 것이라 말하기도 한다.

하지만 막강에게선 그러한 것들을 찾아보기 어려웠다.

막강은 좋으면 좋은 대로, 싫으면 싫은 대로 자신의 속내를 밖으로 다 드러내 보인다. 사람들의 말대로 하자면, 아직도 어린아이 같다고나 할까?

이런 자들은 대개 어수룩한 자가 되어버리거나, 세인들로부터 손가락질 받는 개망나니가 된다는 것을 모개는 잘 알고 있었다.

그러나 자신의 앞에 앉아 있는 이 청년은 둘 중 어느 것도 아니었다.

그저 느껴지는 것이라곤 투명하다는 것뿐이다. 특히 두 눈은 너무나도 투명해서, 마치 잡석 하나 섞이지 않은 수옥(水

玉)을 들여다보는 듯했다.

모개는 그 이유를 막강의 천성에서 찾을 수밖에 없었다.

분명 천성이 맑을 것이다. 그렇기에 감정을 거르는 법을 모를지라도 이처럼 투명할 수 있으리라.

'아니, 어쩌면 감정을 거르는 법을 모르는 것이 아니라, 거르지 않는 것일지도…….'

잠시 동안 상념에 잠겼던 모개는 막강을 만나면 하려고 준비했던 말들을 모두 머릿속에서 지웠다.

막강에겐 그러한 것들이 불필요하다 여긴 것이다.

막강처럼 이렇게 대놓고 '나 마음 열었소!' 라고 행동하는 자에겐, 굳이 더하고 뺄 필요가 없다. 그저 그 마음을 받아들이고, 내 마음마저 그대로 전달하면 그뿐이다.

한결 편안한 표정이 된 모개는 이내 막강을 향해 묻는다.

"자네 조부라는 분의 대명이 어찌 되는가?"

"성은 저와 같고, 이름은 패 자를 쓰시죠."

막패란 말이 흘러나오자 모개의 얼굴은 놀람으로 가득 찬다.

"막패라면! 삼! 삼절검협(三絶劍俠) 막 대협 말인가? 진정 삼절검협이란 말인가?"

그의 반응에 막강은 의아한 표정이 된다.

"음… 삼절검협이 뭔지는 잘 모르겠지만 우리 할아버지 이름이 막패인 건 확실해요. 근데, 우리 할아버지를 잘 아세요?"

모개는 침음하며 말한다.

"음… 삼절검협이 살아계셨다니! 당시 형산파의 무인들 중 살아남은 자는 단 한 명도 없다고 알고 있었거늘!"

모개가 아직도 믿기지 않는 듯 중얼거리자, 막강은 사십 년 전 있었던 일과, 자신과 막패 부자와의 사연에 대하여 간략하게 이야기를 해주었다.

모든 이야기를 듣고 난 모개는 고개를 끄덕이며 말했다.

"으음… 그런 딱한 일이 있었군. 내가 막 대협을 뵌 것은 단 한 번뿐이었네. 하나, 그 시절 강호에서 삼절검협의 위명을 모르는 자는 아마도 한 사람도 없었을 걸세."

"우리 할아버지가 그렇게 대단했었나요?"

잔뜩 상기된 막강의 얼굴을 보며 모개가 말을 잇는다.

"자네는 왜 막 대협께 삼절이란 수식어가 붙었는지 아는가? 바로 검법과 보법, 수법(手法), 이 세 가지 모두에서 강호일절(江湖一絶)로 불리셨기 때문이네. 이중 한 가지에 능통하기도 어렵다는 것은 무인이라면 모두 알고 있는 사실이지. 하지만 막 대협은 하나도 둘도 아닌, 세 가지 모두를 섭렵하여 강호를 평정하셨네. 젊어서부터 형산파 창건 후 백 년 이래 최고의 기재라 불린 그분의 능력은 정녕 대단하다 할 수 있었지. 갓 불혹을 넘어선 나이였음에도 당시 강호를 모두 통틀어도 막 대협에 필적할 만한 사람은 손가락으로 꼽을 정도였으니 말일세.”

“이야! 우리 할아버지 정말 대단하셨구나!”

마치 자신이 막패가 된 것 마냥 들뜬 막강은 곧 ‘그런 할아버지가 지키고 있던 형산파를 무너뜨린 멸천교의 힘은 과연 얼마나 강했을까’ 라는 생각을 하며 잠시 생각에 잠긴다.

그런 막강에게 시선을 던진 모개가 넌지시 물어온다.

“자네는 막 대협께 그 세 가지 중 몇 가지를 전수받았는가?”

이에 막강은 생각에서 벗어나 눈알을 굴리며 대답한다.

“음… 검법은 배웠고, 보법이랑 수법도 배웠으니까 뭐, 다 배웠네요.”

그 말에 모개는 두 눈을 반짝인다.

“그렇군. 그렇다면 곧 형산파의 절학이 또다시 천하를 위진시키는 것을 내 눈으로 볼 수 있겠구먼. 허허.”

“에이! 저는 할아버지처럼 되려면 아직도 멀었어요.”

쑥스러운 듯 손을 가로젓는 막강.

그 모습을 보며 마음을 굳히는 모개.

‘절대 놓치지 말아야겠어!’

모개는 더 이상 시간을 끌지 않으려는 듯, 진지한 표정으로 막강에게 말했다.

“내가 자네를 만나고자 한 이유를 고 위장을 통해 들어 알고 있을 걸세.”

"형산파와 끝내지 못한 거래가 있었다는 거요?"

고개를 끄덕인 모개가 말을 잇는다.

"사실대로 말하자면… 그건 거짓이었네."

"예?!"

막강은 눈이 휘둥그레지며 모개를 쳐다본다.

"하지만 모두가 거짓은 아니네. 마무리 짓지 못한 거래가 있다고 한 것은 자네를 꼭 만나고 싶어서 내가 지어낸 말이지만, 형산파와 우리 금가장이 옛적부터 돈독한 관계를 유지하고 있었던 것은 틀림없는 사실이네. 강호의 방파와 상단은 본래 떼려야 뗄 수 없는 관계이기 때문이지. 어쨌든 미안하군. 내 깊이 사죄를 함세."

모개의 말에 잠시 아쉬운 듯 입맛을 다시던 막강은 이내 대수롭지 않게 말한다.

"에이 뭐! 괜찮아요. 다 거짓말은 아닌데요, 뭐. 그리고 덕분에 우리 할아버지 이야기도 들었으니까요."

자신의 염려와는 달리 흔쾌히 넘어가는 막강.

모개는 그런 막강이 더욱 탐이 날 뿐이다.

"이해해 주니 정말 고맙군. 젊은 나이에 벌써 그같이 넓은 마음을 가졌으니, 분명 자넨 크게 협명(俠名)을 날릴 걸세."

잇따른 칭찬에 막강의 어깨가 들썩거린다.

"하하하! 너무 그러지 마세요! 쑥스럽네요. 그런데 저를 왜 꼭 만나려고 하신 거죠?"

마주 웃어주던 모개는 진심 어린 눈빛으로 막강을 바라본다.

천금을 줘도 살 수 없는 것이 사람의 마음이라 했던가!

모개는 지금 그 값진 것을 사려고 한다.

"내가 자넬 만나고 싶었던 것은, 우리 위사 셋을 단번에 제압한 자네의 그 무공 실력이 탐나서였네. 사실 지금 우리 금가장은 쇠퇴일로를 걷고 있네. 전대 장주께서 살아계실 때 있던 많은 인재들도 지금의 장주의 무능을 탓하며 본장을 등진 지 오래지. 상단을 꾸려가려면, 상재(商才)가 뛰어난 자뿐만 아니라, 그 상단을 지킬 힘도 필요하다네. 본장의 가장 큰 문제는 바로 그 힘이 약하다는 것이지. 무공이 뛰어난 자를 구하려 해도 이미 세가 기운 본장에 오겠다는 자는 찾아볼 수가 없네. 그런데 그 와중에 자네의 이야길 듣게 된 것일세. 그것도 당당한 구파 중 하나였던 형산파의 전인이라고 하니, 내 어찌 탐이 나지 않을 수 있겠는가?"

막강은 눈을 끔벅거리며 나름대로 진지하게 모개의 말을 듣고 있는 중이다. 이를 본 모개는 계속해서 말을 잇는다.

"그런데, 거짓까지 섞어가면서 자네를 만나 보게 되니, 이젠 자네의 무공은 별로 탐이 나지 않는군."

"……?"

모개와 막강의 눈이 허공에서 마주친다.

"이젠 자네가 가진 무공이 아니라, 막강이란 젊은 청년 자체가 너무도 탐이 나는군. 어떤가, 우리 금가장을 위해 일해줄 수 있겠나?"

"……!"

막강은 모개의 눈빛에서 진심과 간절함을 동시에 느낄 수 있었다.

그저 밀린 돈을 받는다 치고 편한 마음으로 고광칠을 따라온 것인데, 정작 이런 생각지도 못한 일을 당하고 보니 일단 어안이 벙벙할 뿐이다.

"저… 정말 제가 그렇게 탐이 나세요?"

"자넨 누구나 탐을 낼 만한 사람이네."

"헛! 저는 그냥 내내 산에서만 자라서 사냥하고, 약초 캐고 그런 것 말곤 잘하는 것도 별로 없는 데요……?"

모개는 고개를 젓는다.

"자넨 자신의 가치를 너무도 모르고 있군. 그렇게 말한다면, 자네의 조부이신 막 대협께서 매우 섭섭해하실 걸세."

모개가 할아버지까지 들먹이자 그에 대해 뭐라 더 할 말이 없는 막강이다.

모개는 다시 막강의 기색을 살피며 간절하게 말하기 시작했다.

"도와주게. 자네가 우리 상단의 안위를 책임져 준다면, 여건이 되지 않아 지금껏 포기해야만 했던 많은 거래들을 다시 시작할 수 있을 것일세. 부탁하네. 영원히 머물러 달라는 것이 아니네. 십 년, 아니, 오 년만이라도 우리와 함께 해줄 순 없겠는가?"

"흐음……."

고민에 빠진 막강의 얼굴을 보며 모개는 한마디를 덧붙인다.

"그리고 만약 자네가 원한다면, 형산파를 재건하는 데 본장이 힘이 되어주겠네. 협의도(俠義道)를 추구했던 형산파의 재건은 호남의 많은 사람들이 원하는 일일 걸세."

"음……."

막강은 아래턱을 매만지며 더 깊은 생각에 잠긴다.

일단 모개가 지금 자신에게 무엇을 부탁하는지는 알 것 같다.

그런데 자신이 왜 탐이 난다고 하는지는 잘 이해가 가질 않는다. 차라리 자신의 무공 실력이 탐이 난다고 하면 그러려니 할 텐데, 자신이 그냥 탐이 난다니?

'내가 그렇게 잘난 놈이었나? 하긴 내 무공이 탐난다는 것이나, 내가 탐난다는 것이나 같은 말일 수도 있겠군.'

갑작스레 혼자 히죽거리는 막강의 표정을 보며 흠칫하는 모개.

'……?'

모개가 의아해하거나 말거나 막강의 생각은 계속되었다.

금가장에 머문다고 생각할 때, 거부감이 들거나 그렇진 않을 것이다.

이곳은 형산의 모옥과는 비교도 할 수 없이 으리으리했고, 맛있는 것들도 많이 먹을 수 있을 테고, 또 앞에 있는 모개도 좋은 사람 같고, 또 무엇보다 형산파의 재건을 도와주겠다는 제안이 싫지만은 않은 것. 언젠간 형산파를 재건할 것이라면, 그에 따른 비용도 만만치 않을 것이기 때문이다.

그러나 만약 자신이 모개의 부탁을 받아들인다면, 이제 형산을 떠나야 한다. 할아버지와 아버지의 숨결이 살아 있는 곳, 구석구석 정이 묻어 있는 보금자리가 있는 그곳을 말이다.

그리고 또…….

'언년이도 있는데… 흐음, 어쩐다……?

이때 막강의 머릿속에 막패가 해준 말이 다시금 떠오른다.

"…네 뜻대로 살거라……."

'내 뜻이라……!'

순간, 두 눈에 힘을 준 막강이 고개를 번쩍 쳐들며 모개를 바라본다.

"저기, 그거 지금 꼭 대답해야 되는 건가요?"

이에 모개는 미소를 머금는다.

"고민이 되나 보군. 그래도 생각이 아주 없는 것은 아닌 것 같으니, 그나마 다행일세. 그래 결정하는 데 얼마나 시간을 주면 되겠나?"

"다시 형산에 좀 다녀오려고요. 거기 가서 결정을 해야 될 것 같거든요."

"그럼, 오 일 정도면 되겠는가?"

"네, 그 정도면 되겠네요."

모개는 고개를 끄덕이며 말했다.

"좋네. 부디 이 늙은이를 너무 애타게 하진 말아주게. 만약 내 부탁을 들어주기로 결정을 한다면, 바로 짐을 챙겨서 와 주겠는가?"

막강은 미소 지으며 흔쾌히 고개를 끄덕인다.

"그렇게 할게요."

"다시 볼 수 있기를 바라네."

"저도요."

모개는 막강의 환한 미소를 보며 쓴웃음을 머금는다.

'이젠 하늘에 맡기는 일만 남았군.'

*　　　*　　　*

언년은 오늘도 이른 아침에 일어나 물을 긷는다.

물을 가득 채운 물지게를 어깨에 지고 마을로 돌아오던 언년은 무언가가 갑자기 자신의 어깨에 닿는 것을 느끼고 화들짝 놀란다.

"어멋!"

"으차!"

귀에 익숙한 음성과 함께 그녀의 어깨는 가벼워졌고, 물지게는 어느샌가 막강의 어깨에 올라가 있다.

"나 왔어!"

자신을 향해 씨익 웃어 보이는 막강을 보며 언년의 아미가 잔뜩 찌푸려진다.

"내가 앞으론 이렇게 갑자기 나타나서 놀래키지 말라고 했잖아요!"

그 모습을 보면서도 활짝 웃는 막강.

"미안. 화난 거야? 그래도 나 보니까 좋지? 응?"

"휴… 됐어요."

더 말하면 무엇하리?

이미 이 정도로는 막강에게 씨알도 안 먹힌다는 걸 잘 알고 있는 그녀다.

언년은 고개를 저으며 한숨을 내뱉더니, 몸을 돌려 천천히 걷기 시작한다.

"그런데 오늘은 놀러 오는 날 아닌데 왜 온 거예요?"

어느새 그녀와 어깨를 나란히 한 막강이 미소 띤 얼굴로 대답했다.

"금가장에 다녀오는 길에 바로 너한테 달려왔어."

"갔던 일은 잘된 거예요?"

"응."

"돈도 받았고요?"

"아니, 그건 거짓말이었대."

"네?"

걸음을 멈추며 막강을 향해 돌아서는 언년.

이미 막강을 통해 막강의 자라난 이야기와 이번 금가장에 관한 일도 들어서 알고 있는 그녀다.

"그게 무슨 말이에요? 왜 거짓말을 했대요?"

이에 막강은 히죽거리며 말했다.

"내가 탐나서 날 좀 만나 보려고 그랬대. 그러면서 나더러 금가장에서 같이 살자고 하더라고."

그 말을 들은 언년은 눈을 가늘게 뜨며 의심스런 눈초리로 말한다.

"지금 장난하는 거죠?"

"아니, 정말로 거기 총관이라는 할아버지가 나더러 상단 호위무사 좀 맡아달라고 부탁했다니까."

"상단 호위무사요?"

"응. 호위무사 중에서도 대장이지. 히."

의심을 완전히 풀지 못했던 언년은 곧 고개를 끄덕거린다.

'하긴… 무공이란 걸 배웠으니까…….'

그때, 그녀의 귀에 막강의 다정한 음성이 들려온다.

"언년아, 나 그거 할까? 말까?"

"그걸 왜 나한테 물어요?"

새침한 표정을 짓는 언년.

"헷! 우린 볼 거 안 볼 거 다 본 사이잖아."

그 말에 언년은 얼굴을 붉힌다.

"또 그 소리! 몰라요! 알아서 결정해요!"

언년의 앞으로 걸어간 막강은 미소 지으며 말한다.

"그러지 말고 말해줘. 응? 어떻게 할까?"

그러자 언년은 그런 막강을 흘겨보며 묻는다.

"내가 하라 그러면 하고, 하지 말라 그러면 안 할 거예요?"

기다렸다는 듯이 힘껏 고개를 끄덕이는 막강.

"응!"

"허……! 말도 안 돼. 왜 그러는 건데요?"

"그게 내 뜻이거든."

"……?!"

언년은 히죽 웃는 막강의 얼굴을 보며 더 이상 할 말을 잃었다.

도대체가 말도 안 되는 말들만 골라서 하고 있는 사람이다. 그런데 그런 말을 듣는 자신의 기분이 좋아지는 것은 왜인지…….

막강의 눈을 바라보던 언년은 그 속에 담긴 진지함을 발견하곤 한숨을 내쉰다.

"휴… 좋아요. 애초에 계속 혼자 산에서 살 생각은 아니었죠?"

"응."

"그럼, 거기 금가장에 가 보니까 어땠어요? 괜찮아요?"

"응, 엄청 크고, 맛있는 것도 많더라고."

"사람들은요? 나쁜 사람들 같진 않았어요?"

"응, 총관 할아버지도 좋고, 다른 사람들도 좋아보였어."

언년은 잠시 생각하다가 고개를 끄덕이며 말한다.

"그럼 가요. 이젠 사람들하고 같이 살아야죠. 그리고 무공을 배웠으니 농사 같은 일을 하는 것보단 호위무사를 하는 게 낫잖아요. 그죠?"

"응!"

"피이… 이미 하고 싶었으면서 물어보기는…….."

토라진 듯한 언년의 얼굴을 보며 막강은 히죽 웃는다.

"나랑 같이 가서 살래?"

그 말에 언년은 흠칫하며 두 눈에 쌍심지를 킨다.

"또 그 얘기예요! 그런 말 할 거면 그거 얼른 주고 가 봐요!"

물지게를 달라며 손을 뻗는 언년.

"알았어! 알았다고! 그럼 나중엔? 나중에도 싫어?"

"이잇……!"

재차 소리를 치려던 언년은 돌연 정색을 한다.

"같이 살자는 말이 무슨 뜻인지 알고나 있는 거예요?"

이에 막강은 당연하다는 듯이 고개를 끄덕인다.

"그럼! 혼인하는 거잖아. 언년인 나한테 시집오고, 난 언년이한테 장가가고."

"……!"

순간.

휘릭!

발갛게 된 얼굴을 들키지 않기 위해 언년은 그대로 몸을 돌려 마을 쪽으로 빠르게 걷기 시작한다.

'무슨 뜻인지 다 알면서 같이 살잔 말을 그렇게 장난스럽게 했다는 거야? 도대체가 정말이지……!'

고개를 도리도리 흔들며 걸어가는 언년의 뒤에선 막강의 음성이 계속해서 들려온다.

"나중엔? 나중에도 싫은 거야? 응? 언년아……?"

'아휴! 내가 미쳐……!'

더욱 빨리지는 언년의 발걸음.

물지게를 진 채 막강은 잘 키운 강아지 마냥 그 뒤를 졸졸 따라갔다.

이튿날 아침.

막강은 작은 봇짐을 어깨에 지고 무덤 앞에 섰다.

"할아버지, 아버지. 저 여기 떠나서 다른 데서 살러 가요. 엄청 크고 좋은 곳이에요. 상단 호위무사 대장으로 가는데, 여기에 혼자 있는 것보단 재밌을 것 같아서요. 할아버지가 살아계셨으면 좋았을 텐데… 쩝, 아무튼 그렇게 멀리 있는 데는 아니니까 자주 올게요. 언년이도 보러 와야 되니까. 흐흐! 그럼 강이는 이만 갑니다! 잘 있어요. 할아버지, 아버지!"

신형을 돌린 막강은 휘적휘적 산 아래로 내려가기 시작한다. 전엔 보이지 않던 칠흑같이 검은 장검을 허리에 메단 채.

그것은 다름 아닌 막패의 피와 한이 어린 애검, 묵룡(墨龍)이었다.

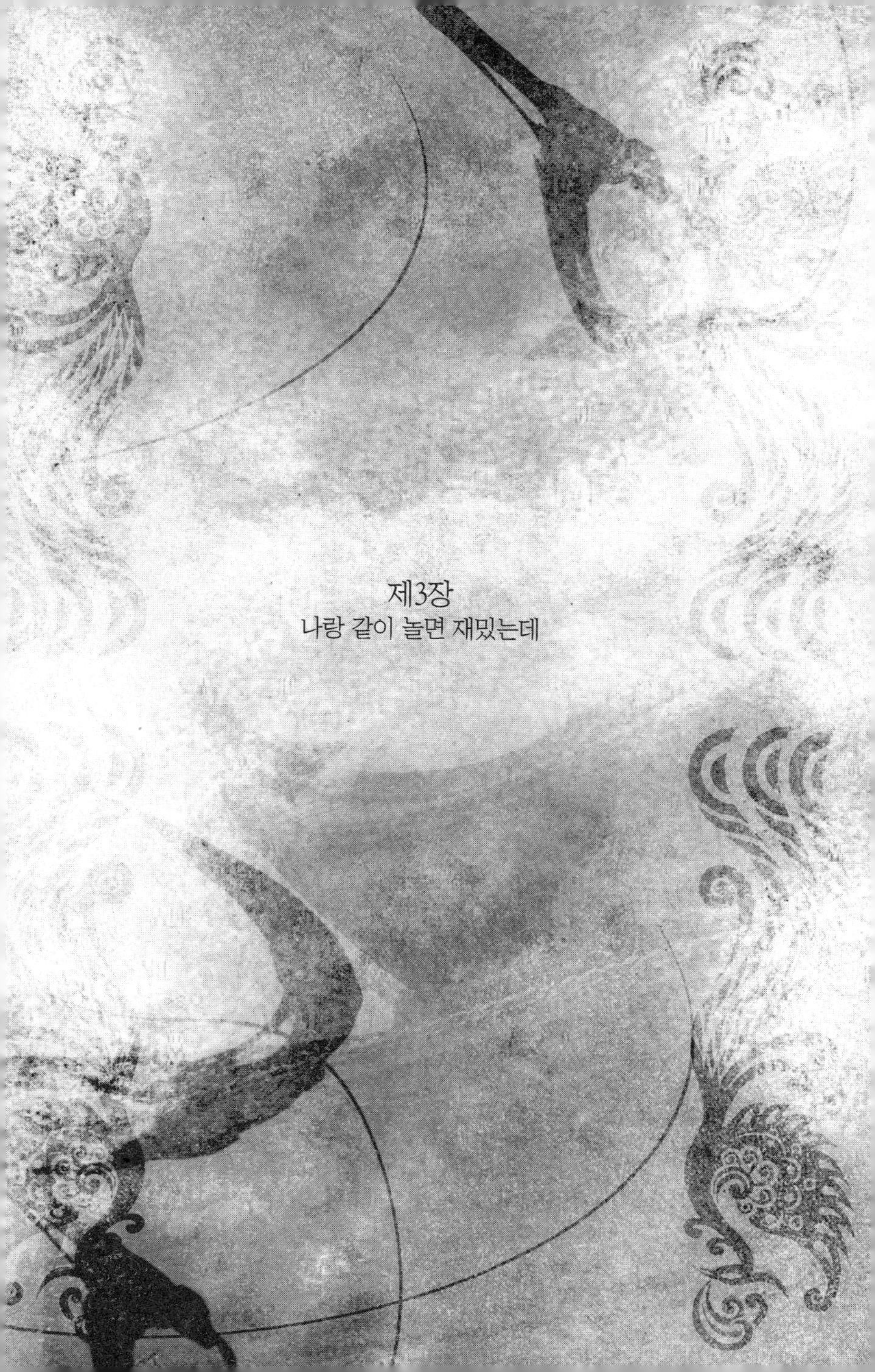

제3장
나랑 같이 놀면 재밌는데

快
路莫强

"하앗!"

"핫!"

금가장 한편에 자리한 아담한 연무장이 고광칠을 비롯한 복호위 위사들의 기합성으로 가득하다.

모두가 진검을 들고 수련을 하고 있음에도 금속성이 들리지 않는 이유는, 대련을 하지 않고 모두 혼자 따로 검을 휘두르고 있었기 때문이다.

허공에 대고 검을 휘두르는 이들의 표정과 눈빛은 하나같이 진지하기만 한데, 그러나 이들이 처음부터 이러한 모습이었던 것은 아니다.

석 달 전.

그날은 막강이 복호위의 위장으로 임명된 첫날이었다.

금가장에 갓 들어온 막강을 복호위 위장으로 삼는다는 모개의 말에 위사 오십 명은 모두 동시에 불쾌함을 표출하였다. 위사들의 나이는 대개 이삼십대였고, 스무 살인 막강보다 어린 자는 단 한 명도 없었으니. 어찌 보면 당연하다고 할 수 있는 것.

물론, 그간 탐탁지 않게 생각해 온 고광칠이 위장직에서 쫓겨난 것은 기분 좋은 일이지만 말이다.

아무튼, 단지 과거 구파의 일원이었던 형산파의 전인이라는 이유만으로 어린 애송이를 상관으로 모신다는 것은 결코 순순히 받아들일 수 없는 일이었던 것이다.

그중에서도 반발이 가장 컸던 사람은 역시 고광칠이었다.

분에 못 이긴 그는 결국 모개를 찾아가 따졌다.

"총관 어른! 이게 말이 되는 겁니까? 어찌 저에게 이러실 수 있습니까!"

"뭐가 말인가?"

"그 애송이 말입니다! 어떻게 그놈에게 위장직을……!"

"자네는 부위장을 하게."

"이건 말도 안 됩니다! 그놈이 위장이라니요!"

"말을 가려하게. 그놈이라니. 자네 상관일세."

"허! 안 됩니다! 저는 받아들일 수 없습니다!"

"받아들일 수 없다?"

"예!"

"음… 진심인 것 같군. 그럼 어쩔 수 없지. 자, 받게."

"이, 이게 뭡니까?"

"그동안 본장을 위해 애써준 데 대한 작은 성의일세. 그간 수고 많았네. 잘 가게."

"헉! 저! 저기……!"

그날 고광칠은 손이 발이 되도록 싹싹 빌고 나서야, 모개의 말을 번복시킬 수 있었다.

아깝고 분하긴 했지만 위장이 뭐 대순가? 먹고사는 게 문제지.

당장 금가장에서 쫓겨나면 갈 곳도, 할 일도 딱히 없는 고광칠인 것이다.

이렇게 아주 작고 미미한 소동과 함께 막강의 금가장 생활은 막이 오른다.

그리고 얼마 안 있어 막강이 보여준 두 번의 행동으로 고광칠을 비롯한 위사들의 불만은 일거에 불식되기에 이르는데, 그것이 뭔고 하면…….

첫 번째는 바로 막강의 첫 임무 중에 벌어진 일이다.

당시 막강은 상단 호위의 첫 임무로서, 장사에서 보름 거리에 있는 강서성 남창(南昌)으로 상단을 따라 원행을 떠났는데, 그 중간에 산적들을 만나게 된다.

"으흐흐흐! 금가장의 애송이들이로구나! 지난번에 상납한 것이 있으니, 오늘은 특별히 작은 성의만 받겠다!"
"응? 당신들은 산적……?"
"그렇다! 우리로 말하자… 헉!"

이날 서른 명에 달했던 산적들을 막강 혼자서 순식간에, 그것도 맨손으로 때려잡는 것을 목도한 위사들은 더 이상 막강을 무시할 수 없게 되었다.

그리고 두 번째는 남창에서 돌아온 막강이 위사들을 모두 모아놓은 자리에서 보여준 행동이었다.

산적들에게 제대로 대항도 못할 정도로 위사들의 실력이 형편없음을 안 막강은, 위사들 하나하나에게 자신의 무공과 검법을 펼쳐 보이라고 지시한다. 그런 뒤 그들 각자에게 자세와 초식의 잘못된 점을 지적하고, 부족한 점을 보완시켜 주었다.

처음엔 어영부영하던 위사들도 막강이 알려준 대로 한 번씩 시전해 보고는 전과는 사뭇 다름을 느끼게 되었고, 그 후 막강의 지시대로 매일같이 홀로 연습에 매진하게 된 것이다.

사실 막강은 처음엔 자신이 알고 있는 형산파의 검법을 위사들에게 가르쳐 줄 생각을 하였지만, 위사들의 실력과 그들이 익힌 이름 없는 심법들로는 형산파의 무공을 배우는 것이 불가능함을 깨닫고 그저 그들의 부족한 부분을 보완해 주기로 생각을 바꾼 것이다.

그러나 단지 그것만으로도 위사들의 실력은 전과는 비교할 수 없을 정도로 확연히 달라졌고, 이에 위사들은 서서히 막강을 마음으로 인정하기 시작했다.

특히나 고광칠에겐 막강의 도움이 매우 크게 작용했는데, 그것은 그가 일반 위사들과는 달리 상승검법을 익히고 있었기 때문이다.

고광칠이 익히고 있던 검법은 청풍검법(淸風劍法).

바로 청성파의 기본적인 검법 가운데 하나다.

고광칠이 구대문파 가운데 하나인 청성파의 검법을 배울 수 있었던 것은, 그가 어릴 적 시종 노릇을 했던 곳이 다름 아닌 청성파의 속가제자가 운영하던 무관(武館)이었기 때문이다.

무공에 관심이 많았던 고광칠은 비록 종의 신분이었으나, 틈틈이 수련생들이 수련하는 것을 몰래 훔쳐보면서 혼자 열심히 연마했다. 결국 그것은 관장에게 발각이 되고 말지만, 성품이 인자했던 관장은 오히려 고광칠의 열의와 진척을 높이 사며 내공심법까지 가르쳐 준 것이다.

비록 청성파 본연의 심법은 아니었으나, 그 덕에 지금 그가 금가장에서 호위무사 노릇을 하고 있다 해도 과언이 아니었다.

이 같은 고광칠의 내력(來歷)을 알게 된 막강이 그에게 더욱 많은 것들을 보완해 주자, 청풍검법에 대하여 스스로 깨우치지 못한 부분까지 깨우칠 수 있게 된 그였다.

"오셨습니까! 위장님!"

다른 위사들과 함께 땀을 흘리며 열심히 검을 휘두르던 고광칠은, 연무장으로 들어서는 막강을 보곤 황급히 검을 거두며 고개를 숙였다.

막강을 바라보는 그의 눈은 마치 사랑스런 여인이라도 나타난 것 마냥 반짝거린다.

처음엔 막강만 보면 똥 씹은 표정을 짓던 그였으나, 막강으로 인해 상상도 못했던 무공에 대한 재미를 느끼게 되자, 이젠 막강이 더없이 고마운 존재로만 여겨졌다.

"오셨습니까!"

다른 위사들도 동시에 인사를 건네자 막강이 그들을 향해 환하게 웃는다.

"정말 열심히들이네요!"

얼핏 보기에도 막강의 신색은 많이 달라졌다.

허름한 마삼 대신 반지르르한 비단으로 지은 흑의가 전신을 감싸고 있고, 길게 풀어 헤쳤던 짙은 흑발은 뒤로 곱게 빗어 넘겨 역시 검은 비단 띠로 묶었다.

단지 그뿐이지만, 막강의 외모는 여느 미남자 못지않았
다.

"내가 뭐 도와줄 거는 없나요?"

이에 고광칠이 마주 웃으며 대답한다.

"하하! 위장님이 이미 친절하게 다 설명해 주셨는데, 더 도
와줄 게 뭐 있겠습니까!"

고광칠의 말에 다른 위사들도 고개를 끄덕이며 웃는다.

막강은 쑥스러운 듯 뒷머리를 긁으며 말한다.

"하하! 그건 그렇지만 그래도 잘 모르는 거나, 잘 안 되는
게 있으면 언제든지 말하세요. 우리가 빨리 강해져야 금가장
이 돈을 많이 버니까요."

"아! 당연히 그래야죠! 자자! 모두 위장님이 하신 말씀 들
었지! 뭣들 하냐! 딴청 그만 피우고 수련들 해!"

고광칠이 한창 호들갑을 떨고 있을 때, 막강이 들어선 문
쪽으로 청의를 말끔하게 차려입은 청년 하나가 막강을 향해
걸어오고 있는 모습이 보인다.

"막 위장, 여기 있었군."

서글서글한 눈매와 부드러운 인상을 가진 청년의 이름은
국연의(國然意). 상단의 행수이자, 금가장에 남은 유일하다시
피 한 젊은 인재다.

모개는 뛰어난 두뇌를 가지진 않았지만 상리에 밝고, 덕과
침착함까지 갖춘 국연의를 일찌감치 후계자로 점찍어놓고 곁

에 두고 있었다.

그를 본 막강의 얼굴에 자연스레 친근한 미소가 떠오른다.

"어! 우리 국 행수가 여긴 웬일이야? 바쁘지 않아?"

스무 살 동갑인 막강과 국연의는 처음 봤을 때부터 서로 마음이 맞아 어느새 친한 지기가 되었다. 국연의는 모개가 그랬던 것처럼 막강의 기이하도록 솔직하고 순수한 모습에 절로 마음이 끌린 것이고, 막강은 국연의가 자신과 동갑이라는 그 사실만으로도 처음부터 '우리 국 행수, 우리 국 행수' 라고 부르며 친구로 삼아버린 것이다.

막강의 물음에 국연의 또한 미소를 지으며 말한다.

"바쁘긴 바쁘지, 너 찾아다니느라."

"나를?"

국연의는 막강을 향해 손가락 하나를 까딱이며 입을 연다.

"따라와."

"응? 무슨 일인데?"

"총관 어른이 찾으셔."

"그래? 그럼 빨리 가야겠네."

고광칠 등에게 시선을 돌린 막강이 소리를 높이며 입을 연다.

"하던 연습 계속하세요! 조금 이따가 다시 올게요!"

"알겠습니다! 위장님!"

잠시 후, 국연의와 함께 집무실 안으로 들어오는 막강을 바라보며 모개는 얼굴 가득 훈훈한 미소를 그린다.

막강이 금가장에 온 지 삼 개월.

짧은 시간에 불과하나, 벌써부터 막강 하나로 인한 파급효과가 새록새록 나타나고 있으니, 그로선 막강이 귀한 손주 마냥 예뻐 보일 수밖엔 없었다.

"총관 어른, 찾으셨어요?"

"그렇다네. 어서 앉게 막 위장."

국연의와 나란히 앉은 막강이 궁금한 듯 먼저 묻는다.

"무슨 일이세요? 거래라도 잡혔나요?"

"거래가 잡힌 것은 아니고, 중요한 거래를 따내야 할 일이 생겼네."

"중요한 거래요?"

모개는 고개를 끄덕이며 말한다.

"우리 장은 오래전부터 질 좋은 병장기를 만드는 단철장을 운영하면서 큰 이문을 남겨 왔었는데, 세가 기울면서 이 또한 다른 곳에 모두 빼앗기고 말았네. 만약 단철장을 다시 살릴 수만 있다면, 예전의 상세(商勢)를 되찾는 길이 한결 쉬워질 수 있지. 그런데 이번에 우리에게 아주 좋은 기회가 찾아왔네. 곧 의천맹 호남 지부에서 마음에 드는 단철장을 지목하여 필요한 병장기를 사들인다는 소식이네. 나는 이것을 반드시 본장이 따내기로 마음먹었네. 해서 연의를 그곳으로 보낼 것인데, 자네가 연의와 함께 가주어야겠어."

모개의 말을 다 들은 막강이 씨익 웃으며 말했다.

"당연히 가야죠. 그렇게 중요한 일이라는데. 그런데 의천맹이라면 사십 년 전에 멸천교 때문에 만들어졌다는 그곳을 말씀하시는 건가요?"

"맞네. 당시는 잠정적 조직의 성격을 띠었지만 지금은 전 무림에 영향력을 행사하는 최고의 조직으로 자리 잡았지."

"음……."

의천맹이란 말을 듣고 자연히 형산파를 쑥대밭으로 만들었던 멸천교를 떠올린 막강은 약간 상기된 표정으로 고개를 끄덕이더니, 곧 모개를 향해 다시 묻는다.

"의천맹 호남 지부란 곳은 어디 있죠?"

"악양(岳陽)에 있네. 여기서 꼬박 이틀이면 충분한 거리지."

악양은 동정호(洞庭湖)의 북동편에 있는 도시다.

동정호의 물이 장강으로 흘러 나가는 출구에 위치해 있어, 동정호와 장강의 절경을 한눈에 내려다볼 수 있는 악양루(岳陽樓)로 더욱 유명한 곳이기도 하다.

막강은 재차 고개를 끄덕이며 묻는다.

"그럼 위사들은 몇 명이나 데리고 갈까요?"

"많이 데려갈 필요는 없네. 물품을 운반하는 것도 아닌데 무인들을 많이 데리고 가는 것은 오히려 모양새가 이상하니, 자네가 서넛만 골라 데려가도록 하게. 그리고 한 가지 명심할 것은, 이번 일은 상단을 이끌고 원행을 떠나는 것과는 성격이 다르다는 것이네. 이번에 자네가 특별히 신경을 써야 하는 것은 여기 있는 연의의 안위일세. 거래를 따내기 위해 우리 외에 다른 많은 상단에서도 소식을 듣고 찾아갈 것이니, 그 가운데 있을지도 모를 만약의 사태를 대비하여 연의의 안위를 자네에게 맡기는 것이네. 물론 불필요한 충돌은 되도록 피해야 한다는 것은 잘 알고 있을 거라 믿네."

모개의 설명을 들은 막강은 옆에 있는 국연의의 어깨에 손을 올리며 활짝 웃는다.

"걱정 마세요! 우리 국 행수는 제가 잘 데리고 갔다 올게요."

그 말에 국연의는 어이없다는 표정으로 입을 쩌억 벌린다.

"허! 착각하지 마라! 내가 널 따라가는 게 아니라, 강이 네가 날 따라가는 거라고. 알겠어?"

"어! 그런 거야? 나는 그 반대인 줄 알았는데. 그런 거예요, 총관 어른?"

"허허……."

그렇게 티격태격하는 둘의 모습을 바라보는 모개의 노안엔 기분 좋은 미소가 떠나질 않는다.

국연의의 논리 정연한 주장에 결국 고개를 끄덕이며 수긍한 막강이 이내 뭔가 떠오른 듯 모개에게 묻는다.

"아 참! 의천맹 호남 지부로 언제 출발하죠?"

"사흘 뒤네."

*　　　*　　　*

별도 달도 초롱초롱한 시커먼 밤.

막강은 위사 둘을 데리고 기루들이 즐비하게 늘어서 있는 길목에 들어섰다.

이미 여러 번 다녀본 길을 가는 듯, 너무도 익숙한 발걸음이다.

'혹시 막강이 기녀들과……? 라고 의심을 품을 만하지만 지금 막강은 즐기기 위해 기루로 가는 것이 아니라, 모개의 지시를 받고 기방에서 술에 취해 뻗어 있을 장주 금적산을 데리러 일월루(日月樓)로 가는 길이었다.

내일 아침이면 악양으로 출발해야 하는 막강이기에 그 어느 때보다 지시를 내리면서도 씁쓸하고도 미안한 표정을 짓던 모개였지만, 정작 막강은 아무렇지도 않았다. 이미 한두 번 하는 일도 아니고, 일월루에 가면 기분이 좋아지는 일도 있기 때문이다.

"어머! 막 위장님 오셨네요!"

"호호호! 강이 오라버니 또 금 장주님 모시러 왔구나?"

"보고 싶었어요! 자주 좀 놀러와요!"

막강이 일월루에 들어서자마자 여기저기서 많은 기녀들이

너도나도 조르르 달려나와 막강의 주위를 에워싸며 온갖 교태를 부리기 시작한다.

키 크지, 몸매 다부지지, 얼굴 곱상하지, 게다가 순진한 구석까지.

나이 어린 기녀들로선 막강에게 관심을 두지 않을 수가 없다.

그런 기녀들의 관심과 환대에 막강의 입은 어느새 귀밑까지 걸려 버린다.

"하하! 명월이, 해월이, 옥화, 설화, 초기…… 다 잘 있었어? 옥화는 저번보다 더 예뻐졌구나? 어? 너는 못 보던 얼굴인데, 새로 왔나?"

재잘재잘, 그렇게 한동안 막강과 수다를 떨던 기녀들은 언제나 그렇듯, 한 중년 여인의 호통 소리가 들림과 동시에 찔끔하며 원래 있던 자리로 바쁘게 돌아가기 시작했다.

중년 여인의 등장과 함께 막강 또한 언제나 그랬듯 그녀의 안내를 받아 금적산이 쓰러져 있을 방으로 안내되었다.

기우뚱!

교자를 들고 가는 가마꾼들이 힘겨운 모습으로 걸음을 옮긴다.

푸른색의 비단으로 지붕을 덮고, 속이 들여다보이는 망사와도 같은 얇은 천을 사방에 드리운 교자는 보기에도 화려하기 그지없다.

교자의 옆에 서서 걷던 막강은 교자에 몸을 기댄 채 자고 있는 금적산을 힐끗 쳐다본다.

육중한 몸엔 나라에서 금한다는 황금빛 비단으로 만든 옷이 걸쳐져 있다. 법을 어기면서까지 옷을 해 입을 정도니, 금적산의 호사가 어느 정도인지 짐작을 하고도 남겠다.

"흠, 술이 그렇게 맛있나? 난 쓰기만 하고 별로 맛없던데……. 안 그래요?"

막강의 물음에 앞에서 교자를 호위하던 두 명의 위사 중 하나가 웃으면서 말한다.

"그건 위장님이 아직 진정한 술 맛을 몰라서 그러는 겁니다. 술 맛에 제대로 한번 빠져들었다 하면, 헤어 나오기가 쉽지 않은 법이죠."

위사의 말에 막강은 고개를 갸웃거린다.

"그래요? 흐음… 진정한 술 맛이라……?"

다시금 금적산을 쳐다보는 막강.

어찌나 몸에 비계가 많은지, 가마꾼들이 한 걸음 내디딜 때마다 얼굴 살이 실룩대고, 배가 출렁거리는 것이 확연히 눈에 띌 정도다.

"진정한 술 맛이 아무리 좋다고 해도 이렇게 뚱뚱해지는 건 싫은데……. 훗."

막강이 히죽거리며 말을 내뱉은 순간, 금적산의 감은 눈 주위에 잔경련이 일었다. 밖으로 나온 후 찬바람을 쐬어 잠시 정신을 차린 와중이던 그는 막강이 하는 말들을 다 듣게 된 것이다.

'이놈이! 날 가지고 놀아?'

안 그래도 막강이 탐탁지 않은 금적산이다.

지난날 언년을 데리고 오라는 금적산의 명을 이행하지 못한 것에 대하여 모개는 언년에겐 이미 정혼자가 있으며, 그 정혼자가 바로 막강이라고 속여 그를 설득한 바 있다. 또한 모개는 막강의 내력에 대하여 설명하며 금가장과 자신에게 꼭 필요한 인재이므로 반드시 붙잡아야 한다고까지 부탁을 했던 것이다.

죽은 자신의 아버지와는 의형제지간이고, 자신에겐 숙부와 다름없는 모개의 부탁은 그조차 쉽게 무시할 수 있는 것이 아니었다.

또한 모개의 말대로 막강이 진정 금가장에 큰 득이 될 사람이라면, 자신으로선 손해 볼 일이 없기에, 일말의 아쉬움을 뒤로한 채 언년을 포기하기로 결정한 바 있다. 금가장이 다시 잘되어 돈을 많이 벌어들인다면, 그만큼 자신은 더욱 화끈하게 즐길 수 있기 때문이다.

실제로 막강은 금가장에 많은 유익을 가져왔고, 그 덕에 금적산은 여러 눈치를 덜 보고 좀 더 편하게 향락을 즐길 수가 있었던 것.

그러나 가끔씩은 막강의 행동이나 말이 자신의 심기를 불편하게 하곤 했다. 막강은 자신을 깍듯한 예가 아니라, 마치 친구를 대하듯 하고 있는 것이다.

'크으……! 이놈에 대해선 날이 밝으면 다시 총관과 이야길 해 봐야겠어! 괘씸한 놈!'

그렇게 금적산이 속으로 막강에 대한 분을 삭이고 있는 바로 그때.

우뚝!

교자의 움직임이 갑작스레 멈추며, 한 위사의 외침이 들려왔다.

"웬 놈들이냐!"

불안한 마음에 그대로 고개만을 살짝 들어 전방의 상황을 살핀 금적산의 두 눈이 왕방울만 하게 커진다.

정체를 알 수 없는 괴이한 생김새를 한 두 사내가 교자의 앞길을 가로막고 서 있었다.

노도권(怒濤拳) 두문충(斗聞忠)은 강남 일대에선 제법 이름이 알려진 흑도(黑道)의 무인이다. 그의 용호선풍권(龍虎旋風拳)은 이름만큼이나 그 위력이 강맹하고 패도적인 것으로 정평이 나 있다.

특별히 하는 일이 없었던 그는, 자신의 힘을 필요로 하는 곳에 가서 일을 해주고 돈을 받는 식으로 일생을 보냈다. 무슨 일이든 가리지 않았고, 또 하는 일마다 척척 잘해냈기 때문에 굳은일을 해줄 사람이 필요한 중소문파들에게 꽤나 인기가 좋은 사람이었다.

그러나 그가 절대 하지 않는 단 한 가지 일이 있으니, 그것은 살인이다. 사람을 죽도록 패거나, 뼈다귀 몇 개를 부러뜨리거나, 아주 병신을 만드는 일은 해도, 오직 사람을 죽이는 일만은 하지 않는다는 것이 그만의 철칙이다. 물론 어쩌다가 잘못 때려죽인 적은 꽤 있지만…….

좌우지간 그런 그가 오십 년이라는 강호 생활을 접고 늘그막에 제자 둘을 거두니, 그들이 바로 구공산(具工山)과 단고립(單高立)이다.

호북의 융중산에서 두문충에게 사사하고 강호로 나와 일 년여 동안 무창(武昌) 일대에서 표국의 일 등을 도와가며 생활한 그들은, 얼마 전 아예 다른 사람들이 요구하는 일을 도와주고 해결하는 단체를 만들기로 마음을 먹게 된다.

그리하여 그동안 모은 돈을 털어 무창의 구석자리에 작은 방파를 하나 세우게 되니, 그 이름하야 해결문(解決門).

문주는 둘이서 공동으로 해 먹고, 문도 역시 아직 그들 둘이 전부다.

그렇게 해결문을 세운 지 한 달.

그동안 아무런 일거리가 들어오지 않아 방바닥만 뒹굴던 그들에게 얼마 전 드디어 첫 손님이 찾아온다.

찾아온 사람은 젊은 청년.

빚 때문에 억울하게 기녀로 팔려간 자신의 누이 이야기를
하며, 그들에게 자신의 누이를 기루에 팔아먹은 놈을 작살내
달라고 청탁을 한다.

이에 그들은 사부인 두문충의 엄명을 떠올리며 사람을 죽
이는 일은 할 수 없다고 거절하지만 그런 그들의 말에 청년은
그럼 죽지 않을 정도로만 패달라고 하며 끝내 은자 한 냥을
그들의 손에 쥐어주고 갔던 것이다.

"그, 근데 이거 해도 저, 정말 괜찮을까?"

"괜찮을 거야."

"그, 그래도… 장주면 되게 노, 높은 사람 같은데……."

"괜찮다니까! 그냥 쥐도 새도 모르게 패주고 튀면 돼. 호
위무사도 셋밖엔 없으니까, 빨리 해치우고 가는 거야. 알았
어?"

"으, 응……."

구공산과 단고립은 좁고 어두운 담벼락 사이에 바짝 붙어
소곤댔다.

보통 키에 쭉 찢어진 두 눈, 뻐드렁니를 소유한 구공산은
앞쪽에 서서 캄캄한 길목을 주시했고, 무려 칠 척에 달하는
거대한 몸집에다 얼굴 주위로 새까만 수염마저 덥수룩한 단
고립은 그 뒤에 바짝 달라붙어 걱정스런 표정을 지은 채 서

있었다.

“온다!”

짧게 외친 구공산이 황급히 검은 천으로 얼굴을 가리며 단고립을 향해 말했다.

“셋 하면 뛰쳐나가는 거다!”

역시, 서둘러 얼굴을 가린 단고립이 고개를 끄덕인다.

“으, 응!”

“하나, 두울… 셋!”

휙! 휙!

“웬 놈들이냐!”

“으흐흐흐흐!”

구공산은 황급히 검을 뽑아 드는 위사들을 보며 음흉스런 웃음을 흘렸다.

“크흐흐! 본좌들은 천지쌍신(天地雙神)이시다. 저 못된 금가장주를 벌하기 위해 본 쌍신이 친히 찾아왔으니, 죽기 싫으면 나서지 말고 잠자코 있어라!”

“……?”

천지쌍신이란 말에 위사들의 눈매가 가늘어지기 시작한다. 별호가 후지기도 했거니와 처음 들어보는 것이기 때문이다.

그리고 자신들 앞에 선 이들은 복면을 하고 있음에도 그 생김새로 보건대, 천지쌍신이 아니라 천지쌍괴라고 해야 제격일 것 같았다.

위사들이 잠시 망설이고 있는 사이, 구공산과 단고립은 거침없이 금적산이 타고 있는 교자를 향해 다가왔고, 이에 당황한 두 위사는 각각 구공산과 단고립을 겨누며 반사적으로 검을 떨쳐냈다.

"멈춰라!"

쉬악! 슈욱!

그러나 그들의 검이 다 휘둘러지기도 전에 구공산과 단고립의 두 주먹이 이미 그들의 아래턱에 닿았다.

픽! 퍼억!

"커억!"

"억!"

단 일 권에 두 위사를 땅바닥에 눕힌 그들은 흉흉한 눈빛으로 교자를 들고 있는 가마꾼 넷과 그 옆에 멀뚱히 선 막강을 쓸어본다.

"크흐흐흐! 지금이라도 도망간다면 본좌가 목숨만은 살려주마."

구공산의 말에 가마꾼들은 바들바들 떨며 막강을 바라볼 뿐이다.

그리고 곧 구공산의 시선이 자연 막강에게로 쏠린다.

막강의 얼굴을 본 구공산의 표정이 살짝 일그러진다.

'이놈이……? 웃어?'

분명 웃고 있다.

그렇다고 비웃는 것은 아니고, 뭐랄까… 재밌다는? 아니면, 원래 저런 얼굴?

아무튼 구공산으로서는 참 기분 나쁜 웃음이 아닐 수 없었다. 게다가 그 웃음이 말끔한 얼굴과 너무나도 잘 어울린다는 생각이 들자 구공산은 갑자기 짜증이 치밀음을 느꼈다.

바로 그때, 들려온 막강의 음성.

"진짜 지금 도망가면 다 살려줄 건가요?"

느닷없는 질문에 눈썹을 한차례 떨어보인 구공산은 음흉스런 미소를 더욱 짙게 하며 말한다.

"흐흐! 본좌는 한번 내뱉은 말은 꼭 지킨다."

그 말에 막강이 활짝 웃으며 말한다.

"정말이죠? 그럼 우리 갈게요. 자, 어서 가요."

가마꾼들을 재촉하는 막강.

"……?"

이에 가마꾼들의 표정이 어리둥절하게 바뀌더니, 마침내 한 가마꾼이 떨리는 음성으로 묻는다.

"저어… 교, 교자는 어찌하……?"

"당연히 들고 가야죠."

"흐흐흐, 그렇지 어서 들고 가거……! 뭐! 뭐얏!"

얼떨결에 고개를 끄덕이던 구공산은 대경하며 막강을 쏘아본다.

"이! 이놈이 감히 본좌를 능멸하려 하다니!"

자신을 잡아먹을 듯 노려보는 구공산을 보며 막강은 의아한 표정을 짓는다.

"좀 전엔 도망가면 다 살려준다고 했잖아요?"

이에 구공산은 막강이 자신을 가지고 노는 줄 알고 분통을 터뜨렸다.

"크윽! 이! 이 자식! 절대 그냥 안 보내준다!"

더 이상 참지 못하고 그대로 막강의 면전을 향해 일 권을 내지르는 구공산!

슈욱!

투박한 움직임에서 나온 공격임에도 불구하고 그의 일 권은 빠르고, 또한 강맹했다. 이에 경시하지 못한 막강은 서둘러 자세를 잡고 좌측으로 반보 정도 이동한다.

그와 동시에.

후웅!

한줄기 권풍(拳風)이 귓전을 파고들었다.

'오! 세다. 제대로 맞으면 많이 아프겠는걸!'

막강은 구공산의 주먹에 무시 못할 힘이 담겨 있음을 알고 내심 감탄했다.

사실 박투라면 누구보다 좋아하는 막강이다.

모옥에서는 상대해 줄 사람이 없어 매일같이 맹수들을 찾아 산을 헤매고 다닐 정도였으니 말이다.

그런 막강이니, 구공산의 일격에 절로 흥이 돋는 것은 당연지사. 구공산 정도의 실력이면 한번 신나게 몸을 풀 수 있을 것 같았다.

한편 구공산은 막강이 자신의 일 권을 가볍게 피해내자 더욱 노기를 띠며 세차게 공격을 퍼부어댔다.

부웅! 부우웅!

어찌나 빠르게 주먹이 쏟아져 나오는지 흐린 잔상만이 허공에 가득하고, 주먹이 대기를 가르는 소리가 계속해서 귓전을 때린다.

그러나 막강은 구공산의 주먹을 매번 한 치의 차이를 두고 계속해서 요리조리 피해냈고, 이에 화가 머리끝까지 뻗친 구공산은 얼굴이 붉게 달아오른 채 연신 씩씩거렸다.

맞을 듯한데 안 맞고, 닿을 듯한데 안 닿는 그 기분을 누가 알리오?

"끄아아악!"

마침내 괴성까지 내지르며 달려드는 구공산.

이를 본 막강은 잔뜩 기대에 찬 얼굴로 그를 쳐다보다가 이내 무슨 생각이 들었는지 속으로 입맛을 다신다.

'저 뒤에 있는 덩치랑 둘이 같이 덤비면 제법 재밌을 것 같긴 한데…… 너무 늦으면 안 되겠지? 쩝.'

자신이 가장 좋아하는 박투를 제대로 즐길 수 있는 기회였지만, 내일 아침 일찍 출발하려면 준비해야 할 것이 좀 있었다.

　서둘러 상황을 정리한 뒤 빨리 금적산을 금가장으로 데려 가야겠다고 마음먹은 막강은, 돌연 구공산과의 거리를 좁히 며 날아오는 그의 주먹을 향해 좌수를 뻗었다.

　터억!

　순간, 구공산과 막강의 움직임이 그대로 멈춘다. 구공산의 주먹을 감싸 쥔 막강은 그를 향해 씨익 웃는다.

　"이만 갈게요. 내일 바쁜 일이 있어서……."

　"헉! 이……!"

　막강이 자신의 주먹을 아무렇지도 않게 낚아채자 흠칫 놀 란 구공산은 곧 이를 악물며 다른 주먹을 휘두른다. 그러나 이미 이를 예측이라도 한 듯, 막강은 그보다 빨리 자신의 우 수를 뻗어 소음삼수를 펼쳤다.

　휘리이이―

　그렇게 막강의 손등이 구공산의 아래턱을 가격하려는 찰 나!

　부웅!

　보통 사람의 두 배는 됨직한 커다란 주먹이 갑작스레 막강 의 옆구리를 향해 날아든다. 멀뚱히 서 있던 단고립이 구공산 이 위기에 처한 것을 보고 드디어 움직인 것이다.

　손을 거두지 않으면 막강도 단고립의 주먹에 그대로 격중 될 상황.

　막강은 구공산을 가격하려던 우수를 신속히 회수하는 동

시에, 쥐고 있던 구공산의 주먹을 비틀어 돌리며 순식간에 구
공산의 뒤쪽으로 신형을 이동했다. 그러자 단번에 단고립이
뻗은 주먹이 곧바로 구공산의 명치를 향하는 상황이 연출되
고 말았다.

"엇!"

"안 돼!"

갑작스런 반전에 단고립이 당황하는 사이.

투명한 옥소음과 함께 막강의 우수가 구공산의 뒤쪽에서
부터 튀어나와 단고립의 아래턱을 그대로 올려쳐 버렸다.

뻐걱!

"끄으……!"

무방비 상태로 막강의 손등에 정확하게 가격당한 단고립
은 혀를 바깥으로 내밀며 그 자리에서 기절해 버렸다.

몸을 돌린 막강은 경악에 찬 구공산의 얼굴을 보며 히죽 웃
는다.

"아까 우리 위사들 죽이지 않고 기절만 시켜줬으니까, 나
도 죽이진 않을 게요. 그럼……."

"자! 잠깐마……!"

뿌각!

"케헥!"

단고립과 동일하게 아래턱을 가격당한 구공산은 하려던
말을 다 끝맺지 못하고 그대로 바닥에 쓰러져 버렸다.

‘오, 옥소음……? 분명 옥소 소리가아……!’

마지막 의식의 끈을 놓기 전까지 구공산의 머릿속엔 한 가지 의문이 뱅글뱅글 돌고 있었다.

다음날 아침.

의천맹 호남 지부가 있는 악양으로 출발한 막강 일행은 길게 이어진 상강의 물줄기를 따라 북으로 이동했다.

일행이라고 해봐야 막강과 국연의, 이렇게 단 둘뿐.

많이 데려갈 필요가 없다는 모개의 말을 아주 아주 성실히 이행한 막강이다.

“오! 정말? 동정호란 곳이 그렇게나 크고 넓단 말이야?”

말을 타고 국연의와 나란히 걷고 있던 막강은 동정호가 바다처럼 넓다는 국연의의 말을 듣고 눈을 크게 치뜬다.

“가을이라 물이 많이 빠졌을 테지만, 그 크기만 해도 사방 팔백 리가 넘는 게 동정호야. 가히 끝이 안 보일 정도지.”

“사방 팔백 리라…….”

언뜻 감이 오지 않는 듯, 눈알을 굴리는 막강을 보며 국연의가 피식거린다.

“내일 오후면 직접 네 눈으로 볼 수 있을 거니까, 잡담은 이제 그만하고 좀 서두르자. 예상보다 반나절 정도 늦고 있어.”

“그래?”

늦고 있다는 말에 막강은 무슨 생각이 들었는지 갑자기 말을 세우더니 말 위에서 내린다.

이에 국연의가 의아한 표정을 지으며 묻는다.

"뭐 하는 거야?"

"너도 내려 봐."

"왜?"

"늦었다며?"

"그래서?"

"늦었으니까 더 빨리 가야지."

"……?"

무슨 말이냐고 묻는 듯한 국연의의 표정을 보며 곁에 있는 말을 가리킨 막강이 살짝 미소를 짓는다.

"내가 이놈들보다 빠르거든."

그러자 국연의의 눈살이 순식간에 찌푸려진다.

"지금 장난할 시간 없다니까!"

"장난 아니야. 내가 국 행수를 업고 달려도 말보다 훨씬 빠르다고."

한숨을 내쉰 국연의는 막강을 놔둔 채 그대로 말을 몰아가던 길을 재촉한다.

"에휴… 차라리 말을 업고 뛰지 그러냐?"

"어? 진짜 안 믿는 거야? 그럼 내가 한번 보여줄……!"

자신의 말을 믿게 하려고 막강이 막 신법을 펼치려는 바로 그때다.

"크윽…!"

외마디 비명 소리가 막강의 귀를 파고들었다.

비명 소리는 작고 미미했지만 막강은 그것이 우편에 있는 빽빽한 수림(樹林) 안에서 들려온 것임을 감지했다.

표정을 굳히며 잠시 고민한 막강은 앞서 가던 국연의를 향해 몸을 날렸다.

"국 행수! 잠깐만!"

허공에 떠오른 채 그대로 말 위에 있던 국연의의 몸을 잡아채는 막강.

"어엇! 뭐, 뭐 하는 거야!"

당황하는 국연의를 옆구리에 낀 막강은 곧장 비명 소리가 들려온 숲 쪽으로 몸을 날린다.

"지, 지금 도대체 뭐 하는 거야?"

웬만한 일엔 당황하지 않는 국연의지만 막강의 손에 짐짝처럼 들려가는 이 순간만큼은 적지 않게 당황하고 있었다.

빠르게 스쳐 가는 주변 경물로 인해 눈알이 팽팽 돌 지경인 것이다.

거기다 바람은 어찌나 강하게 부딪쳐 오는지, 도무지 눈을 뜰 수가 없었다. 무공이란 걸 전혀 모르고 산 그이니, 당연한 일이다.

"알았어! 알았다고! 말보다 빠른 거 이제 알았으니까 그만 내려줘!"

그러나 막강은 그의 말을 듣기나 하는지 뭔가에 집중하며 말없이 몸을 날릴 뿐이다.

'이 근처였던 거 같은데……'

바로 그때.

챙! 채쟁!

예리한 금속성이 막강의 귀를 파고든다.

'저기다!'

"협!"

막강이 달리던 속도를 더욱 높이자 국연의는 더 이상 말을 잇지 못하고 그저 눈을 질끈 감을 뿐이다.

국연의의 형편을 아는지 모르는지 그대로 순식간에 삼십여 장을 주파한 막강은 드디어 소리가 난 곳을 발견한다.

조밀하게 자란 나무들 사이에서 서로를 향해 검을 휘두르고 있는 두 사람.

좌측에 있는 사람은 핏빛 적의를 입고 역시 피에 적신 듯한 붉은 검을 들었고, 우측의 인물은 회의경장 차림에 회색 복면을 하고 있는데, 그의 등 뒤엔 '익(匿)'이라는 글자가 크게 새겨져 있었다.

막강이 얼핏 보기에도 상황은 우측의 회의인에게 매우 불리하게 돌아가고 있는 듯했다. 그의 옷은 이미 여기저기 찢겼고, 복면 사이로 드러난 얼굴은 창백해서 적지 않은 내상을 입은 것 같았다.

그런 그를 지금 적의인이 거칠게 몰아붙이는 중인데, 적의인은 두 눈마저 붉게 물들여져 있어 공포스럽기까지 했다.

막강은 적의인에게서 사이(邪異)한 기운이 흘러나오는 것을 느끼며 재빨리 국연의를 큰 나무의 뒤편에 내려놓았다.

"여기서 잠깐만 있어봐, 국 행수!"

이미 적의인 등을 보고 막강이 이곳으로 달려온 이유를 알아챈 국연의는 혼미한 정신을 억지로 다잡으며 막강을 붙잡았다.

"섣불리 끼어드는 것은 좋지 않아!"

"아니, 저 사람 기분이 이상해. 금방 올게."

"자! 잠깐……!"

국연의는 다시금 막강을 제지해 보려 했지만, 막강은 이미 적의인과 회의인 사이로 뛰어들고 있는 중이다.

한편, 회의인은 방금 전 있던 적의인의 공격에 의해 오른팔이 잘려 나가는 치명상을 입은 상태였다.

"죽어라!"

적의인은 귀기스런 미소와 함께 바닥에 쓰러진 회의인의 목을 향해 가차없이 검을 휘두른다.

쉬학!

이미 기력이 다한 회의인은 아무런 저항 없이 그저 떨어져 내리는 검을 바라보며 눈을 감을 뿐이다.

하나, 바로 그 순간, 적의인의 검을 가로막는 거무튀튀한 검 한 자루가 있으니.

까앙!

"크읏!"

불똥이 튀고 적의인이 양팔을 휘저으며 뒤로 주르륵 밀려난다.

하마터면 검을 바닥에 떨어뜨릴 뻔한 적의인은 아직도 저린 오른손을 힐끗거리곤 자신을 막아선 검의 주인을 노려보았다.

막강은 몸을 날리자마자 묵룡을 꺼내 들고 적의인의 검을 향해 일 검을 내질렀다. 그 한 수로 적의인을 뒤로 물린 막강은 황급히 쓰러져 있는 회의인에게 다가갔다. 막강은 피가 철철 흐르고 있는 그의 잘린 팔 위의 혈도를 재빨리 점하여 지혈시켰다.

"이보세요! 정신 차리세요!"

막강이 그를 붙들고 소리치자 회의인이 스르르 눈을 뜬다.

자신이 죽은 줄로만 안 회의인은 눈앞에 웬 낯선 청년의 얼굴이 보이자 두 눈에 이채를 띠었다.

"다, 당신이 날……?"

막강이 자신을 구해주었음을 안 그는 떨리는 손으로 품 안에서 피에 젖은 작은 천 조각 하나를 꺼내더니 창백한 입술을 달싹거리기 시작한다.

"…이것… 의천… 부장……. 저, 전……! 커헉!"

회의인은 말을 제대로 잇지 못하고 속에서 큼지막한 핏덩이를 게워냈다. 팔이 잘려 나간 외상보다는 내상이 더욱 심각한 듯했다.

"그만 말하세요!"

막강은 재빨리 진기를 끌어올려 회의인의 단전으로 손을 가져갔다.

그런데 그 순간 뒤쪽에서 어떤 움직임을 느낀 막강은 황급히 고개를 돌리고 이내 인상을 찌푸렸다.

"으음……!"

뒤쪽에 있던 적의인이 막강이 경황이 없는 틈을 타 반대편 숲 쪽으로 몸을 날리고 있었던 것이다.

기실 그는 자신의 공격을 가로막은 막강의 한 수를 보고 자신이 감당할 수 없는 자라고 판단하여 재빨리 몸을 빼낸 것이다.

적의인의 몸놀림이 빠르긴 하지만 좀 전에 보여준 막강의 몸놀림에 비할 바가 아니다. 충분히 그를 쫓을 수 있지만 막강은 그를 쫓지 않고 보내줬다. 눈앞의 회의인의 상세가 너무도 심각하여 조금도 지체할 수 없기 때문이다.

막강은 하려던 대로 회의인의 단전과 명문혈에 손을 대고 진기를 주입시켰다. 그러자 식어가던 회의인의 눈빛이 희미하게 되살아나기 시작했다.

“애, 애쓰지 마시오. 이미 난 독에 당하여 가망이 없는 몸이요. 크윽!”

그의 목소리는 여전히 작았지만 아까와는 달리 알아들을 수 있을 정도는 되었다.

숨쉬기조차 버거운 듯 고통스런 표정을 짓던 그는 자신의 손에 들린 천 조각을 막강의 손에 쥐어주며 입을 연다.

“이것을 의천맹 호남 지부장이신 진 대협께 전해 주시겠소?”

회의인의 말을 들은 막강은 눈을 크게 뜬다.

“의천맹 호남 지부요? 악양에 있는……?”

“그, 그렇소. 부탁이오. 강호의 아, 안녕이 달린 중대한 일이니 부탁……! 큭!”

회의인은 또다시 새까만 피를 한 사발이나 토해냈다.

생명지기가 빠져나간 흐릿한 눈.

힘없이 늘어지는 창백한 손.

“바… 반드시……!”

그렇게 그는 마지막 말을 다 내뱉지 못하고 숨을 거뒀다.

“으음…….”

막강은 표정을 굳히며 부릅뜬 그의 두 눈을 슬며시 감겨줬다.

얼마 전 죽은 아버지 막동의 모습이 떠올라 막강의 마음은 착잡하기만 했다.

정확히 사흘 뒤 악양성 근방에 도착한 막강과 국연의는 드디어 시원한 호수 바람을 맞이하게 되었다.

원래대로라면 어제 도착해야 했지만, 숲에서의 일이 있은 후 국연의가 지름길을 버리고 만일을 대비하여 사람이 많이 다니는 관도로 행로를 바꾼 탓에 하루 늦은 오늘에야 도착을 한 것이다.

"이야! 정말 국 행수 말대로 바다같이 넓은 걸!"

실제 동정호를 처음 본 막강이 입을 쩌억 벌리며 호들갑을 떨었다.

그런 막강의 표정에선 사흘 전의 그 일에 대한 생각은 전혀 찾아볼 수가 없다. 막강을 힐끗 보며 고개를 설레설레 젓던 국연의는 죽은 회의인이 건네준 천 조각을 꺼내 들고 생각에 잠긴다.

손바닥 두 개만 한 크기의 천에는 기이한 모양의 점선들이 빽빽하게 그려져 있다. 글자라고 하기엔 너무나 투박하고, 도형이라고 하기엔 일정한 크기가 없는……

그래서 생각 끝에 국연의가 내린 결론은 바로 밀마(密嗎)다.

그런 결론을 이끌어낸 가장 큰 단서는 바로 회의인이 입고 있는 옷에 새겨져 있던 '匪'이라는 글자다. 그것을 본 국연의는 막강에게서 전해들은 말을 종합하여 회의인이 의천맹의 정보조직이라 알려진 익영단(匿影團)의 사람임을 추측할 수 있었던 것이다.

분명 천에 새겨진 표식들은 하나하나 어떠한 약속된 의미를 내포하고 있는 일종의 비밀 연락 수단과 같은 것이리라.

'강호의 안녕이 달려 있다고……?'

그 말이 사실이라면 실로 무겁고도 버거운 일이 아닐 수 없다.

어쩌다가 공교롭게도 의천맹 호남 지부로 향하던 자신들에게 이러한 일이 생겼는지 국연의는 고민스러웠다. 이 일이 과연 이번 거래를 따내야만 하는 자신들에게 득이 될지, 실이 될지 쉽게 판단이 서지 않는 까닭이다.

'이것이 무슨 내용인지 해독할 수만 있다면 좋을 텐데…….'

하지만 그것은 불가능한 일임을 잘 알고 있기에 그의 양미간엔 잔주름이 접힐 뿐이다.

이때, 그의 상념을 깨고 막강의 외침이 들려온다.

"앗! 국 행수! 저거!"

왜 그러는지 막강이 가리키는 쪽으로 고개를 돌리는 국연의.

그곳엔 뱃놀이를 위한 선박들이 일렬로 정박해 있는 커다란 나루터가 있었고, 지금 막 배 하나가 출발하려는 듯 사람들을 태우고 있었다.

“저거? 배 말이야?”

퉁명스레 내뱉는 국연의의 말.

이에 막강은 고개를 세차게 끄덕거린다.

“어! 맞아! 배!”

“배가 어쨌는데?”

막강은 국연의를 보며 씨익 웃는다.

“헤헤, 우리 저거 한번 타고 가면 안 될까?”

“뭐라고?”

“잠깐만 타고 가자.”

배 한 번 못 타봤을 막강의 심정을 이해 못하는 것은 아니지만, 국연의는 고개를 젓는다.

“그건 안 돼. 우린 지금 중요한 일을 하기 위해 온 거지 놀러온 게 아니잖아.”

그러나 막강의 미소는 떠나질 않는다.

“에이, 그러지 말고 잠깐만 타고 가자. 지금 당장 일 하러 갈 건 아니잖아? 응?”

잔뜩 기대에 부푼 막강의 눈을 본 순간 국연의는 차마 딱 잘라 버리기가 어려움을 느낀다.

그것을 눈치 채기라도 했는지 막강이 국연의의 어깨에 대뜸 손을 얹으며 얼굴을 들이민다.

흠칫하며 몸을 빼는 국연의.

“왜, 왜 이래?”

“한 번만 타고 가자. 응? 나 진짜 저거 타보고 싶다고.”

국연의는 그런 막강의 얼굴을 쳐다보며 한숨을 내쉰다.

‘허……! 이거 원, 어린애가 떼를 쓰는 거면 야단을 치기라도 하지. 다 큰 녀석이 이러니까 정말 대책 없네.’

중요한 일을 앞두곤 최대한 다른 행동은 자제하는 것이 좋다. 그래야만 모든 정력을 그 일에만 집중할 수 있을 뿐만 아니라, 괜한 문제가 발생할 가능성도 낮아지기 때문이다.

이번 건은 금가장으로선 반드시 따내야만 하는 중요한 일이다.

그래서 최대한 집중하고 싶었는데, 자신의 허락만을 고대하는 막강의 초롱초롱한 눈망울을 보며 국연의는 결국 또 한 번 한숨을 내쉬어야 했다.

“그렇게 타고 싶어?”

“응! 타는 거지?”

“그래, 타자, 타!”

국연의의 말이 떨어지자 막강은 입을 함지박만 하게 벌리며 국연의의 목을 힘껏 감싼다.

“하핫! 고마워 국 행수! 내가 이 은혜는 꼭 갚을게.”

어린아이처럼 기뻐하며 벌써 나루터로 걸음을 옮기는 막강을 보며 국연의는 실소를 터뜨릴 수밖에 없다.

나루터는 제법 사람들로 붐볐다.

정박해 있는 수십 척의 배 가운데, 이십여 명을 태울 수 있는 평범한 목선이 막 출발하려는 것을 본 막강은 황급히 배에서 잡일을 하는 선동(船童)을 불러 세운다.

"잠깐! 꼬마야! 우리도 좀 타자!"

그러나 선동은 고개를 젓는다.

"이미 객실이 만원(滿員)이에요. 다음 배를 타시든지, 아니면 다른 배를 이용하세요."

"정말? 아……! 좀 늦었네!"

안타까워하던 차에 나루터 좌측에 서 있는 누선(樓船) 한 척이 막강의 눈에 들어온다. 갑판 위에 솟은 멋들어진 이층 누각과 묵빛이 감도는 돛 등 일견하기에도 꽤나 고급 선박처럼 보였다.

"그럼, 저건? 저건 탈 수 있는 거야?"

막강이 가리키는 누선을 확인한 선동은 시선을 돌려 막강의 행색을 한번 쓱 훑어보고는 시큰둥하게 말한다.

"저건 좀 비싼데……."

"응?"

그때 막강의 뒤쪽에 국연의의 음성이 들려온다.

"선임(船賃)이 얼마나 하느냐?"

자신에게로 걸어오는 국연의의 신색을 확인한 선동은 금세 눈가에 미소를 그리며 머리를 조아린다.

"아, 예! 일인 당 은자 닷 냥입니다, 공자. 헤헤."

그 말에 국연의는 속으로 선동을 향해 욕을 했다.

은자 한 냥이면 복호위 위사들이 받는 한 달 월급에 맞먹는 액수다. 뱃삯이 본래 일정하지 않고 시시로 변하는 것이라곤 하지만, 이는 너무 과했던 것이다.

그러나 그것을 아는지 모르는지 그저 실실 웃으며 국연의를 바라보고 있는 막강. 국연의가 나선 이상 반드시 누선을 타게 되리라고 철석같이 믿고 있는 것이다.

국연의는 다시금 내심 고개를 젓고는 전낭에서 은자 열 개를 꺼내 선동에게 주며 물었다.

"운항 시간은 얼마나 되느냐?"

"한 시진이 조금 못 됩니다. 배 안에서 차와 간단한 요리도 드실 수 있으니, 편안하게 뱃놀일 즐기실 수 있을 겁니다. 그럼, 모두 오르시지요. 배는 일각 후에 출발합니다."

선동이 말을 끝맺자마자 폴짝 뛰어 먼저 누선 위로 오른 막강은 연방 탄성을 터뜨리기 시작한다.

꼭 물 위에 떠 있는 기분이라느니, 몸이 기우는 것 같다느니, 걷는 게 이상하다느니 하며 호들갑을 떠는 막강의 모습에 이미 배에 타고 있던 몇몇 사람들이 눈살을 찌푸려 댔다.

국연의도 뒤따라 배에 오르고, 그렇게 배가 막 떠나려는 찰나, 일단의 무리가 나루터 쪽으로 다가오는 모습이 보인다.

백의경장(白衣輕裝) 차림을 한 젊은 여인을 필두로 손에 검을 든 두 명의 무인이 그 뒤를 따르고 있다.

백의 여인을 본 선동은 친숙한 표정으로 허리를 접으며 인사를 했고, 곧 그들은 막강 일행이 탄 누선에 올랐다.

백의 여인의 등장에 누선에 탄 모든 사람들의 시선이 그쪽으로 집중된다. 가까이에서 보니 백의 여인의 미색이 가히 화용월태(花容月態)라는 수식어가 아깝지 않을 정도다. 또한 산뜻한 그녀의 눈매는 대부분의 미녀들에게서 풍기는 고고함마저 희석시켜 주어, 보는 이의 마음을 편안하게 했다.

'누구지? 저 정도의 미색이라면……. 흐음.'

백의 여인에 대한 궁금증이 일은 국연의는 잠시 그녀를 주시한다.

그때 때마침 막강과 국연의가 서 있는 곳을 지나쳐 가던 백의 여인이 그들에게 짧게 눈길을 주곤 곧 선수(船首) 쪽으로 가서 난간에 기대어 선다.

그때까지도 막강은 배 아래에서 출렁거리는 물결을 구경하느라 여념이 없는 탓에 백의 여인의 등장엔 신경도 쓰지 않고 있다.

이윽고 돛을 올린 누선이 서서히 나루터를 떠나고, 백의 여인과 거리를 두고 갑판 위에 있던 국연의는 백의 여인의 정체를 알아보기 위해 가서 말을 걸어볼까 하다가, 괜한 것에 신경을 쓰지 않는 것이 좋겠다는 판단이 들어 잠시 막강과 수다를 떨어주는 것으로 그쳤다.

"난 그만 안에 들어가서 차나 한 잔 하련다."

"어? 들어가려고? 안에 들어가면 경치를 못 보잖아."

국연의는 웃으며 말한다.

"됐다. 너나 구경 실컷 해둬. 이 시골뜨기야. 훗."

국연의의 농에 막강도 웃으며 장단을 맞춘다.

"시골뜨기라서 나만 재밌는 건가? 훗! 알았어. 우리 국 행수가 태워주는 거니까 실컷 구경해야지!"

피식거린 국연의는 당부하듯 한마디를 던진다.

"여긴 제법 행세 꽤나 하는 사람들이 있는 것 같으니까, 괜한 소란은 일으키지 마. 알았지?"

국연의의 말에 막강은 고개를 끄덕인다.

"알았어, 걱정 마."

국연의가 선실로 들어간 뒤 홀로 갑판 위에 남은 막강은 끝없이 불어오는 바람을 만끽하며 탄성을 발한다.

"히야아! 배 타는 게 이렇게 재밌는 줄은 정말 몰랐네! 나중에 언년이랑 꼭 같이 와서 타야겠다. 히히."

생각만 해도 즐거운 듯 웃음을 머금던 막강은 주변의 산세와 어우러진 동정호의 모습과 곳곳에 떠 있는 작은 섬들이 만들어낸 풍광에 연신 감탄을 발하였다.

"정말 멋지네! 멋져!"

바로 이때, 맑고도 감미로운 여인의 음성이 막강의 귀에 들려온다.

"훗, 배를 처음 타는가 보죠?"

갑작스레 들려온 음성에 막강은 고개를 돌려 음성의 주인공을 확인한다. 조금 전까지만 해도 저만치 떨어져 서 있던 백의 여인이 어느새 막강이 있는 쪽으로 다가와 있었다.

먼 곳을 응시하며 희미한 미소를 입술에 머금고 있는 백의 여인.

막강은 그런 그녀의 옆모습을 보며 손가락으로 자신을 가리킨다.

"나한테 물어봤어요?"

백의 여인은 막강을 향해 고개를 살짝 돌리며 두 눈을 반짝인다.

"여기 당신 말고 또 누가 있나요?"

그녀의 말에 막강은 크게 웃으며 머리를 긁적였다.

"하하! 그러네. 처음 맞아요. 산에서만 살아서……."

"산이라… 그렇군요."

고개를 끄덕이던 백의 여인은 막강의 웃는 얼굴을 힐끔 보곤 고운 아미를 살짝 찌푸린다.

"그런데 멀쩡하게 생긴 얼굴로 왜 그렇게 바보처럼 웃는 거죠?"

"네? 바보요……?"

무슨 말이냐는 듯 눈을 크게 뜨는 막강을 보며 피식거린 백의 여인은 다시 먼 곳으로 시선을 돌렸다.

"훗, 아니에요. 됐어요. 흐음…… 동정호 정말 아름답죠?"

어느새 다시 환한 얼굴로 돌아온 막강은 호수를 둘러보며 고개를 끄덕였다.

“아주 멋져요!”

자신이 방금 전에 내뱉은 말은 벌써 까맣게 잊은 듯한 막강의 반응에 백의 여인은 재있다는 표정이다.

“그래서 많은 사람들이 동정호를 찾아오는 거죠. 하지만 동정호가 단지 풍광이 아름다워서 유명해진 것은 아니에요.”

“그래요?”

순간 백의 여인의 얼굴에 진지함이 묻어난다.

“동정호는 홍수기 때 많은 양의 물을 저장해서 장강의 물이 넘치는 것을 막아주지요. 그것으로 많은 사람들의 터전을 지켜주는 아주 중요한 역할도 하고 있어요. 어때요? 겉모습만 아름다운 것이 아니라, 실제 하는 일도 정말 아름답지 않나요?”

“호오! 정말 그렇군요! 사람들의 터전을 지켜준다……! 거 참 기특한 걸.”

“훗, 기특하다라… 적절한 표현이네요. 아무튼 그래서 나는 어릴 때부터 반드시 동정호와 같은 사람이 되겠다고 마음을 먹었죠. 겉과 속이 모두 아름다운 그런 사람이요.”

그 말을 들은 막강이 그녀의 얼굴을 잠시 바라보더니만 활짝 웃는다.

“음, 그런 사람이 될 수 있을 것 같은데요.”

이에 백의 여인이 호기심 어린 눈으로 막강을 본다.

"당신이 그걸 어떻게 알죠?"

"으음, 일단 당신은 얼굴도 예쁘고, 마음씨도 착한 것 같으니까."

"네……? 호호호!"

입을 가리고 웃던 백의 여인은 짐짓 눈을 가늘게 뜨며 막강을 흘겨본다.

"정말 내가 예쁜가요?"

"그럼요! 아주 예뻐요!"

"거짓말! 여자한테 예쁘다는 말을 어떻게 그렇게 태연하게 할 수가 있죠?"

막강은 웃으면서 뒷머리를 긁는다.

"하하! 진짠데. 사실 우리 언년이가 좀 더 예쁘긴 하지만, 당신도 정말 예뻐요."

막강의 말에 백의 여인이 돌연 호기심을 보인다.

"언년… 이요?"

막강은 고개를 끄덕거린다.

"남악촌에 사는 엄. 청. 친한 여자 애 이름이에요."

엄청이란 단어에 힘을 주는 막강.

사내의 입에서 더 예쁜 여인이 있다는 말을 면전에서 듣고, 게다가 그게 다른 여인도 아닌, 이름 모를 촌구석의 처녀라고 한다면 어느 여인이고 당연히 기분이 상할 만하다. 특히나 백의 여인처럼 남자들의 시선을 한 몸에 받고 자란 여인이라면 더욱 그러할 것이다.

하지만 막강을 바라보는 백의 여인은 오히려 미소를 짓는다. 그러한 말을 하는 막강에게서 한 올의 사심도 느낄 수 없기 때문이다.

"흐음, 그렇군요. 나보다 예쁘다니까 꼭 한 번 만나 보고 싶은 걸요?"

그 말에 막강은 반색을 하며 말한다.

"그래요? 그럼 나중에 언년이랑 셋이서 만나 같이 놀까요?"

그러자 백의 여인의 얼굴에도 드디어 황당하단 표정이 떠올라 버린다.

'어찌 보면 순진한 것도 같고, 또 어찌 보면… 음, 아무튼 이런 사내는 정말 처음 보는걸?'

그녀가 자신을 신기한 듯 쳐다보든 말든, 막강은 할 말을 계속할 뿐이다.

"아! 그렇지. 같이 놀려면 이름부터 알아야겠다. 난 막강이라고 하는데, 이름이 뭐예요?"

이에 백의 여인이 짐짓 새침한 표정을 지어 보인다.

"내가 언제 당신이랑 같이 논다고 했나요?"

"왜요? 싫어요? 나랑 같이 놀면 재밌는데?"

"글쎄요… 별로 재밌을 것 같지 않은데……?"

백의 여인은 말끝을 흐리며 막강의 반응을 살핀다.

무언가 더 말하려던 막강은 돌연 어떤 생각이 들었는지 입맛을 다신다.

"쩝, 하긴 나도 요새는 바빠서 별로 놀 시간이 없네요. 뭐 아무튼 심심하면 말해요. 시간 내서 같이 놀아줄게요."

자신의 기대와는 다른 막강의 반응에 약간 실망한 기색이 된 백의 여인은 고개를 끄덕이며 화제를 돌렸다.

"뭐, 생각해 보죠. 그런데 아까 같이 있던 사람은 누구죠? 매우 친해 보이던데?"

막강은 고개를 끄덕인다.

"맞아요. 우리 국 행수예요."

"행수라면……?"

"금가장의 상단 행수요. 난 거기 호위를 책임지는 복호위의 위장이고요."

금가장이라면 그녀도 알고 있는 곳.

그녀는 짐짓 탄성을 발한다.

"아, 젊은 나이에 상단 호위의 책임자라니, 대단한데요?"

막강은 쑥스럽게 웃는다.

"그게, 우리 총관 어른이 저를 잘 봐주셔서…… 하하!"

백의 여인은 그 모습을 보며 다시금 넌지시 묻는다.

"그런데 여기 악양엔 무슨 일로 온 거죠?"

막강은 망설임 없이 흔쾌히 대답을 한다.

"아! 우린 의천맹 호남 지부에 가는 중이에요. 중요한 거래를 따내야 하거든요.”

순간 백의 여인의 청초한 두 눈에 이채가 떠올랐다 사라졌다.

그리고 곧 짙어지는 미소.

“그렇군요. 잘되길 빌어요.”

“우리 국 행수가 있으니, 잘될 거예요. 아무튼 고마워요.”

“훗, 자신이 넘치는군요.”

백의 여인이 돌연 기대고 있던 배의 난간에서 물러선다.

“난 바람이 차서 이만 선실로 들어가야겠어요. 이야기 즐거웠어요. 막 소협.”

“엇! 그냥 가려고요? 이름은 알려주고 가야죠.”

이에 백의 여인은 막강을 향해 싱긋 웃어 보이며 몸을 돌린다.

“그건 다음에 만나게 되면 알려주도록 하죠.”

“다음이요? 그게 언젠데요? 이봐요! 이……!”

척! 척!

막강이 선실로 향하는 백의 여인에게 다가가려 하자 백의 여인의 뒤를 따르던 두 무인이 팔짱을 낀 채 앞을 막아선다.

그들을 힐끗 본 막강은 히죽거린다.

“헤, 알았어요. 안 따라갑니다.”

이를 본 두 무인은 곧 몸을 돌려 이미 선실로 들어간 백의 여인을 좇아 선실로 향한다.

"흐음, 꽤 셀 것 같지만, 우리 국 행수가 소란 피우지 말라
고 신신당부를 했으니…… 쩝."

자신을 가로막았던 두 무인과 한판 드잡이질을 하지 못한
것이 못내 아쉬운 듯 입맛을 다신 막강은 이내 한 손으로 자
신의 턱을 쓰다듬으며 중얼거린다.

"그러고 보니 나이도 안 물어봤네? 나보다 어린 것 같진 않
던데. 흐음… 에이 모르겠다!"

다시금 본래 있던 자리로 되돌아간 막강은 양팔은 크게 벌
리고 불어오는 호풍(湖風)을 폐부 깊숙이 받아들인다.

"카아! 조오타!"

때는 가을의 한복판.

갑판 위에서 오랫동안 버티기엔 제법 한기가 느껴지는 바
람이다.

이를 증명이라도 하듯, 언제부터인가 갑판 위엔 막강 혼자
만이 남아 있었다.

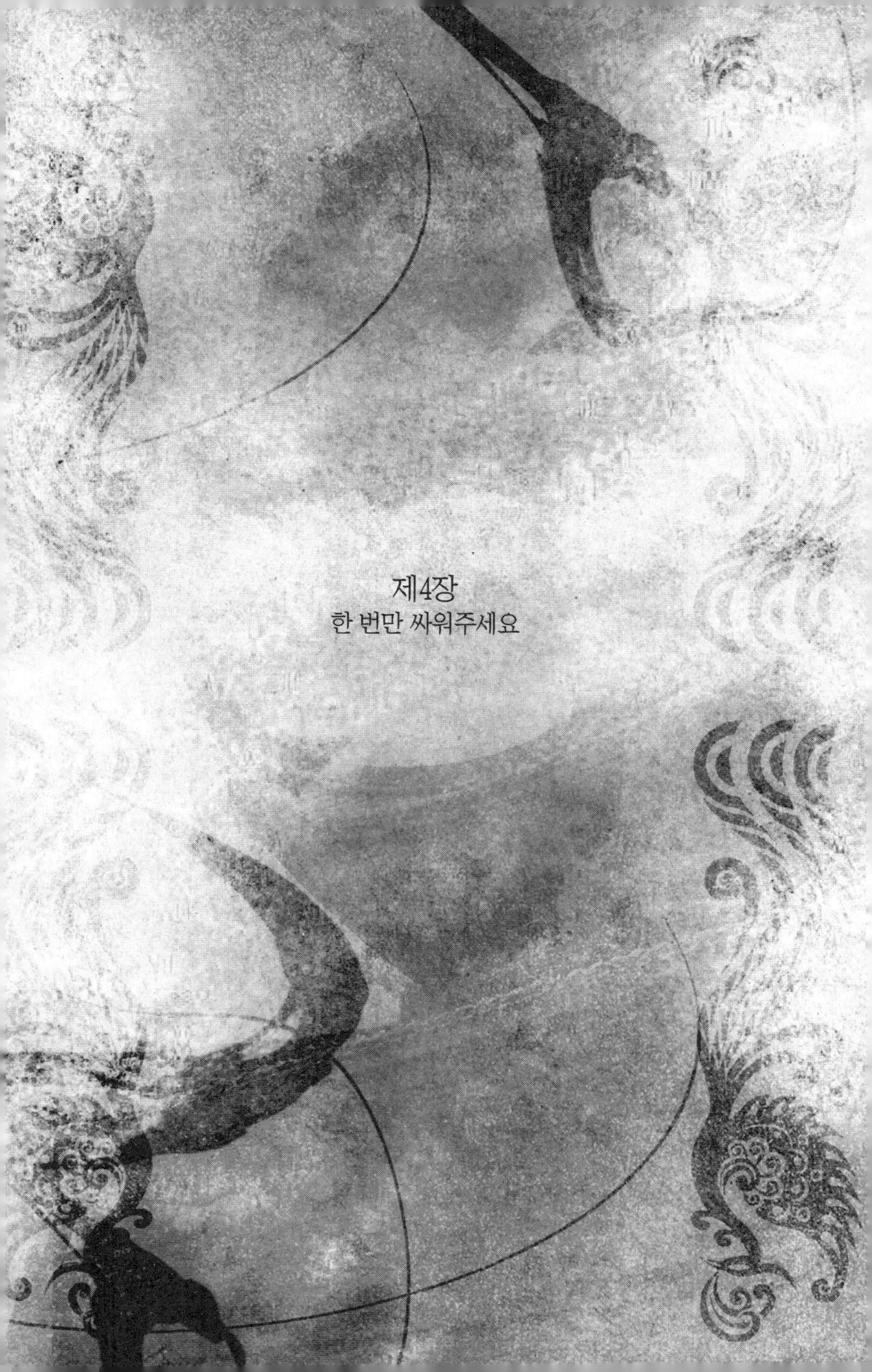

제4장
한 번만 싸워주세요

동정호의 동편에 악양성(岳陽城)
이 있다.

강의 수면보다 훨씬 높은 절벽 위에 위치한 악양성은 고래
로부터 파릉(巴陵)이라 불리며 역대 왕조의 군사 요충지가 되
어 왔다.

이 악양성의 성문을 들어서면 너비 사 장의 널따란 길이 나
온다. 그 길을 따라 쭈욱 성의 중심부로 들어가다 보면, 오랜
역사를 가진 악양과는 어울리지 않는 비교적 최근에 지은 듯
한 커다란 전각 십여 채가 모여 있는 곳을 볼 수 있는데, 이곳
이 바로 의천맹의 호남 지부다.

　황산(黃山)에 총단을 둔 의천맹은 모두 세 곳에 지부를 두고 있었다. 섬서(陝西)의 서안(西岸)과 사천(四川)의 성도(成都), 그리고 이곳 악양이 바로 그곳이다.

　사십 년 전, 멸천교의 중원 침공에 대항하여 결성되었던 의천맹은 멸천교를 완전히 몰아낸 뒤에도 해체되지 않았다. 또한 단순히 존속하는 것에 그치지 않고, 이미 중원무림을 하나로 묶는 진정한 구심점이자 명실상부(名實相符)한 최고의 단체로 성장하였다.

　멸천교의 중원침공 당시 손 한번 못 써보고 추풍낙엽처럼 휘둘렸던 중원무림이 받은 충격은 결코 적지 않았다. 비록 멸천교가 사라졌다 하지만, 언제 또다시 그와 같은 거대한 적대 세력이 출몰할지는 누구도 알 수 없는 일이었다. 이러한 경각심과 공통된 필요성 때문에 의천맹은 지금껏 해체되지 않고 존재하는 것이다.

　이렇게 의천맹이 존속하게 됨으로써, 기존의 구파일방과 몇몇 세가를 중심으로 짜여졌던 무림의 판도는 자연히 변화를 겪게 되었다.

　우선 각 문파 간의 교류와 접촉이 전에 없이 활발해졌다.

　이는 의천맹을 통해 서로 간에 많은 것을 공유하고 논의하게 되면서 자연히 이끌어진 결과라 할 수 있다.

　또한 각대문파(各大門派)의 공통된 합의에 의해 의천맹이 실질적인 힘을 갖게 되면서부터 맹주(盟主)의 권한이 각대문

파에 영향을 줄 수 있을 정도로까지 신장되었고, 그에 따라
세가 커진 의천맹은 몇몇 지역에 지부를 둠으로써 체계적이
고도 효율적인 조직으로 자리를 잡게 되었다.

아울러 맹주를 비롯한 맹의 모든 직책을 능력에 따라 임명
하도록 함으로써, 출신 여하를 막론하고 능력만 있다면 일개
낭인이라도 맹주의 자리에 오를 수 있는 길을 열어놓았는데,
이로써 의천맹은 소수의 대문파들만의 연합체로 그치는 것이
아니라 강호 전체에 기반을 둔 단체로 자리매김할 수가 있었
던 것이다.

정오의 추천(秋天).

막강은 마치 동정호를 위에다 옮겨 놓은 듯한 공활(空豁)하
고도 청청(靑靑)한 하늘을 감상하며 국연의를 따라 의천맹 호
남 지부의 정문 앞에 이르렀다.

정문 앞은 의외로 많은 사람들이 무리를 지어 모여 있었다.

상인의 복장을 한 자들도 보이고, 또 그들과 함께 온 짐꾼
들과 호위무사들의 모습도 보인다. 이들 역시 호남 지부에서
병장기를 구매한다는 정보를 입수하고 이를 따내기 위해 찾
아온 자들이 틀림없으리라.

'역시 일부러 정보를 여러 곳에 흘린 것이겠지……'

그들을 보며 내심 고개를 끄덕인 국연의는 막강을 이끌고
정문 앞으로 걸어갔다.

"무슨 일로 오셨소?"

정문 앞을 지키고 있던 백의 무복을 입은 무인 하나가 절도 있는 태도로 국연의를 바라보며 물었다. 무인의 가슴엔 의(義) 자가 크게 수놓여 있고, 한 손엔 장검이 들려 있다. 정광 어린 두 눈과 은근히 풍겨 나오는 기도는 그가 일정 수준 이상의 실력을 갖췄음을 보여준다.

일개 수문(守門)하는 무사의 면모가 이러할진대, 이보다 높은 자들은 과연 어떠한 실력들을 갖추고 있을까?

의천맹이란 곳의 저력이 어떠한지를 실감한 국연의가 백의 무복인을 향해 대답한다.

"장사 금가장의 행수 국연의가 진 대협을 뵙길 청한다고 고해주시오."

무인은 한 차례 국연의를 쓱 훑어보곤 말했다.

"귀하는 혹, 병장기 구매건 때문에 오신 것이오?"

"그렇소."

"그럼 이쪽으로 나를 따라오시오."

무인을 따라 국연의와 함께 지부의 안으로 들어선 막강은 이러저리 고개를 돌리며 안을 살피곤 곧 고개를 갸웃거렸다.

"어? 우리 금가장보다는 규모가 작은걸? 의천맹 호남 지부라기에 엄청 큰 줄 알았는데."

막강의 말대로다.

지부는 생각보다 그리 크지 않은 규모였다. 전체적인 크기도 일반 장원의 절반 정도에 불과하고, 건물이라곤 크고 작은 전각 십여 채가 전부였다.

그러나 규모만을 보고 이곳을 얕잡아보는 자는 아무도 없었으니, 그 이유인 즉, 이곳이 바로 의천맹의 호남 지부고 그 책임자가 다름 아닌 패천도(覇天刀) 진강후(秦剛逅)이기 때문이다.

무인이 안내한 곳은 크지도 작지도 않은, 단출하게 꾸며진 방이었다.

국연의는 막강과 함께 방 안으로 들어섰다.

안에는 이미 긴 탁자를 사이에 두고 다른 사람들이 앉아 있었고, 그들의 시선은 모두 방 안에 들어선 국연의와 막강에게 고정되었다.

막강은 그들이 누구인지 전혀 알지 못했지만, 그들이 근방에서 단철장을 운영하는 곳의 상인들임을 알고 있는 국연의는 그들과 돌아가며 형식적인 인사를 주고받았다.

특히나 국연의가 길게 인사를 나눈 사람은 둥글둥글한 얼굴에 눈이 작고, 입꼬리가 살짝 올라간 사십대의 중년인이었는데, 그는 금가장과 같은 장사에 자리 잡은 대륙상단(大陸商團)의 총관 왕보(王普)란 자였다.

비교적 근래라 할 수 있는 십오 년 전 장사에 터전을 닦은 대륙상단은 금가장의 쇠락을 틈타 지금은 호남을 넘어 강남 일대에까지 서서히 상권을 확장해 가고 있었다. 그런 대륙상단이 오늘 이곳을 찾은 것은 당연한 일이라 할 수 있었다.

"허허… 금가장에서 이번 일에 관심이 있을 줄은 몰랐군. 본래 단철장의 일엔 관심이 없는 것으로 알고 있는데 말이야."

통통한 볼살을 흔들어대며 웃는 왕보를 향해 국연의는 담담한 미소를 지어 보인다.

"그것은 왕 총관께서 잘못 알고 계신 겁니다. 저희 금가장은 본래부터 단철장의 운영에 심혈을 기울여 왔습니다. 그동안 여러 여건상 잠시 접어두었을 뿐, 관심이 없던 것은 아니지요."

이에 왕보는 원래 올라가 있는 입꼬리를 더욱 높이 들어 올린다.

어찌 보면 그저 기분이 좋아 웃는 표정 같기도 하고, 또 어찌 보면 상대의 감정을 긁는 비웃음 같기도 한 미묘한 표정.

"아, 그런 것이었나? 그렇다면 말인즉슨, 지금은 단철장 운영을 다시 할 수 있는 여건이 된다는 것이로군?"

"하하… 글쎄요. 소생(小生)은 그저 저희 총관 어른의 명에 따라 이곳에 온 것일 뿐, 그것까지는 잘 모르겠습니다."

국연의의 대답에 왕보의 작은 눈이 더욱 가늘어졌다.

비록 금가장이 장주 금적산의 무능으로 쇠락했다곤 하나, 대륙상단은 여전히 금가장을 경계하고 있었다.

그 이유 중 가장 큰 것이 모개의 존재다.

장주란 자가 재산을 탕진하고 있음에도 금가장이 여전히

명맥을 유지하고 있는 것은 모두 총관인 모개의 능력 때문임을 그들도 매우 잘 알고 있는 것이다.

그리고 또 한 사람, 그들의 신경을 쓰게 하는 자가 있었으니, 그가 바로 눈앞의 국연의다. 비록 지모(智謀)면에서는 모개에 미치지 못하지만 고른 측면에서 상인으로서 모개에 못지않은 성품과 능력을 갖추고 있는 이 약관의 젊은 행수의 존재 또한 그들로 하여금 금가장을 더욱 무시할 수 없게끔 만들고 있는 것이다.

왕보는 입가엔 미소를, 그리고 두 눈엔 한기를 담으며 말했다.

"하긴 이번 건을 따내기만 한다면, 자금난에 허덕이는 금가장으로선 더없이 좋은 기회가 되겠지. 잘되었으면 좋겠군. 그리될지는 모르겠지만 말이야. 후후."

왕보의 노골적인 조롱에도 국연의는 태연한 표정으로 살짝 고개를 숙일 뿐이다.

"말씀만이라도 감사드립니다."

"……."

흔들림 없는 국연의의 태도에 싸늘한 얼굴이 된 왕보는 이내 시선을 다른 곳으로 돌려 버린다.

이때 방 안을 두리번거리던 막강이 국연의를 툭 치며 묻는다.

"여기 있는 사람들이랑 다 잘 아는 거야?"

국연의는 어깨를 한 번 으쓱거리며 말한다.

"잘 알긴, 그냥 어릴 때부터 총관 어른 따라다니면서 몇 번 본 사람들일 뿐이야."

"그래? 그럼 이 사람들도 다 거래를 따내려고 온 건가?"

"그렇지."

막강은 뭔가를 골똘히 생각하더니 입을 연다.

"음…… 의천맹 호남 지부에서 여기 있는 사람들한테 전부 주문을 하진 않겠지?"

그 말에 국연의는 피식 웃는다.

"그럴 리가 있겠냐? 근데 그건 왜?"

막강은 짐짓 걱정스런 표정을 지으며 말했다.

"여기 있는 사람들이 안됐다는 생각이 들어서."

"뭐가?"

"다들 우리처럼 멀리서 왔을 텐데, 거래를 못 따고 가면 상심이 클 거 아니야."

그 말에 국연의는 실소를 머금었다.

"하! 넌 벌써 우리가 거래를 따낸 것처럼 말하는구나."

"그야 당연한 거 아니야? 여기 우리 국 행수가 있는데!"

갑자기 커진 막강의 목소리에 좌중이 모두 안색을 찌푸린다.

이를 본 국연의가 고개를 설레설레 흔든다.

지금 한 말을 다른 사람이 했다면 농담으로 치부했겠지만

그 말을 한 사람이 막강이기에 그러질 못했다. 막강은 정말
당연하다는 듯이 말을 하고 있는 것이다.

'은근히 부담 주네……. 후후.'

사실 따지고 보면 그들에겐 여기 앉은 다른 자들이 갖고 있
지 않은 특별한 것이 하나 있긴 했다. 바로 회의인이 건네준
천 조각이다.

그것이 묘수(妙手)가 될지, 자충수(自充手)가 될지는 두고
봐야 알겠지만 말이다.

바로 그때 방문이 열리며 백의를 곱게 차려입은 한 이십대
초반의 여인이 그들 앞에 모습을 드러냈다. 여인의 모습을 본
좌중은 모두 여인의 아름다움에 잠시 눈을 떼지 못했다. 특히
나 막강과 국연의는 단순한 감탄을 넘어 놀람의 빛까지 얼굴
에 떠올리고 있다.

"엇! 당신은……?"

막강은 여인을 손가락으로 가리키며 자기도 모르게 탄성
을 발했다. 막강이 이렇게 놀라는 이유는 지금 방 안으로 들
어온 여인이 바로 어제 동정호의 선상에서 만난 그 백의 여인
이기 때문이다.

말없이 좌중을 지나쳐 탁자의 상석으로 걸어간 여인은 자
리에 앉으며 천천히 좌우를 쓸어본다.

중간에 막강의 놀란 토끼 눈과 마주친 그녀의 눈가에 살짝
주름이 접혔다가 사라지는 걸 보았다고 느낀 건 국연의의 착

각일까? 그것은 유심히 본 사람이 아니라면 감지할 수 없을
정도로 순간적이었다.

여인을 바라보는 막강의 눈빛에서 친숙함을 읽은 국연의
는 살짝 두 눈을 찡그렸다.

'뭐야, 이 녀석? 내가 선실로 들어간 새에 저 여인과 안면
을 튼 건가? 그래 놓고 아무런 말도 없다니, 이 녀석 이거…
후후. 그나저나 저 여인이 이 자리에 나타나다니. 흐음, 그렇
다면 저 여인이 바로……'

국연의는 백의 여인의 정체를 알아채곤 내심 고개를 끄덕
거렸다.

그가 이런저런 생각에 잠겨 있을 즈음, 드디어 여인의 진분
홍빛 입술이 벌어지며 옥구슬 같은 음성이 흘러나왔다.

"먼저 이렇게 기다리시게 한 점 깊이 사과드려요. 저는 진
소천(秦小泉)이라 하고, 아시다시피 본 지부에서 여러 내부적
인 일을 맡아보고 있습니다."

"아……."

자신을 진소천이라 소개한 여인이 말을 마치자 곳곳에서
나직한 탄성이 터져 나온다.

선백화(仙白花) 진소천.

그녀의 부친인 패천도 진강후는 오대세가(五大世家) 중 하
나인 욱일진가(旭日秦家)의 당대 가주이자, 의천맹 호남 지부
의 지부장이다.

　대대로 패도적인 도법과 권법으로 유명한 진가였기에 진강후의 무공 역시 패를 추구하며, 정파의 무공치곤 다소 무자비하다고 알려진 그의 붕천혈우도법(崩天血雨刀法)은 그를 의천맹 내에서도 서열 삼위에 해당하는 지위에까지 오르게 해 주었다.

　그런 진강후의 슬하엔 일남일녀가 있는데, 그중 일녀가 바로 진소천인 것이다.

　무림쌍미(武林雙美) 중 하나이자, 가장 뛰어난 후기지수들을 가리키는 칠신룡(七新龍)의 한자리까지 차지하고 있는 진소천은, 타고난 미모(美貌)와 지모(智謀)뿐만 아니라, 젊은 여인으로선 갖추기 힘들다는 덕까지 겸비함으로써 세인들에게 선백화라 칭송을 받고 있었다.

　잠시 뜸을 들인 진소천이 곧 말을 잇는다.

　"이미 전후 사정에 대해선 모두 알고 계시리라 믿고 바로 본론으로 들어가겠습니다. 아버님께서는 오늘 이 시각까지 본 지부를 찾아온 곳에 한정하여 거래할 곳을 결정하겠다고 하셨어요. 여러분을 먼저 이곳으로 모이시게 한 것은 혼잡을 피하고, 보다 엄밀하게 조건을 따져보기 위해서이니 이 점 양해해 주시길 바랍니다."

　공적인 자리여서 그런지 그녀의 어조는 사뭇 경직되어 있었다.

　이에 왕보가 상인 특유의 틀에 잡힌 미소를 지으며 나섰다.

“과연 그렇군. 그렇다면 역시 진 대협께서는 한곳씩 차례
대로 만나 보시려 하는 것 같은데……?”

진소천은 고운 입술에 미소를 그리며 왕보를 향해 말했다.

“왕 대인께서 저의 수고를 덜어주시는군요. 왕 대인께서
말씀하신대롭니다. 지금부터 한 상단씩 저를 따라오셔서 아
버님을 만나 보시면 됩니다. 순서는 제가 정했으면 하는데,
혹 다른 의견이 있으신가요?”

“달리 여부가 있겠소? 난 진 여협(女俠)의 결정에 따르겠
소.”

왕보의 선수에 다른 이들 또한 그저 고개를 끄덕일 따름이
다.

“여러분의 배려에 감사드려요. 어느 상단과 거래할 것인지
는 모든 면담이 끝난 뒤에 곧 알려 드리도록 하겠습니다. 자
그럼, 먼저 대륙상단에서 오신 분들은 저와 함께 가실까요?”

그 말을 끝으로 진소천이 먼저 자리에서 일어나자 대륙상
단에서 온 왕보를 비롯한 이 인이 함께 일어나 그녀의 뒤를
따랐다.

문을 향해 걸어가던 진소천이 중간에 막강의 얼굴을 힐끔
거리고, 막강은 그런 그녀의 시선과 마주치며 말없이 씨익 웃
었다. 기실 막강은 그녀가 방 안에 들어오고 난 뒤부터 쭉 이
렇게 실실 웃으며 그녀의 얼굴을 쳐다보고 있었던 것.

진소천은 입가에 한 차례 옅은 미소를 머금곤 이내 막강에

게서 시선을 거두었다. 그렇게 그녀가 막 문을 빠져나갈 즈음, 막강의 귀에 그녀의 목소리가 또렷하게 들려왔다.

"약속 지켰어요, 막 소협."

갑작스런 전음에 눈을 깜박거린 막강은 이내 진소천의 말뜻을 이해하곤 히죽거렸다.

"아, 그러네. 다음에 만나면 알려준다더니."

이를 본 국연의가 의아한 표정을 지으며 막강을 쳐다보았다.

"녀석, 뭐라고 혼자 중얼거리는 거야?"

*　　　*　　　*

텅 빈 듯한 방 안.

방은 제법 넓지만 들어차 있는 것은 별로 없다.

그저 눈에 띄는 것이라곤 방 한가운데 덩그러니 놓여 있는 탁자 하나가 전부인 이곳이 바로 의천맹 호남 지부의 책임자 진강후의 집무실이다. 방 안 분위기만 보더라도 집주인의 성정을 짐작할 수 있다는 말은 진강후에겐 딱 들어맞는 말이라 할 수 있을 것이다.

방 안에는 지금 탁자를 가운데 두고 사 인이 앉아 있는데, 세 사람은 막강과 국연의, 그리고 진소천이고, 나머지 한 사람만이 처음 보는 얼굴이다.

막강과 마주 보고 앉은 오십대의 중년인.

앉아 있는 의자가 당장이라도 부러질 듯 위태로워 보이는 장대한 체구를 가진 그가 바로 이 방의 주인 진강후다.

국연의와 막강이 들어오고 난 뒤부터 방 안의 분위기는 찬물을 끼얹은 것처럼 차갑게 가라앉더니만, 이제는 아주 숨조차 제대로 내쉬지 못할 지경에까지 이르고 있었다. 이유는 바로 지금도 서로를 노려보고 있는 막강과 진강후 두 사람 때문.

진강후는 막강이 자리에 앉자마자 부리부리한 호목(虎目)으로 막강의 두 눈을 쏘아보기 시작했고, 막강 또한 그저 말없이 그 시선을 받아내고 있은 지가 벌써 반 각을 넘어 일각이 다 되어가고 있는 것이다.

이것이 소위 무림인들끼리의 내공 대결이란 것을 알고 있는 나머지 두 사람도 처음엔 가만히 지켜보았지만, 둘의 힘겨루기가 길어지자 서서히 지치기 시작했다. 특히나 무공을 익히지 않은 국연의의 불편함이란 이루 말할 수 없을 정도.

'이놈 봐라……?'

진강후는 막강의 태연한 표정을 보며 내심 부아가 치밀었다.

자신의 사성 공력이 담긴 안광을 막강이 아무렇지도 않게 받아내고 있었던 것이다.

이쯤 되면 나이에 맞지 않게 평소 호승심하면 둘째를 서러워하는 그가 가만히 있을 리 만무하다.

그는 단순히 막강을 시험해 보려고 한 생각을 버렸다.

선배 고수가 후배에게 이런 식의 시험을 하는 것은 강호에서는 지극히 흔한 일이다. 이럴 땐 그저 대항하지 말고 묵묵히 받아내며 자신의 실력을 내비치는 선에서 적당히 대처하는 것이 상례인 것이다.

그런데 웬걸?

막강은 적당히 대처하기는커녕 아주 한판 붙어보자고 달려들고 있었다.

'괘씸한 놈 같으니라고! 오냐! 끝까지 한번 해보자!'

내심 이를 간 진강후는 공력을 더욱 끌어올리기 시작했다.

오성, 육성, 칠성……!

순간, 그의 두 눈이 노랗게 물들더니, 이내 두 눈에서 금광(金光)이 뿜어져 나오기 시작했다.

번쩍!

덜덜덜!

순간적으로 뻗어 나온 그의 기세를 이기지 못하고 가운데 놓인 탁자가 저절로 흔들렸다.

"아버지!"

보다 못한 진소천이 진강후를 제지하려 하지만 들릴 리 만무.

염려되는 마음에 그녀는 황급히 막강에게 시선을 돌렸다.

그리고 곧 그녀는 놀람이 가득한 표정을 지었다.

막강의 상태가 마치 그녀의 염려를 비웃기라도 하듯, 너무나 멀쩡해 보이는 것이다. 게다가 오히려 막강은 두 눈에서 맑은 청광을 내뿜으며 진강후에게서 쏘아져 오는 금광에 대항까지 하고 있으니, 그녀의 놀라움은 더욱 클 수밖에 없었다.

'아버지 눈에서 저 정도의 금광이 뿜어져 나왔다는 건 이미 진기를 팔성 이상 끌어올리셨다는 건데, 그걸 아무렇지도 않게 받아내다니……! 아차! 이럴 때가 아니지!'

막강으로 인해 잠시 상념에 빠졌던 진소천은 자신의 앞에 앉은 국연의가 괴로운 표정을 짓고 있는 것을 보곤 다시금 진강후를 만류한다.

"제발 이젠 연세 좀 생각하세요!"

갑작스레 진강후의 귓전을 파고드는 그녀의 전음성.

'으음……'

그제야 몸을 살짝 떨어 보인 진강후는 어렵게 평정심을 되찾으며 얼굴에 살짝 놀람의 빛을 떠올린다.

'이, 이놈의 내공이 일갑자를 넘는단 말인가! 일개 상단의 호위무사나 할 놈으로 보이지 않는다 했더니, 어린놈이 어찌 이런 심후한 내공을……!'

진강후는 이쯤에서 멈추기로 했다. 그 역시 국연의의 구겨진 얼굴을 보았기 때문이다.

그의 눈에서 쏘아져 나오던 금광이 서서히 사라지기 시작
했다.

그러자 약속이나 한 듯, 막강이 뿜어내던 청광도 씻은 듯
사라져 버렸다.

방 안을 답답하게 만들었던 둘 사이의 묵직한 기류가 걷혀
버리고, 잠시 후 국연의의 나직한 한숨 소리가 들려왔다.

안광을 거뒀다곤 하지만 여전히 부리부리한 눈으로 막강
을 노려보던 진강후가 두툼한 입술을 벌리며 물었다.

"네놈의 진짜 정체가 뭐냐?"

그의 낮고 굵직한 음성은 그리 크지 않음에도 방 안 구석구
석까지 퍼져 나가는 듯하다.

진강후와 소리없이 한판을 벌이는 동안 적지 않게 긴장했
던 막강은 슬쩍 자세를 풀며 미소를 그린다.

"아까 말씀드렸듯이 금가장의 상단 호위를 책임지고 있고
요. 이름은 막강이라고 합니다."

그러자 진강후는 한 손으로 탁자를 후려치며 버럭 소리를
질렀다.

콰앙!

"이놈이 감히 나와 장난을 치자는 것이냐!"

노한 표정의 진강후를 보며 막강은 영문을 모르겠다는 듯
눈을 끔뻑거린다.

'누구냐고 물어서 대답한 것뿐인데, 왜 화를 내지?

이를 본 진소천이 나오려는 웃음을 간신히 참으며 진강후를 향해 입을 연다.

"그런 것이 아닐 거예요, 아버지. 화내지 마시고 차근히 물어보세요."

"크으음……!"

불같은 성미를 지닌 진강후도 비록 못마땅하단 표정을 지을망정 자신의 딸인 진소천의 말엔 웬일로 고분고분하다.

화를 가라앉히려고 한참 애를 쓴 진강후가 다시금 입을 연다.

"크험……! 네놈의 사문(師門)은 어디냐?"

누른다고 눌러봤지만 그의 음성엔 여전히 노기가 잔뜩 묻어 나온다.

그제야 진강후가 한 질문의 요지를 파악한 막강.

"아! 사문을 물어보신 거군요. 음…… 사문이라면 지금은 망했지만 형산파라고 할 수 있겠네요."

"……?!"

그 말에 진강후뿐만 아니라 옆에 있던 진소천까지 놀란 표정이 되어버렸다.

"뭐라? 형산파?"

고개를 끄덕이는 막강.

"네. 그런데 그건 왜 물으세요?"

진강후의 각진 얼굴이 다시금 분기로 일그러졌다.

"이! 이놈이 진정 나를 가지고 노는 것이렸다! 있지도 않은 형산파가 사문이라니! 내 이놈을 당장!"

벌떡 일어서려는 진강후를 진소천이 제지하려는 찰나, 그보다 먼저 잠자코 지켜보던 국연의가 나섰다.

"막 위장의 말은 사실입니다."

"……?"

진강후의 시선이 자신에게로 향하자 국연의는 그를 직시하며 차분한 음성으로 말했다.

"막 위장은 사십 년 전 형산에서 벌어진 혈겁(血劫) 때 돌아가셨다고 알려진 삼절검협의 손자입니다."

"뭐! 뭐라?"

콧김을 내뿜으며 국연의의 담담한 얼굴을 바라보던 진강후가 여전히 믿기지 않는다는 듯 입을 연다.

"그것이 정녕 사실인가?"

"저희가 무엇 때문에 이곳까지 와서 진 대협께 거짓을 고하겠습니까?"

"크음…… 형산파의 문도는 당시 모두 죽었다고 알려졌는데, 어찌 저놈이 형산파의, 그것도 삼절검협의 손자일 수가 있단 말인가?"

"그것은……."

진강후의 노기가 어느 정도 가라앉은 것을 확인한 국연의는 막강에 대한 이야기를 짧게 설명하기 시작했다.

“으음, 그런…….”

국연의의 설명을 듣고 난 진강후는 깊게 침음하며 막강을 쏘아본다.

“지금까지 내가 들은 말이 다 사실이냐?”

이에 막강이 씨익 웃었다.

“다 사실이에요.”

그런 막강을 보며 진강후는 절로 눈살을 찌푸렸다. 막강의 실실거리는 모습이 보면 볼수록 마음에 들지 않았던 것.

'다 큰 사내놈이 얼빠지게 웃는 꼴이라니……!'

그러나 진강후는 결국 다시 자리에 앉을 수밖에 없었다. 선뜻 믿기진 않았으나, 국연의의 말에 거짓이 없어보였기 때문이다.

진강후가 거래를 위한 면담이라는 본래 목적도 잊고 돌연 막강의 정체를 궁금해한 까닭은, 기실 자신의 딸인 진소천이 이미 막강에 대한 언질을 줬기 때문이기도 하지만 단지 그 때문만은 아니다.

막강의 잘 다듬어진 몸매와 깊게 갈무리된 두 눈이 그의 호기심을 자극했던 것이다.

그런데 놀랍게도 막강은 자신의 팔성에 가까운 공력을 너끈히 받아냈다. 얼핏 봐도 사마외도(邪魔外道)의 무공을 익힌 것 같지는 않았으니, 이름난 문파나 기인의 자제이리라 생각했던 것이다.

한데, 더욱 놀랍게도 사문이 형산파라고 한다.

처음엔 자신을 가지고 노는 것이라 여겼으나, 이젠 딱히 믿지 못할 이유를 찾기 어려웠다.

그리고 막강이 정말로 형산파의 무공을 익혔고, 또 그것을 가르쳐 준 사람이 삼절검협이라면 조금 전의 상황이 어느 정도 이해될 수 있는 것이다. 물론 그렇다고 전부 이해될 수 있는 것은 아니지만.

'아무리 삼절검협의 손자라고 해도 갓 스물이 된 녀석이 일갑자의 내공을 지니고 있는 것은 정상적이라면 불가능한 일이거늘……. 그나저나 이 시점에서 형산파라니, 상황이 묘하게 되었구나. 으음…….'

그의 얼굴에 돌연 뭐라 형용키 어려운 복잡한 감정이 어린다.

하지만 곧 본래의 신색으로 돌아와 여전히 실실 웃고 있는 막강을 요리조리 뜯어보는 진강후.

아까와 같은 의심스런 눈초리가 아닌, 마치 장에 나온 암송아지를 감정하는 듯 신중한 눈빛으로 막강의 위아래를 훑던 그의 짙은 검미가 어느 순간 꿈틀거린다.

'무공은 쓸 만하다고 쳐도, 이런 얼빠진 놈한테 소천이가 관심을 두다니…… 쯧쯧.'

어젯밤 진소천은 그에게 오늘 꽤나 재밌는 사내가 찾아올 거라고 말하며 막강에 대한 이야길 늘어놓았다. 스물둘이 되도록 사내에 대한 이야기는 일절 하지 않았던 딸이기에, 그역시 내심 궁금해하지 않을 수 없었던 것.

슬쩍 자신의 딸을 쳐다본 진강후의 안색이 딱딱하게 굳어버린다.

막강을 바라보는 진소천의 얼굴에 희미한 미소가 어려 있는 것을 보았기 때문이다. 이에 진강후는 돌연 헛기침을 하며입을 연다.

"크허험! 알았네. 일단 그 이야긴 여기서 접기로 하고, 본래 하려던 이야기나 하도록 하지. 그래, 금가장에서 우리에게제시할 조건은 무엇인가?"

진강후의 짜증 섞인 음성에도 국연의는 기다렸다는 듯이조심스럽게 입을 연다.

"그보다 먼저 진 대협께 전해 드릴 물건이 있습니다."

뜻밖의 말에 진강후의 표정이 일변한다. 이는 진소천도 마찬가지.

"전해줄 물건이라니?"

이에 국연의는 품 안에서 피 묻은 작은 천 조각을 꺼내 진강후 앞에 내밀었다.

"바로 이것입니다."

"……?"

의문에 찬 눈으로 국연의와 천 조각을 번갈아 쳐다보던 진강후는 이내 천 조각을 펴보고는 두 눈을 부릅뜬다.

  '아니, 이것은……!'

  곁에서 천 조각에 적힌 내용을 확인한 진소천의 눈빛 또한 크게 흔들렸다.

  진강후는 그녀와 한 차례 눈빛을 교환한 후 국연의에게 싸늘한 시선을 던졌다.

  "이것이 어떻게 자네들 손에 있는 것인가?"

  전에 없이 냉기가 풀풀거리는 음성.

  국연의는 내심 흠칫했다.

  일단 반응이 그다지 좋지 않았던 것이다.

  그러나 이내 마음을 가라앉힌 그는 진중한 어조로 나흘 전 상강 근처의 숲에서 있었던 일에 대해 설명했다.

  "으음, 그런 일이 있었다니……."

  국연의의 설명이 끝나자마자 생각에 잠긴 진강후의 표정이 자못 심각해졌다.

  그러자 그를 대신하여 진소천이 입을 열었다.

  "이것을 지니고 있던 자의 행색에 대해 좀 더 자세히 말씀해 주실 수 있으신가요?"

  "그에 대해서는 저보다 막 위장이 대답하는 것이 좋겠군요."

  국연의의 말에 그녀는 이제 막강에게 시선을 돌린다.

  "막 소협께 묻겠어요. 막 소협은 그 자리에 계셨으니 그자를 가까이에서 보셨겠죠?"

막강은 고개를 끄덕였다.

"네, 가까이에서 봤어요."

"그자의 모습을 기억나는 대로 자세히 말씀해 주실 수 있나요?"

"음…… 뭐, 다 붉은색이었어요. 옷도 빨갛고, 눈도 빨갛고, 아! 들고 있던 검의 손잡이도 빨간색이었던 것 같군요."

'홍혈안(紅血眼)! 틀림없어!'

막강의 말에 뭔가를 확신한 듯 고개를 끄덕인 그녀는 막강에게 고맙다는 말을 한 후 곧 진강후를 바라봤다. 어떻게 해야 할지를 묻는 표정.

모두의 시선이 자신에게 향해 있음을 안 진강후는 짧은 침묵 후 입을 열었다.

"미안하지만 일단 자네들은 본래 있던 곳으로 돌아가 주게. 곧 다시 부르겠네."

"그렇게 하겠습니다."

국연의는 뜸 들이는 막강을 다그쳐 방을 빠져나왔다.

두 사람이 나가기를 기다린 진소천이 먼저 입을 열었다.

"저 사람들의 말대로라면, 본맹의 익영단원 하나가 분명 멸천교도의 행적을 쫓다 죽은 것이 틀림없는 것 같아요."

"음…… 추 가(家) 놈의 말이 사실이었단 말인가!"

말은 그렇게 하나 진강후의 표정은 여전히 불신으로 가득 차 있다.

멸천교.

분명 멸천교라 했다.

이미 오래전 자취를 감춘 멸천교의 이름이 이들의 입에 오르는 것조차 의아한 일인데, 멸천교도에 의해 의천맹의 사람이 죽었다니⋯⋯?

"어떻게 하죠? 당장 총단에 이 사실을 알릴까요?"

잠시 고민하던 진강후가 이내 입을 연다.

"알려야지. 그 일은 내가 알아서 할 것이니 신경 쓰지 않아도 된다."

그런데 곧 그는 무슨 생각이 떠올랐는지 굵은 눈썹을 꿈틀거렸다.

"장팔 그놈이 도착한다고 한 날이 오늘이 아니냐?"

"네, 오늘 오후쯤에 당도한다고 기별이 왔어요."

"음⋯ 그놈이 오면 이 비호(秘號)의 내용이 무엇인지 알 수 있겠구나."

익영단의 비호는 같은 익영단원이 아니라면 결코 해독할 수가 없다. 그것은 의천맹에 적을 두고 있는 자라 할지라도 예외는 아니다.

예외를 굳이 따지자면 하나 있기는 했다.

한때 익영단원이었다가 쫓겨난 자가 바로 그 예외다.

그리고 그 유일한 한 사람이 지금 그들에게로 오고 있었다.

$$* \qquad * \qquad *$$

야심한 시각.

진강후는 자신의 집무실에서 한 청년과 마주 앉았다.

청년의 얼굴은 앳되고 제법 곱상하나, 차림새는 거지같이 남루하기 그지없다.

그의 몸에서 은근하게 풍기는 소젖 삭힌 듯한 냄새에 진강후의 코가 연신 실룩거린다.

그러나 그의 이러한 행색을 두고 뭐라 욕할 사람은 없다. 왜냐면 그는 거지이니까.

진강후는 계속해서 손가락으로 코를 파고 있는 청년, 염장팔을 보며 인상을 구긴다.

저 불손한 태도.

'어떻게 하는 짓이 전부 제 놈 사부하고 똑같은지……!'

그러나 원래가 그런 놈인 것을 잘 알고 있는 그이기에 목구멍까지 올라오는 욕을 참으며 입을 연다.

"끄응…… 그래, 총단의 돌아가는 사정은 어떠냐?"

후비적.

"뭐, 별일없이 잘 돌아가고 있던데요."

후비적.

"끄응!"

"아……!"

“……!”

“한 가지 총단을 술렁거리게 한 일이 있었네요.”

진강후는 거구를 바로 세우며 묻는다.

“술렁이게 한 일?”

손가락을 콧속에서 빼낸 염장팔은 딸려 나온 내용물을 확인한 뒤 돌돌 말기 시작한다. 그리고 곧,

틱!

“……!”

진강후의 눈꺼풀에 저절로 경련이 인다. 그러나 이를 보고서도 마냥 하던 행동을 계속하는 염장팔.

“사실 그 일 때문에 맹주께서 저를 원래보다 일찍 여기로 보내신 건데…….”

이에 진강후는 짜증 섞인 목소리로 말한다.

“그러니까 그것이 뭐냐고 묻지 않느냐? 이놈 한 번만 더 뜸 들이면 그 손가락을 분질러 주마!”

진강후의 부리부리한 호목을 힐끔 쳐다본 염장팔은 그제야 조금 찔끔한 표정이 된다.

아무리 진강후가 자신의 사부이자 개방의 방주인 열풍신개(熱風神丐) 가규(賈奎)의 의제(義弟)라고 해도, 새파랗게 어린 자신의 개갬을 받아주는 것에도 한계가 있다는 걸 눈치 빠른 염장팔이 모르지 않았다.

적당히 개개다가 또 적당히 슬쩍 꼬리를 내리는 것이 바로

염장팔이 자신의 상관이자 의숙(義叔)이기도한 진강후를 상대하는 방식이다.

일종의 자그마한 낙이라고나 할까?

그러나 지금은 슬쩍 그 재미를 접을 때다.

"사람이 하나 사라졌어요."

"사라져? 누가 말이냐?"

두 눈에 힘을 주며 묻는 진강후를 일별한 염장팔은 조금 전과는 다른 사뭇 진지한 표정으로 말을 잇는다.

"익영단의 단원 하나가 오 일째 연락 두절이었어요. 제가 여기로 오는 동안 오 일이 지났으니 벌써 열흘이 됐네요."

"……?!"

사람이 오 일간 연락이 없을 수도 있다.

그러나 그 사람이 익영단의 단원이라면 이야기가 달라진다.

익영단은 의천맹의 정보조직으로 각지에 파견된 단원들로부터 올라오는 모든 정보를 총괄하고 있는 곳이다. 정보조직이니만큼 익영단은 당연히 치밀한 연락망을 갖추고 있고, 모든 단원은 그 연락망을 통해 매일같이 자신의 위치와 맡은 바 임무에 대하여 극히 사소한 것들까지 모두 보고하게끔 되어 있다. 따라서 이러한 익영단의 단원 하나가 무려 오 일 동안이나 연락이 두절됐다는 것은 결코 가볍게 여길 만한 일이 아닌 것이다. 게다가 익영단이 발족한 이후 이런 일이 단 한 번

도 없었음을 감안한다면, 사안은 더욱 중대하다고 볼 수 있었
다.

"음……."

진강후는 턱을 주억거리며 침음했다.

염장팔의 이야기를 듣는 순간, 막강 일행에게 자신의 비호
를 전해줬다던 익영단원이 떠오른 것.

곧바로 염장팔에게 비호가 적힌 천 조각을 보여주려던 그
는 이내 무슨 생각이 들었는지 넌지시 물었다.

"한데 총단에선 왜 서둘러 전서를 통해 그에 대한 기별을
하지 않은 것이냐?"

염장팔은 진강후가 그 질문을 할 줄 알았다는 듯, 즉각 대
답했다.

"이미 전서를 비롯한 익영단의 상시(常時) 연락 체계는 잠
정 폐쇄됐어요. 지금은 비상 연락망이 가동되고 있는 상태
죠."

"그렇게까지 해야 할 정도로 사안이 심각한 것이냐?"

이에 염장팔이 어깨를 으쓱거린다.

"뭐, 저야 확실히는 모르겠지만 추 단주께선 그렇게 보시
는 거겠죠."

진강후는 고개를 끄덕인다.

익영단주가 그렇게 본다면 그럴 것이다.

익영단주 추심언(秋尋言)은 자타가 공인하는 무림 최고의

두뇌라고 할 수 있는 자다.

지금껏 그의 판단은 틀린 적이 없다. 또한 그가 아니라면 지금의 의천맹은 존재하지 못했을 것이라 단언할 수 있을 정도로 그가 맹을 위해 들인 공은 지대했다.

"그게 다가 아니고 진짜는 지금부터예요."

일부러 눈을 가늘게 뜨고 자신을 쳐다보는 염장팔을 보며 진강후 역시 굵은 검미를 안으로 접는다.

"뭔가 더 있단 말이냐?"

염장팔은 짧게 고개를 끄덕이며 말했다.

"사라진 단원이 연락이 두절되기 전까지 조사했던 것!"

"그것이 무엇이냐?"

진강후의 의문에 찬 두 눈을 가만히 마주보던 염장팔은 돌연 정색을 하더니만 한자한자 또박또박 말을 이었다.

"혈(血). 옥(玉). 패(牌)."

"……!"

순간, 진강후의 두 눈이 부릅떠졌다.

"혈옥패? 지금 혈옥패라 했느냐!"

끄덕.

"멸천교주의 신물이었던 그 혈옥패 말이냐?"

"맞아요."

재차 확인했음에도 믿기지 않는다는 듯한 표정.

"으음, 난데없이 혈옥패라니. 혈옥패는 사십 년 전 멸천교주가 죽으면서 함께 사라지지 않았던가?”

이에 팔짱을 끼며 느긋하게 의자에 등을 기댄 염장팔이 입을 열었다.

“그랬죠. 말 그대로 사라진 것이지 완전히 없어진 것은 아니잖아요?”

이에 진강후는 염장팔을 바라보며 버럭 소리를 질렀다.

“그럼 지금까지 추 단주가 그것의 행방을 찾고 있었단 말이냐!”

그의 갑작스런 고성에도 이를 당연스레 받아들이는 염장팔.

오히려 미소까지 그리며 재밌다는 표정이다.

염장팔이 이러는 데에는 다 이유가 있다. 그는 진강후가 지금 왜 이렇게 감정이 격해지는지 그 까닭을 잘 알고 있기 때문이다.

‘그러게 상대를 봐가면서 내기를 하셔야지. 추 단주님이랑 내기를 하시다니…… 쯧쯧!’

내심 혀를 찬 그는 곧 입을 열어 대답한다.

“멸천교주의 사망 당시 그곳에 계셨던 익영단주께선 그곳에서 혈옥패가 발견되지 않은 것에 대해 내내 찜찜한 마음을 갖고 계셨다죠? 그래서 익영단주가 되신 후에 혈옥패의 행방을 비밀리에 찾고 계셨다는데, 결국 이런 일이 터져 버린 거죠.”

이야기를 듣고 난 진강후는 콧김을 내뿜으며 얼굴을 일그러뜨린다.

'크으! 결국 추 가 그놈한테 또 진 것인가!'

젊었을 땐 기생오라비라 부르며 놀려먹던 놈.

지금은 늙은 여우라 부르며 놀리고 있는 놈.

앙숙이 따로 없는 사이.

그러나 그는 그 기생오라비이자 늙은 여우를 이기질 못했다.

결국 당하고 한 방 먹는 쪽은 언제나 자신이었던 것.

물론 힘으로야 한 주먹감도 안 되지만…….

"무식한 미친 황소 같으니!"

언젠가 잔뜩 흥분한 자신이 힘으로 그를 깔아뭉개려 했을 때, 자신을 비웃으며 그가 내뱉은 말이다.

그 경멸이 담긴 눈빛을 본 순간, 자신이 얼마나 부끄럽고 한심하게만 느껴졌던지…….

그 후 언제고 반드시 저 기생오라비 같은 놈을 힘이 아닌 머리로 깔아뭉개 주리라고 다짐한 것이 어느새 삼십 년 전의 일이 되어버렸다.

다짐은 또 다짐이 될 뿐이고, 현실이 되지 못하는 이 지랄 같은 현실!

이번 내기도 그런 다짐의 발로에서 이루어진 것이다.

몇 달 전, 추심언은 맹주를 비롯한 의천맹의 수뇌부들만 모인 자리에서 처음으로 멸천교의 잔존 세력에 대하여 언급하였고, 아직까지 확실한 증거가 없으나 곧 찾아낼 수 있을 거란 말을 한 바 있었다.

하지만 당시 그 자리에 있던 자들 중 대다수가 그의 말을 선뜻 믿지 못하였는데, 그 이유는 멸천교가 사십 년 전에 완전히 사라졌다는 사실은 삼척동자도 알고 있는 사실 중의 사실이었기 때문이다.

특히나 가장 펄쩍 뛰었던 자가 바로 진강후다.

그는 노골적으로 추심언을 비웃어가며 말도 안 된다고 소리쳤고, 결국엔 추심언과 내기까지 하기에 이르렀던 것이다.

오만가지 생각을 떠올리며 속으로 분통해하던 진강후지만, 한편으론 익영단주 추심언의 용의주도함에 새삼 놀라워하지 않을 수 없다.

사십 년 전, 의천맹이란 이름 아래 하나로 뭉친 중원무림의 힘에 밀려 호북의 융중산(隆中山)으로 숨어들어 간 멸천교의 남은 무리들을 섬멸하기 위해 출진한 무인들 중엔 진강후도 끼어 있었다.

당시 열여덟이라는 어린 나이로 자신의 가문인 욱일진가의 식솔들과 함께 출진했던 그는, 멸천교의 교주와 사대마군(四大魔君), 그리고 멸천교 최강의 정예였던 색혈대(索血

隊)의 마인(魔人)들이 모두 전멸한 것을 직접 목도한 사람 중 하나였다.

그때, 그를 포함한 모든 사람들이 승리감에 도취되어 교주의 시신에서 멸천교의 상징과도 같았던 혈옥패가 발견되지 않은 것을 간과하고 말았지만 자신과 동갑에 불과했던 젊은 추심언은 그것을 그냥 접어두지 않았던 것이다.

'추 가 놈의 말이 사실이라면, 정녕 심각한 일이 아닌가!'

이미 내기에 진 것은 진 것이고, 이젠 사안의 중차대함을 감안하여 앞으로의 일을 염려할 때였다.

품 안에서 비호가 적힌 천 조각을 꺼낸 진강후가 그것을 염장팔 앞에 펼쳐 보이며 말한다.

"보거라."

"뭔데요?"

시큰둥하게 천 조각을 쳐다본 염장팔은 이내 콧구멍을 벌름거리며 잽싸게 천 조각을 손에 쥔다.

"이것은!"

"아마도, 연락이 두절되었다는 그 익영단원이 지니고 있던 것일 게다."

"그게 무슨 말이에요? 이걸 어떻게 의숙이 가지고 계신 거죠?"

도무지 이해할 수 없다는 표정의 염장팔에게 진강후는 일의 자초지종을 이야기해 줬다.

그런데 진강후가 막, 막강이 죽어가던 익영단원을 도와주었다는 것을 이야기할 때였다. 잠자코 듣고 있던 염장팔이 갑자기 자리에서 벌떡 일어서는 것이 아닌가.

"지, 지금 뭐라고 하셨어요! 금가장의 호위무장이라고요?"

그의 돌변한 태도에 의아한 표정이 된 진강후.

"뭐가 잘못됐느냐?"

그러나 염장팔은 대답하지 않고 재차 확인하듯 물을 뿐이다.

"그놈 이름이 막강! 막강이란 놈 맞죠?"

"그렇다고 했지 아마? 둘이 알고 있던 사이더냐?"

그러자 염장팔은 두 눈에 불을 켜고 이를 갈기 시작했다.

'총단에서 돌아오자마자 바로 찾아가려고 했는데, 제 발로 찾아왔다 이거지? 이 개자식을 당장!'

염장팔은 이글거리는 눈빛으로 진강후에게 묻는다.

"그놈 지금 어디에 있어요!"

"이놈이 갑자기 실성을 했나!"

쿵!

염장팔의 눈앞에서 갑자기 불똥 번쩍였다.

"아얏!"

이마가 화끈거리는 통에 절로 비명을 내지른 염장팔.

"묻는 말에 대답도 안하고, 어디서 눈을 부라리는 게야!"

진강후의 호통에 염장팔은 억울하단 표정을 지으며 말했
다.

"의숙한테 그런 게 아니라구요! 그놈한테 갚을 빚이 있단
말이에요! 빚!"

"그래도 이놈이!"

진강후의 머리통만 한 주먹이 다시 들어 올려지려 하자 황
급히 뒤로 물러서는 염장팔.

"이리와."

손가락을 까딱이는 진강후.

고개를 젓는 염장팔.

"싫어요! 저, 지금 빨리 그놈한테 가봐야 한다구요. 어디
있는지 알려줘요!"

"그건 나중에 해결하고, 이리 와서 빨리 이거나 해독해."

또다시 고개를 젓는 염장팔.

"그놈한테 먼저 다녀와서 해독해 드릴 테니 빨리 그놈 어
디 있는지……!"

"빨리 이리 와서 한 대 맞을래, 안 오고 두 대 맞을래?"

그제야 진강후의 말투가 바뀐 것을 알아챈 염장팔.

어릴 적 비무 상대가 되어주겠다며 자신을 동네북처럼 신
나게 두들겨 팰 때의 바로 그 말투다.

'젠장, 저 똥고집 하곤! 에휴……!'

슬금슬금 자리로 돌아오는 염장팔.

그 모습을 보는 진강후의 얼굴엔 득의의 미소가 살짝 떠 올랐다.

다음날 아침.

발표를 기다리던 다른 상단은 모두 한숨을 내쉬며 떠났고, 단출한 방 안에는 진소천과 국연의 두 사람만이 마주 앉았다.

"본 지부에서 귀장에 주문할 병기는 장검과 장도이고, 수량은 장검이 육십 자루, 장도가 사십 자루예요. 기한은 석 달이고, 선금으로 은자 오십 냥을 드리겠어요. 잔금 오십 냥은 물건을 인도 받아 확인한 뒤 치르는 것으로 하고, 만일 기한을 어기거나 물건에 하자가 있을 시엔 선금의 세 배를 돌려받겠어요."

진소천의 말에 국연의는 두 눈을 반짝인다.

보통 위약 시엔 선금의 두 배를 돌려받는 것이 상리(商理).

그런데 진소천은 지금 그보다 많은 세 배를 요구하고 있는 것이다.

"무리한 요구일지 모르지만 이번이 첫 거래고, 병장기란 것이 무인에겐 생명과도 같은 중요한 것이기에 그 만큼의 위험부담을 고려한 것이니 귀장이 이해해 주시길 바라겠어요."

계속되는 그녀의 말에 국연의는 아무런 거리낌 없이 흔쾌히 고개를 끄덕인다.

"좋습니다. 그렇게 하지요."

　여타 쟁쟁한 경쟁 상단을 물리치고 거래를 따냈다곤 하나, 사실 이는 자신들의 도움에 대한 답례 차원에서 성사된 것으로 보는 것이 맞다.

　발표 전 이미 기별을 통해 자신들이 전해준 것이 매우 중요한 내용이 적힌 문건이며 이에 대한 보답으로 금가장과 거래를 트겠다는 진강후의 말을 전해들은 바가 있었다.

　진소천이 입가에 살짝 미소를 머금는다.

　"이해해 주시니 고마워요."

　국연의도 그 미소에 화답하며 입을 연다.

　"그저 저희 금가장에 대한 귀 지부의 신뢰가 더욱 두터워지기만을 바랄 뿐입니다."

　그 말을 들은 진소천은 국연의가 진정 원하는 것을 알아챘다.

　"좋아요. 이번 주문을 확실하게 이행해 주신다면, 이후의 모든 병장기 구매는 귀장을 통해 하는 쪽으로 고려를 해보겠어요."

　이에 국연의가 그녀를 향해 살짝 고개를 숙인다.

　"감사합니다. 성심(誠心)을 다하도록 하지요."

　마주 고개를 까딱여 보인 진소천이 곧 다시 입을 연다.

　"그리고 이번에 돌아가실 때 저도 동행하여 귀장의 단철장을 한번 둘러보고 오려 하는데, 괜찮을까요?"

　"응당 그러셔야지요. 한데………"

고개를 끄덕인 국연의가 그녀를 바라보며 넌지시 묻는
다.

"진 소저께서는 그저 단철장만 둘러보고 가실 것인
지……?"

그 말에 진소천이 의미심장한 눈초리로 국연의를 쳐다본
다.

"글쎄요…… 그런데 그건 왜 묻는 거죠?"

국연의는 담담히 웃으며 대답했다.

"진 소저께서 장사에 더 머무신다면 그에 합당한 대접을
해드려야 하기에 묻는 것입니다."

슬슬 말을 돌리곤 있지만 진소천은 국연의가 막강에 대한
자신의 관심 여부를 떠보려 하는 것을 눈치 챘다.

하지만 굳이 이를 내색하지 않고 피식 웃는다.

"훗, 국 행수께선 크게 신경 쓰지 않으셔도 돼요. 오래 머
물더라도 귀장에 폐를 끼칠 생각은 없으니까요."

국연의 역시 진소천이 자신의 의도를 눈치 챘음을 알고 있
기에 그저 고개를 끄덕일 뿐이다.

"무슨 말씀을, 당연히 저희 장에서 모셔야지요."

잠시 서로 미소를 주고받은 두 사람은 이내 합의된 대로 거
래 약정서를 작성한 뒤 대화를 마무리 지었다.

한편 같은 시각, 진강후의 집무실.

똑똑.

문이 열리며 말쑥한 청년 하나가 방 안으로 들어왔다. 그는 뜻밖에도 막강이었다.

"저를 찾으셨다고요?"

"앉아라."

못마땅한 눈초리로 막강을 보는 진강후.

막강은 자리에 앉자마자 몸을 긴장시키며 진강후의 눈을 뚫어져라 쳐다봤다. 진강후가 자신을 찾는다고 하자, 또 한판 하려는 것인 줄 알고 이곳으로 걸어오는 내내 잔뜩 기대하고 있던 막강이다.

이를 본 진강후는 기가 막힌다는 표정이었다.

'허! 이놈 이거 자리만 깔아주면 당장 내 목에 칼을 들이댈 놈일세. 나 젊었을 적 못지않은 놈이구먼.'

비무든 뭐든 싸움이라면 물불을 안 가리고 덤비던 자신을 떠올리며, 그런 자신의 모습을 보는 듯한 막강의 태도에 왠지 흡족한 마음이 드는 진강후다.

이런 녀석과는 사흘 밤낮을 싸워도 질리지 않는다는 것을 잘 알고 있는 그는, 당장이라도 나가서 한판 붙어보고 싶은 마음을 간신히 억눌렀다.

지금 막강을 부른 것은 그러자고 부른 것이 아니기 때문이다.

얼굴에 진지함을 떠올린 진강후가 곧 입을 열었다.

"눈에 힘 풀어라. 오늘은 그러려고 네놈을 부른 게 아니니."

"아? 아니었어요? 어제 결판을 못 내서 오늘 다시 하는 건 줄 알았는데……."

막강이 노골적으로 아쉬움을 드러내자 어이가 없어지는 진강후다.

설마하니 자신을 이겨보겠다는 생각을 갖고 있었단 말인가?

'생각할수록 괘씸하군!'

진강후는 버럭 소리를 지르려다가 말고, 홧김에 오늘 막강을 부른 용건을 말하기 시작했다.

"한 가지 묻겠다."

"뭔데요?"

"네놈의 내공이 어떻게 일갑자를 넘는 것이냐?"

"아, 그거요? 음, 그건……."

웬일인지 즉답을 못하고 뜸을 들이는 막강.

"그건 그냥 제가 내공수련을 워낙 열심히 해가지고……!"

콰앙!

"이놈이! 그걸 지금 나더러 믿으라는 것이냐! 스물밖에 안 된 놈이 내공수련을 하면 얼마나 했다고 일갑자가 넘어! 일갑자가! 오냐! 그렇다면 네놈이 정녕 마공(魔功)을 익힌 것이렷다!"

흥분한 나머지 탁자를 후려치며 고함을 내지른 진강후는 곧 뭔가를 깨닫고 어색한 표정이 되어버린다.

생각해 보니 자신이 이렇게 화를 내며 물을 수 있는 일이 아닌 것이다.

강호인이라면 누구나 자신의 무공내력이 누군가에게 모두 드러나는 것을 싫어한다. 기껏해야 무공의 이름이나 특징에 대하여 물을 수 있을 뿐이고, 어쩌다 알 수 있는 기회가 있을지라도 예를 갖춰 부탁하는 자세여야만 한다.

이는 선후배를 막론하고, 친한 벗 사이라도 마찬가지라 할 것이다.

그런데 자신은 지금 무공의 뼈대라 할 수 있는 내공에 대해 물으면서 부탁의 자세는커녕, 윽박을 지르고 있으니 스스로 생각해도 너무했다 싶었다.

"크허험! 소, 소리를 지른 것은 미안하게 됐……!"

그가 막 사과를 하려는 찰나, 말없이 그를 쳐다보며 두 눈을 끔벅거리던 막강이 뭔가를 홀로 고민하더니 갑자기 히죽 웃는다.

"정말 그게 그렇게 궁금하세요?"

"……?"

이젠 자신이 눈을 끔벅이게 된 진강후.

"그, 그렇다."

이에 머리를 긁적이며 말을 잇는 막강.

"음… 사실 할아버지께서 아무에게나 알려주지 말라고 하셨는데……."

"……는데?"

막강의 입만 주시하고 있는 진강후.

"진 대협이 제 부탁 하나만 들어주시면 특별히 알려드리도록 하죠, 뭐."

"부탁? 무슨 부탁?"

이에 막강이 그를 향해 씨익 웃는다.

"우리 국 행수한테 들으니까 진 대협이 도법에서는 강호일절이라고 하던데……?"

"그래서……?"

"…저랑 한 번만 싸워주세요."

"무, 무어라?!"

진강후는 자신도 모르게 입을 벌리더니 큰 소리로 웃어 젖히기 시작한다.

"크하하하핫! 이런 맹랑한 놈을 봤나! 이제 보니 나 못지않은 놈이 아니라, 나 보다 더한 놈이로구나! 크하하핫!"

한참을 웃고 난 그가 짐짓 두 눈을 부릅뜨며 입을 연다.

"이놈! 그 말에 후회하지 않겠느냐!"

이에 희색이 된 막강.

"아! 부탁 들어주시는 건가요?"

"좋다! 그런 부탁이라면 마다할 이유가 없지. 내 도에 네놈

몸이 두 쪽 나도 나를 원망하지 마라, 이놈!"

"하핫! 벌써부터 너무 기대되는 걸요!"

"단! 지금 말고, 다음에 한가할 때 다시 날 찾아오거라."

"지금이 아니고 다음에요?"

약간 실망한 기색이 된 막강은 이내 고개를 끄덕이며 말했다.

"알겠어요. 그러죠, 뭐."

"그럼 이제 말해 보거라. 이유가 무엇이냐?"

막강은 잠시 지난날을 떠올리며 처연한 눈빛이 됐다.

"제 내공이 얼마나 센지는 잘 모르겠지만, 그건 다 우리 할아버지 덕분이에요. 할아버지가 돌아가시기 전에 내공을 고스란히 모두 제게 전수해 주셨거든요."

"내공 전수? 지닌 공력을 모두 네게 전수하셨단 말이냐?"

"네."

막강이 고개를 끄덕이자 진강후는 큰 놀라움을 감추지 못한다.

사실 막강의 입에서 나온 이야기는 내심 짐작하고 있던 사실 중 하나였다.

삼절검협 막패의 내공을 모두 전해받았다면, 막강의 나이에 그만한 내공을 소유한 것이 이상하게 여겨질 것은 아니었다.

'하나, 타인에게 내공을 전수하려면 적어도 삼갑자 이상의

공력이 필요하거늘……!'

내공 전수!

내공, 곧 공력은 무림인의 생명이다.

공력이 사라지면 곧 무림인으로서의 삶이 끝난 것과 마찬가지인 것이다. 그런 의미에서 내공 전수란 자신의 생명을 타인에게 주는 것과 같다.

또한 내공 전수는 단숨에 이류무인을 절정의 고수로 탈바꿈시킬 수 있는 그야말로 영물, 영약과 더불어 사기에 가까운 방법이라 할 수 있다.

그렇기에 수많은 고수들이 이를 원하고 또 원해왔다. 자신의 자식들과 내 몸보다 아끼는 제자들에게 몽땅 내공을 전수해 주고 싶은 마음이 왜 없겠는가?

그러나 실제로 내공 전수를 하거나 받은 사람은 강호 역사를 통틀어 극소수에 불과하다.

하지 않아서가 아니다. 할 수 없어서다.

삼갑자의 내공.

그것을 갖추려면 태어나자마자 내공을 쌓는다고 해도 백팔십 년을 살아야 한다.

뛰어난 무인은 백오십 년.

백 년에 한번 날까 말까 한 기재라면 좋게 봐도 백 년이라 하겠다.

이렇게 볼 때, 내공 전수란 얼핏 생각해도 불가능에 가까운 일이 아닐 수 없다.

‘하지만 삼절검협이라면…….’

삼절검협이 누구인가?

당시 자신을 포함한 모든 청년 고수들이 흠모해 마지않았던 영웅이 아니던가?

그런 그의 내공을 모조리 자신의 것으로 만들었다면, 막강이 일갑자가 아니라 그보다 더한 내공을 소유하고 있다고 해도 무리는 아닌 것이다.

사십 년 전 당시, 막패의 나이가 불혹이 넘은 상태였고, 그 뒤 또다시 사십 년이란 세월이 흘렀으니, 그간에 쌓은 막패의 내공이 어느 정도였을지 짐작하기 어려웠다. 진정 삼갑자 이상의 내공을 쌓았을 수도 있는 것이다.

‘으음, 어쩌면 이놈의 내공이 산(山)이 보다도 나을지 모르겠구나…….’

옅은 슬픔이 어린 막강의 얼굴을 바라보던 그는 새삼 두 눈을 반짝인다. 그러더니 곧 뭔가 생각이 난 듯 묻는다.

“그건 그렇고, 어젯밤에 웬 거지 녀석 하나가 찾아가지 않았느냐?”

“아차……!”

그 말에 상념에서 벗어난 막강은 걱정스런 표정으로 그에게 되물었다.

“그 애 깨어났어요? 어제 너무 끈질기게 달려드는 통에 좀

심하게 때렸더니만 한동안 못 일어났거든요. 흐음…… 괜찮
겠지?"

　미안하단 표정이 된 막강.

　그러나 그 말을 듣는 진강후의 얼굴엔 희미한 미소가 절로
떠올랐다.

　'장팔 그놈이 임자 한번 제대로 만난 것 같군. 후후……'

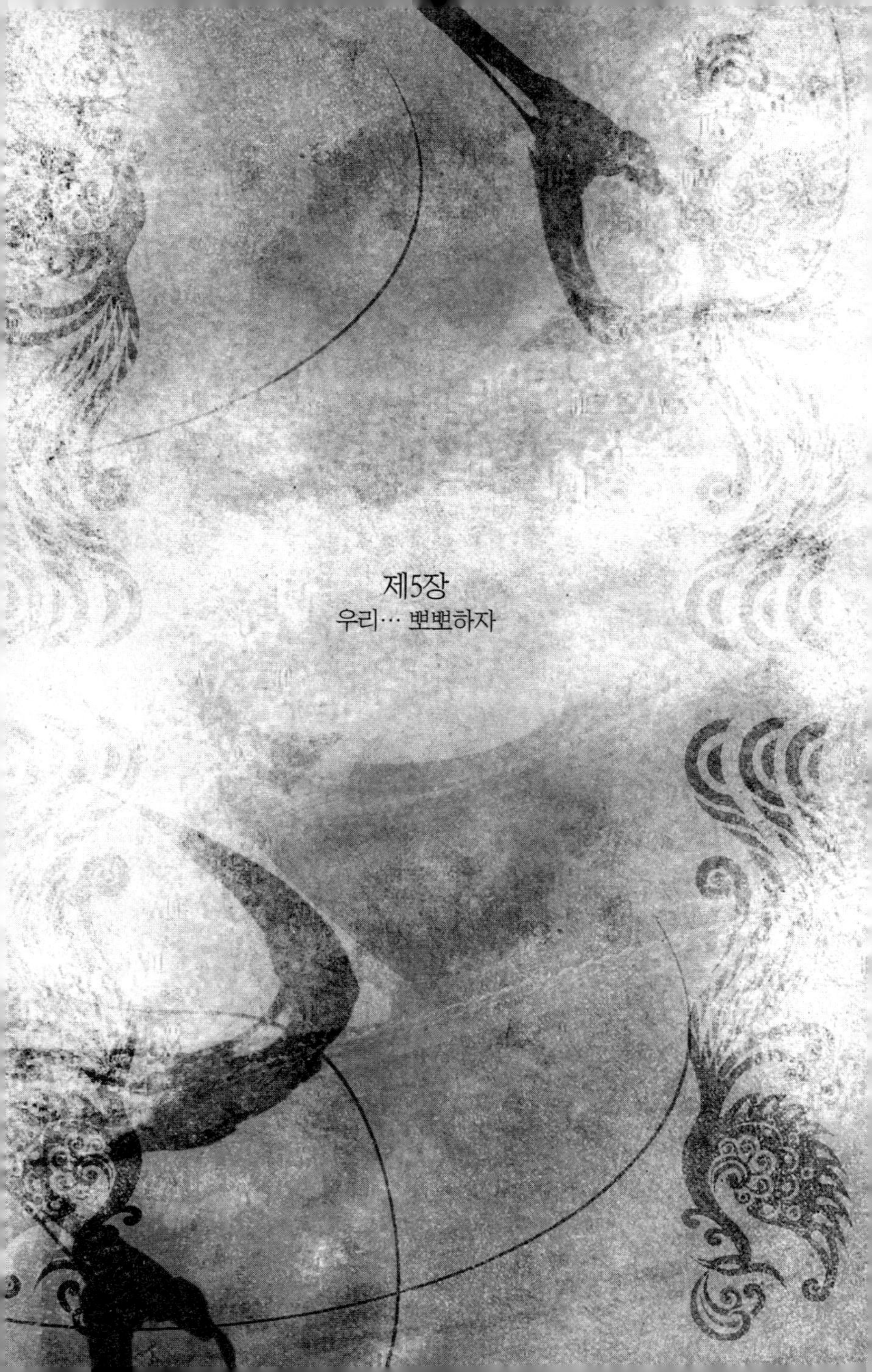

제5장
우리… 뽀뽀하자

快
路莫强

악양을 떠난 지 사 일 후.

막강과 진소천 등 삼 인은 드디어 말을 타고 장사의 성내로 들어섰다.

장사까지 오는 동안 그들은 꽤나 가까워졌다. 지금도 말 위에 앉아 재잘대는 그들의 얼굴엔 미소가 떠나질 않고 있다.

진소천은 또래 여인들답지 않게 성격이 소탈하여 막강과 국연의와 함께 길을 가는 동안에도 아무런 거리낌 없이 어울렸다. 그러한 그녀의 성격은 그 흔한 분칠 하나 하지 않고, 간편한 경장을 입은 차림새만 보더라도 충분히 알 수가 있었다.

"호호! 그래서 아버지와 비무를 하기로 약속했다고요?"

"네. 다음에 한가할 때 찾아오라고 하셨어요."

진소천은 재밌다는 듯 입을 가리며 연신 웃어댔다.

"호호! 아버지께서 막 소협의 말을 들으시고 얼마나 당황하셨을지 짐작이 되네요. 아버지께 먼저 비무를 요청한 사람은 아마도 막 소협이 처음일 걸요?"

"엇! 그래요? 처음이라니…… 이거 기분 좋은데요!"

자신의 말뜻을 제대로 알아듣지 못하고 흡족한 미소를 짓고 있는 막강을 보며 그녀는 더욱 진한 미소를 머금을 수밖에 없었다.

역시 곁에서 고개를 설레설레 젓고 있던 국연의가 걱정스럽다는 투로 입을 연다.

"이보라구, 막 위장 나리! 정신 좀 차리시죠. 진 대협께 왜 아무도 비무를 요청하지 않는지 알고나 있는 거야?"

"응? 글쎄…… 뭐, 너무 강해서 그런 거 아닐까?"

아래턱에 손을 가져가며 막강이 대답하자, 국연의는 그럴 줄 알았다는 표정으로 이어 말했다.

"지금껏 진 대협과의 비무를 멀쩡한 몸으로 끝낸 사람은 의천맹주이신 환 대협이 유일하다고. 이게 무얼 뜻하는지 알아? 진 대협하고 비무를 할 생각이라면 최소한 어디 하나는 부러질 각오는 해야 한다는 거야. 무슨 말인지 알겠어? 적어도 한 달 이상 요양할 자금도 마련해 두는 것이 좋을걸?"

"흐음…… 그 말은 진 대협이 실력이 무지하게 강하다는 거지?"

자신의 말을 들은 막강이 걱정스런 표정을 짓기는커녕, 오히려 더욱 두 눈을 반짝거리자 국연의는 더 이상 할 말이 없다는 듯 입을 닫아버렸다.

'후! 누가 말리겠어.'

한편, 그런 막강을 보며 여러 가지 생각들을 떠올리고 있는 진소천.

'아버지와의 비무라… 이 사실이 알려지게 되면 강호 전체가 발칵 뒤집힐지도. 후후……'

걱정 같은 것은 되지 않았다.

비록 자신의 아버지가 아주, 매우 거칠긴 하지만 그렇다고 비무 중에 누굴 어떻게 한다거나 하는 사람은 아니기 때문이다.

단지 궁금한 것이 있다면 과연 막강이 얼마나 버틸 것이냐는 것과 또 막강의 진짜 실력이 어느 정도일까 하는 정도였다.

'훗, 내가 먼저 막 소협에게 비무를 신청해 볼까?'

혼자 피식거리며 앞쪽으로 시선을 돌린 그녀의 눈에 금가장이라고 쓰인 커다란 현판이 걸려 있는 문이 보였다.

"다 왔군요. 여깁니다, 진 소저."

국연의가 먼저 말에서 내리자, 막강과 진소천도 곧 따라 땅에 내려선다.

"그러네요. 오는 동안 지루하지 않아 생각보다 빨리 온 것 같군요."

그녀의 말에 막강이 호들갑을 떨며 소리를 높인다.

"저랑 같이 오니까 재밌었다, 이거죠?"

"훗, 글쎄……! 음?!"

막강의 말에 뭐라 대꾸하려던 그녀가 갑자기 하려던 말을 멈추고 막강의 뒤쪽으로 시선을 고정시켰다.

막강 또한 어떤 기척을 느끼며 슬쩍 뒤를 돌아봤다.

그곳엔 누구인지 모를 한 노인이 서 있었는데, 백발이 성성한 것이 적어도 팔십은 되어보였다.

노인의 체구는 큰 신장을 가진 막강과 비교해서도 그리 작아 보이지 않고, 뒷짐을 지고 허리를 꼿꼿이 세운 채 막강을 바라보고 있는 노인의 두 눈에선 노인 특유의 탁한 기운이 전혀 보이지 않았다.

'음, 이 할아버지 무공을 익힌 모양이네.'

막강은 한눈에 노인이 상당한 고수임을 알아보며 물었다.

"할아버진 누구세요?"

"……."

그러나 아무런 대꾸없이 막강의 얼굴을 빤히 쳐다보는 노인.

잠시 후, 오히려 막강을 향해 되물었다.

"네가 금가장의 호위무장이란 아이냐?"

"네, 맞는데요."

이에 노인의 표정이 굳으며 눈이 가늘어졌다.

"네놈이 형산파의 진전을 이어받았다는 것이 정녕 사실이
냐?"

"그것도 맞는데요. 근데 그건 왜 물으세요, 할아버지?"

노인의 표정은 더욱 심각하게 변했다. 양미간을 좁힌 노인
이 재차 물었다.

"마지막으로 묻겠다. 정말 네놈이 삼절검협…… 그 어르신
의 손자냐?"

막강은 생전 처음 보는 노인의 계속되는 질문에 어리둥절
해하다가 자신의 할아버지 막패의 이름까지 흘러나오자 더욱
의아한 표정이 되고 말았다.

"그렇긴 한데…… 어떻게 우리 할아버지를……?"

"그럼, 증명해 보거라!"

순간!

"엇!"

노인에게서 강맹한 기운이 뻗어 나오며, 큼직한 주먹 하나
가 강력한 권풍(拳風)과 함께 막강의 면전으로 날아들었다.

쑤웅!

다 늙은 노인의 움직임이라고 보기엔 믿기지 않을 정도의
쾌속한 일권(一拳)!

갑작스런 상황에 잠시 멈칫하던 진소천은 황급히 국연의

의 몸을 붙들고 권세의 바깥으로 이동했다.

막강은 국연의에 대한 염려로 감히 맞부딪치지 못하고 뒤로 크게 물러서며 노인의 공격 방향을 국연의의 반대쪽으로 이끌려고 했다.

한데, 마치 약속이나 한 듯 노인이 순순히 막강의 의도대로 따라가 주는 것이 아닌가?

이것으로 한 가지는 확실해졌다. 노인은 적어도 사람을 해칠 생각은 없다는 것.

쑤욱!

어느 정도 거리가 벌려지자 노인은 두 주먹으로 성난 황소처럼 거침없이 막강을 몰아붙이기 시작했다. 특히 노인의 주먹에 담긴 권풍의 위력은 주먹을 뻗는 횟수가 더해질수록 더욱 강력해지고 있었다.

진소천의 발 빠른 대처로 국연의에 대한 걱정을 덜 수 있게 된 막강은 노인의 움직임에 집중하며 빠져나갈 방법을 찾으려 노력했다. 일단 노인이 무슨 일로 자신을 공격하는 것인지부터 알아야 했기 때문이다.

그러나 빠져나가기가 쉽지 않다.

이는 노인의 실력이 뛰어난 탓도 있지만 보다 막강을 곤란하게 만드는 것은 마치 막강의 다음 움직임을 예측이라도 하고 있는 듯이 미리 적절한 방위(方位)를 차단해 오는 노인의 움직임이다.

'이크! 도대체 이 할아버진 누구지?'

당장 물어보고 싶지만, 노인은 막강에게 단 한 치의 틈도 허락하지 않았다.

둘의 싸움을 지켜보던 진소천은 막강이 완전한 수세에 몰리는 것을 확인하곤 몸을 날리려 했으나, 돌연 두 눈을 반짝이며 행동을 멈췄다.

'쉬지 않고 몰아치는 공격, 갈수록 더해지는 위력……. 마치 노도(怒濤)와도 같은……? 가만! 노도? 그렇다면 저 노인은……?'

노인이 누구인지 짐작한 그녀는 이내 그들의 대결을 가만히 지켜보기로 했다.

자신의 추측이 맞는다면 노인은 대뜸 남을 해칠 인물이 아닐뿐더러, 특히나 막강에겐 더욱 그럴 리가 없기 때문이다.

그러나 그녀가 단순히 막강이 무사하리라는 생각만으로 가만히 지켜보겠다고 마음먹은 것은 아니다. 그녀는 이참에 막강의 실력이 어느 정도인지를 확인하고 싶었다. 지금 이 노인이라면 막강이 지닌 실력을 끄집어낼 수 있는 더없이 좋은 상대라는 생각이 든 것이다.

팍! 팍!

노인의 주먹이 날아들 때마다 날카로운 파공성(破空聲)이 막강의 귓전을 때렸다.

벌써 스무 번 이상의 주먹을 내뻗는 동안 노인은 한 치의 물러섬을 보이지 않았다. 저 노구에 어찌 이런 힘이 나오는 것인지 막강은 그저 감탄스러울 뿐이다.

이대로 노인의 공세에서 몸을 빼내기는 어렵다고 판단한 막강은, 서서히 단전에서 형산파의 심법, 옥청건곤심공(玉靑乾坤心功)을 끌어올리기 시작한다.

생각을 바꿔 노인의 공격과 맞부딪치기로 결심한 것이다.

그러자 막강의 두 눈에서 돌연 푸른빛이 떠올랐다.

그리고 그것은 조금씩 짙어지더니 곧 맑은 청광으로 화하기 시작했다.

'음? 저것은……?!'

이를 본 노인의 눈동자가 크게 떨렸다.

똑같았다.

육십 년 전, 그가 알고 있는 한 사내도 그의 앞에서 바로 이러한 눈빛을 보였던 것이다.

노인은 막강의 번뜩이는 청광을 보며 긴장을 하기 보단, 마음 한구석에서 피어오르는 훈훈한 열기에 오히려 몸이 달아오르는 것을 느꼈다.

'진정……! 어르신의 전인이란 말인가!'

순간의 격정 때문일까?

노인의 휘두르는 주먹에 더욱 큰 힘이 실려 버렸다.

부웅!

그러나 지금 노인이 내지른 일권은 오히려 막강에겐 전보다 위력이 떨어져 보였다. 담긴 힘은 커졌으나, 감정의 흔들림으로 지금까지 보여준 빈틈없는 연속 공격에 미세한 흔들림이 일어난 것이다.

막강은 이 틈을 놓치지 않았다.

시종 피해만 다니던 막강이 드디어 손을 쓰기 시작했다.

쉬쉭!

밀려드는 권풍을 뚫고 막강의 좌수가 노인의 주먹을 향해 뱀처럼 휘어져 들어갔다.

'음?

가늘어지는 노인의 눈.

막강은 아무런 방어 동작도 없이 너무도 단순하게 손을 뻗고 있었다.

'설마 내 주먹을 잡아채겠다는 것인가?

비록 전력을 다하고 있진 않았지만 지금 자신의 주먹엔 육성의 진기가 깃들어 있다. 이것은 웬만한 고수가 아니라면 쉽게 받아넘기기 어려운 일격이었다.

그런데 눈앞의 새파랗게 젊은 놈이 지금 어이없게도 그런 자신의 주먹을 맨손으로 잡아내겠다는 태세를 보이고 있는 것이다.

"노옴! 맹랑하구나!"

노인의 얼굴에 돌연 옅은 홍조가 떠오른다.

'그래! 어디 잡을 수 있으면 잡아보거라, 이놈!'

노인은 나이답지 않게 전의를 불태웠다.

실로 오랜만에 느껴보는 호승심에 그의 두 눈엔 생기마저 감돈다.

진기를 더욱 배가시킨 노인은 자신의 성명절기인 용호선풍권 중에서도 절초로 꼽히는 선풍일격(旋風一擊)을 펼쳐 냈다.

우우웅!

허공을 가르는 노인의 주먹이 한 차례 작게 떨리는 듯하더니, 곧 두 사람 사이로 한줄기 강풍(强風)이 휘몰아쳤다.

'이런……!'

이를 본 막강의 안색이 급격히 어두워졌다.

예상대로 막강은 노인의 주먹을 잡아채려고 했다.

분명 큰 힘이 담긴 일권이지만, 잡아낼 자신이 있었던 것.

또한 그렇게 해야만 싸움을 오래 끌지 않고 일찍 끝낼 수 있다는 판단에서였다.

그런데 갑자기 노인의 공격이 돌변한 것이다.

세졌다. 그것도 그냥 세진 것이 아니다.

노인의 주먹이 가까워질수록 느껴지는 터질 듯한 압력은 지금까지 보여준 강력한 권풍과는 차원을 달리했다.

강맹하지 않으면서도, 소리없이 상대를 압박하는 기운!

순간, 이를 지켜보던 진소천이 자신도 모르게 입술을 달싹거렸다.

"…궈, 권기(拳氣)?!"

권법을 배운 무인이라면 누구나 도달하고 싶어하는 경지.

검으로 일으키는 검기(劍氣)와도 같다 하여 권기라 불리는 바로 그것.

비록 보일 듯 말 듯한 미약한 기운이긴 하지만 노인의 주먹에서 뻗어 나온 것은 권기가 틀림없었다.

'정면으로 받아내면 위험해!'

진소천의 염려를 아는지 모르는지, 막강은 나름대로 빠르게 머리를 굴리고 있다.

이제 노인의 주먹을 손으로 잡아채겠다는 생각은 버릴 수밖에 없다.

굳이 잡는다면야 잡을 순 있지만, 그렇게 되면 입지 않아도 될 괜한 손해를 입게 될 게다.

'빨리 이 상황을 끝내긴 해야겠고……'

고민하던 막강은 이내 결정을 내렸다.

'역시! 정면 승부밖엔!'

마음을 굳힌 막강의 두 눈에 어린 청광이 더욱 짙어진다 싶은 순간!

막강은 뻗었던 왼손을 신속히 거두는 동시에 오른손으로 노인의 주먹을 향해 일장(一掌)을 휘갈겼다.

짜앙!

주르륵…….

권과 장이 서로 맞닿기도 전에 돌연 폭발음이 터져 나오며 두 사람은 각기 세 걸음씩 뒤로 밀려났다.

'…….'

커다란 폭음이 들려온 뒤, 사위(四圍)는 일시에 정적에 휩싸였다.

노인은 크게 놀란 표정으로 두 눈을 부릅뜬 채 막강을 쳐다보고 있고, 막강은 별다른 피해를 보지 않은 듯, 담담한 모습으로 노인을 바라보고 있다. 하지만 막강의 표정이 평소처럼 그리 밝지는 않았다.

그런 와중에 먼저 입을 연 사람은 노인이었다.

"사실이었구나! 사실이었어! 녀석들의 말이 사실이었어. 허허……!"

홀로 중얼거리던 노인은 깊은 감회에 젖은 눈빛으로 막강을 바라보았다.

"네 이름이 막강이라고 하던데, 맞느냐?"

노인의 음성은 한결 부드러워져 있었다.

이에 막강은 볼멘 목소리로 대답했다.

"맞아요. 그런데 왜 자꾸 할아버지 맘대로예요? 맘대로 물어보고, 맘대로 공격하고. 난 할아버지가 누군지도 모르는데 말입니다! 정말 화가 나서 공격하고 싶은 걸, 나이든 할아버지라서 참았다구요! 아세요!"

"……?"

막강의 엉뚱한 태도에 잠시 의아한 표정을 짓던 노인은 곧 소탈하게 웃기 시작했다.

"허허허…… 무공은 석년(昔年)의 어르신을 꼭 닮았으면서, 언행은 그분과 완전히 딴판이로구나. 허허, 미안하게 됐다. 내 뜻하지 않게 너에 대한 소식을 접하고 호북 융중산에서 한걸음에 이곳까지 달려왔는데, 이미 이곳을 떠나고 없더구나. 그렇게 며칠을 기다려 너를 만나고 보니 마음의 조급함을 이기지 못한 것 같구나."

노인은 서슴없이 잘못을 인정하며 사과하자 막강은 금세 멋쩍은 표정이 되어버렸다.

"아니 뭐, 그렇게 화가 난 건 아니구요. 사과하셨으니까 봐드리죠, 뭐."

이에 노인의 입가에 주름이 깊어졌다.

"고맙구나. 한데 좀 전에 네가 보여준 것이 형산파의 소음삼수가 아니더냐?"

막강의 눈이 크게 떠졌다.

"소음삼수를 아세요?"

노인은 고개를 끄덕이며 궁금한 듯 재차 물었다.

"네 조부이신 어르신을 통해 알게 되었지. 그런데 소음삼수는 본래 지법으로 알고 있는데, 어찌 장법을 펼친 것이냐?"

조금 전 상황에서 막강이 자신을 향해 일장을 날릴 때, 노인은 희미한 옥소음을 들을 수 있었다. 그로 인해 비로소 노인은 막강이 막패의 손자임을 확신한 것이다.

그러나 동시에 그에겐 한 가지 의문이 생겼다. 자신이 알고 있던 소음삼수는 장법이 아닌 지법과 손등을 이용하는 격타법이기 때문이다.

막강은 노인의 물음에 미소를 지으며 대답했다.

"소음삼수에 대해 다는 모르시네요. 소음삼수에 원래 지법만 있는 것이 아니에요. 소음삼수는 이름 그대로 수법! 즉, 손을 이용한 모든 무공을 포함하고 있는 거예요."

막강의 말인 즉, 소음삼수에는 초식과 투로(闘路)는 정해져 있지만 그것을 각각 지, 권, 장으로 언제든지 상황에 맞게 바꾸어 응용을 할 수 있다는 것이다.

막강의 설명을 들은 노인은 그제야 의문이 풀린다는 듯 고개를 끄덕였다.

"그렇다면 소음삼수의 삼수는 지법, 권법, 장법 이 세 가지를 지칭하는 것이겠구나."

"네, 맞아요."

"음……."

잠시 그대로 말없이 서 있던 노인은 돌연 떨리는 눈빛으로 막강을 향해 넌지시 물었다.

"어르신의 시신은 어디에 모셨느냐?"

막강을 만나기 전 모개를 찾아가 대화를 나눈 바 있는 노인은 이미 막패가 죽었다는 것을 알고 있었다.

"할아버지요? 형산에 있는 모옥 뒤편에 아버지랑 같이 계세요."

"그렇구나."

고개를 끄덕이는 노인의 두 눈에서 막패에 대한 애틋한 감정을 느낀 막강은 드디어 노인을 향해 가장 하고 싶던 질문을 던졌다.

"이제 다 알려 드렸으니까, 할아버지도 알려주셔야죠. 할아버지가 누군지."

이에 노인은 막강을 향해 미소를 지었다.

"그래야지. 하나, 그 보다 먼저 네게 보여줄 녀석들이 있다."

"보여줄 녀석들이요?"

막강이 두 눈을 끔뻑이며 묻자, 노인은 막강의 뒤쪽을 향해 외쳤다.

"공산과 고립은 이리 나오너라."

"……?"

노인의 말이 끝나자 막강의 뒤편 구석진 곳에서 두 사내가 고개를 빠끔히 내밀더니, 곧 쭈뼛쭈뼛 이쪽으로 걸어나오기 시작했다.

둘은 모두 그 생김새가 너무나도 괴이했는데, 그들은 다름 아닌 얼마 전 금적산을 해코지하려다 막강에게 호되게 당한 바 있는 구공산과 단고립이었다.

걸어나오는 동안 시종일관 자신의 눈치를 살살 보는 그들을 보며 막강은 연신 고개를 갸웃거린다.

"어? 어디서 본 것 같은데? 음……?"

그러자 노인의 하얀 눈썹이 꿈틀거린다.

"저 녀석들을 모르는 것이냐? 저 녀석들 말로는 너와 우연히 주루에서 만나 친분을 쌓고 비무를 했다고 하던데……?"

"주루? 비무라고요? 전 술 안 마시는데……? 아아! 맞다! 천지쌍신! 당신들 천지쌍신 맞죠?"

"처, 천지쌍신?"

"……!"

막강이 자신들을 알아보자 움찔한 둘은 고개를 숙이며 슬슬 노인의 따가운 시선을 피한다. 이를 본 노인의 눈빛은 싸늘하게 변해가고…….

그러나 분위기가 어떻게 흘러가든 막강은 환하게 웃으며 입을 벌렸다.

"하하! 이렇게 또 보네요! 그땐 많이 아팠죠? 내가 바쁜 일만 없었어도 더 재밌게 놀 수 있었는데."

"……."

이에 구공산과 단고립은 그저 머리를 긁으며 먼 산을 바라볼 뿐.

"그런데 할아버진 이 사람들하고 무슨 관계세요?"

노인은 여전히 구공산과 단고립에게 싸늘한 시선을 고정시킨 채 대답한다.

"내 제자 놈들이다."

"네? 제자요?"

놀란 눈으로 막강이 자신들을 돌아보자, 둘은 동시에 막강을 향해 이를 드러내며 어색하게 웃었다.

"헤, 헤헤……."

*　　　*　　　*

두문충이 융중산에서 막패와 조우한 것은 그의 나이 열아홉 때다.

당시 그는 강호에 갓 출도한 무명소졸(無名小卒)이었고, 서른이 넘은 막패는 이미 삼절검협이라는 칭호를 들으며 혁혁한 명성을 날리고 있던 때였다.

그야말로 둘의 위치는 하늘과 땅 차.

그러나 본래 성정이 불같은 데다가 젊고 패기 충만했던 두문충은 막패의 정체를 알아보지 못하고 그만 무모하게 싸움을 걸었고, 둘은 융중산의 한적한 숲 속에서 손속을 겨루게 된다.

결과는 물론 두문충의 완패.

불과 십여 초(招)만에 그는 막패에게 마혈을 제압당해 버렸다.

십여 초를 버틸 수 있던 것도, 비무를 누구보다 즐겼던 막패가 사정을 봐주었기에 가능한 일이었다.

비무 후에 비로소 두문충은 막패의 정체를 알게 되지만 그러함에도 그는 전혀 주눅이 들지 않았다. 오히려 그는 막패에게 진 것을 분통해하며 다음에 꼭 다시 도전하겠다는 말을 당당히 내뱉었던 것이다.

이러한 그의 사내다운 우직함에 절로 마음이 끌린 막패는 자신과는 달리 흑도(黑道)의 인물이자, 열 살 이상 어린 그를 자신의 아우로 삼기를 주저하지 않았다.

천생 고아였던 두문충 역시 막패의 의기정대(義氣正大)함과 넓은 마음에 탄복하지 않을 수 없었고, 이후부터 둘은 자주 왕래하며 우애를 돈독히 키워 나갔다.

막패와 의형제가 되면서 두문충이 얻은 것은 결코 적지 않았다.

무엇보다 그의 무공 중 부족한 점에 대하여 막패가 해주었던 많은 조언들은 그가 빠른 성취를 이뤄 나가는 데 큰 도움이 되었다.

비록 의형제지간이었지만, 두문충은 막패를 단 한 번도 형님이라 부른 적이 없었다. 막패가 부탁도 해보고 화도 내어보았지만, 그는 언제나 막패를 어르신이라 부르며 마치 자신의 주인과도 같이 섬겼던 것이다.

그렇게 십여 년의 세월이 흘러가고, 막패는 천하제일의 고수를 꼽을 때면 항시 사람들의 입에 오르내릴 정도의 위치에까지 올라섰고, 두문충 또한 강북 일대에서 적지 않은 명성을 날리는 중견의 권사(拳士)로 성장했다.

그러던 어느 날, 드디어 강호를 발칵 뒤집어놓은 사건이 터진다.

천년마교의 잔당, 멸천교의 발흥!

그리고 곧바로 들려온 형산파의 멸문 소식.

청천벽력과도 같은 소식에 두문충은 곧바로 형산으로 달려갔다.

그러나 그가 본 것은 본래의 형체조차 남아 있지 않은 채 잿더미로 변한 폐허(廢墟)뿐이었다.

그는 아연(亞鉛)한 표정으로 그 자리에 서서 수없이 되뇌고 또 되뇌었다.

이건 말도 안 된다고.

자신의 의형인 막패가 이렇게 당할 리가 없다고.

천하무적인 삼절검협이 죽었을 리가 없다고…….

막패의 시신조차 찾지 못한 그는 울분을 참지 못하고 곧바로 의천맹을 찾아가 멸천교와의 싸움에 뛰어들었고, 그곳에서 많은 마인들을 섬멸하며 큰 활약을 펼쳤다.

결국 멸천교는 진멸되었고, 의도적인 살인은 하지 않는다는 스스로의 철칙까지 버려가며 많은 마인들을 때려 죽였지만, 막패를 잃은 그의 마음속의 그늘은 사라지지 않았다. 그래 봐야 죽은 막패가 살아 돌아오는 것은 아니었기에…….

멸천교가 사라진 이후 바로 의천맹을 떠난 그는 호북에 근거를 두고 생활을 하다가 십 년 전, 자신이 막패와 처음 만났던 융중산의 깊은 곳에 칩거한 채 구공산과 단고립을 가르치며 살았던 것이다.

막강의 방에는 지금 막강을 비롯하여 두문충과 그의 제자인 구공산과 단고립이 둘러앉아 이야길 나누고 있었다. 자신의 이야길 들으며 연신 고개를 끄덕이고 있는 막강을 바라보던 두문충은 곁에 앉은 구공산과 단고립에게 시선을 슬쩍 돌리며 말을 이었다.

"그런 와중에 이 녀석들이 손에서 옥소음를 내는 사람을 보았다며 나를 찾아왔으니, 내가 어찌 가만히 있을 수 있었겠느냐."

"……!"

구공산과 단고립은 두문충의 싸늘한 시선을 느끼곤 찔끔하며 황급히 고개를 숙인다. 가만 보니 둘 다 얼굴 여기저기에 시퍼런 멍이 들어 있는 것이, 두문충에게 호되게 꾸중을 들은 듯하다.

두문충에게서 막패에 대한 이야기를 들으며 커왔던 그들

은 막강의 소음삼수를 대하곤 사부의 말이 생각나 바로 그가 있는 융중산으로 달려갔던 것이다.

막강은 뭔가 생각이 난 듯 눈알을 굴리며 말했다.

"음… 그러고 보니 우리 할아버지도 자주 두 대협 생각을 했던 것 같아요. 가끔씩 할아버지가 말없이 계실 때 제가 무슨 생각하시냐고 물으면, 아우 생각을 한다고 하셨거든요. 지금 보니 그게 두 대협이었나 봐요."

그 말을 들은 두문충의 노안(老眼)엔 옅은 물기가 어린다.

두 다리와 한쪽 팔이 잘린 채 사십여 년 동안 통한(痛恨)의 세월을 살았을 막패를 생각하니 가슴이 저며 온다.

잠시 감정을 추스른 두문충은 막강의 환한 얼굴을 가만히 바라보며 진지한 음성으로 물었다.

"앞으로 너는 어찌할 생각이냐?"

"뭘요?"

막강이 무슨 말인지 모르겠다는 표정을 짓자 두문충은 짧은 한숨과 함께 다시 물었다.

"계속 이곳의 호위무장으로 있을 생각이냐?"

막강은 망설이지 않고 고개를 끄덕였다.

"네, 일단은 그러려고요. 여긴 좋은 사람들도 많고, 또 이 일도 꽤 재밌거든요."

이에 두문충의 얼굴이 딱딱하게 굳어버렸다.

"네 사문(師門)은? 너는 형산파를 다시 일으킬 생각이 없단 말이냐?"

"아, 그거요. 당연히 다시 세워야죠! 할아버지가 제 뜻대로 살라고 말씀하시긴 했지만. 전 꼭 다시 일으켜 세울 거예요. 그것도 멋지게! 그게 할아버지 생전의 소원이었으니까요."

"음……."

두문충은 막강의 말을 들으며 깊게 침음했다.

'그랬던 것입니까 어르신? 저 밝기만 한 아이에게 차마 무거운 짐을 지어줄 수가 없으셨던 겁니까?'

그는 사문에 대한 충심보다 눈앞에 있는 손자의 앞날을 더욱 염려했을 막패의 진한 애정을 헤아릴 수 있었다.

하지만 정작 막강은 그러한 막패의 염려를 무색케 할만큼 형산파 재건에 대한 굳건한 의지를 갖고 있다. 그것을 보며 두문충은 흐뭇한 마음을 감추지 못했다.

"지금 네가 한 말을 어르신께서 들으셨다면 뛸 듯이 기뻐하셨을 게다."

그러나 그는 막강의 생각 중에서 한 가지 부족한 점을 감지하고는 곧 최대한 감정을 가라앉히고 막강의 눈을 직시하며 진중한 음성으로 물었다.

"너는 무인에게 있어 무공이 무엇이라 생각하느냐?"

"네? 그건 갑자기 왜 물으세요?"

"대답해 보거라."

갑작스런 질문에 잠시 머리를 굴리던 막강은 아래턱을 매만지며 대답했다.

"음, 무공을 익혔으니까 무인이 된 거고, 무공이 없으면 무인이 아니니까, 무공은 무인의 전부라고 할 수 있겠네요. 훗! 맞나……?"

막강은 자신이 말해 놓고도 신기한 듯 씩 웃었다. 막강의 대답을 들은 두문충은 작게 고개를 끄덕거렸다.

"잘 알고 있구나. 맞다. 무공은 무인에게 있어 생명과도 같은 것이다. 무공이 없다고 죽는 것은 아니지만 무공을 빼면 무인으로서의 삶은 죽은 것이기 때문이다. 한 가지만 더 묻겠다."

"……?"

"그렇다면 이러한 생명의 뿌리가 존재하며, 자신에게 생명을 전해주고, 동일한 생명을 나눠 가진 사부와 사형제들이 함께 모여 있는 사문이란 곳은 무인에게 어떠한 곳이겠느냐?"

"……!"

막강은 두문충의 침중한 두 눈을 바라볼 뿐, 선뜻 대답하지 못했다.

막강의 얼굴에서 웃음이 서서히 가시는 것을 확인한 두문충은 지체없이 말을 이었다.

"사문은 무인에게 있어 집이다. 더도 덜도 아닌, 나를 낳아준 부모가 있고, 내 동기(同氣)들이 있는 집 말이다. 잘 생각해보거라. 그러한 집이 어느 날 무뢰배(無賴輩)들에 의해 쑥대

밭이 되었다. 부모뿐만 아니라 집에 있던 가족 모두가 죽고, 집은 불타 버렸다. 그런 와중에 나 하나만 살아남았다. 몸은 불구가 되고 마음은 만신창이가 되었지만 살아남은 것이다. 그리고 죽기 전에 난 뜻밖에도 한 생명을 얻게 되었다. 내가 집에서 부모로부터 물려받았던 바로 그 생명으로 건강한 또 하나의 생명을 만들어낸 것이다. 이와 같다면, 나는 그 생명을 바라보며 어떠한 것을 꿈꾸겠느냐? 어떠한 바람을 가지겠느냐? 너라면 어떠했을 것 같으냐?"

"음……."

막강은 입술을 오물거리며 생각에 잠겼다.

정상적인 사람이라면 누구나 자신의 집이 예전처럼 다시 생명이 넘치는 곳이 되기를 바랄 것이다. 많은 가족들이 북적대고 살을 비비며 살던 자신의 집을 다시금 꿈꿀 것이다.

또한…….

'우리 집을 그렇게 만든 무뢰배들을 찾아가 혼을 내줘야겠지… 으음…….'

생각을 마친 막강은 두문충을 바라보며 입을 열었다.

"우리 할아버지도 그러셨겠네요."

막강이 단번에 자신의 말을 모두 이해한 듯하자 그제야 두문충은 굳었던 얼굴을 살짝 풀었다.

"사실 나는 어르신과 너의 사문을 두고 뭐라 말할 자격이 없다. 또한 어르신께서 형산파의 재건을 바라셨다고 해도, 네 뜻대로 살라고 말씀하신 것 또한 어르신의 뜻일 것이다. 나는 그러한 어르신의 뜻을 거스를 마음은 추호도 없느니라. 하나, 너는 다르다. 네가 무엇을 하든 어떤 결정을 내리든 그것이 어르신의 뜻을 거스르는 일은 없을 것이다. 너의 결정이 무엇이든지 간에 그것은 곧 어르신이 바라시던 네 뜻대로 사는 것이 될 테니 말이다."

"……!"

막강은 자신이 지금껏 전혀 생각해 보지 못한 말들을 두문충에게서 듣게 되자, 머릿속이 복잡해지는 것을 느꼈다.

이런저런 생각을 하고 있는 막강을 지켜보던 두문충의 입이 다시 열었다.

"깊이 생각해 보거라. 살다 보면 심각하게 고민해야 할 일들도 있는 것이다. 척 보니 너는 심성이 너무도 낙천적이구나. 그것이 나쁜 것은 아니지만 오히려 그것이 화가 될 수도 있다."

막강은 두문충의 진심을 느끼며 흔쾌히 고개를 끄덕였다.

"그럴게요. 그런데 작은할아버지, 사문이란 것이 있으면 어떤 점이 정말 좋을까요?"

"작은할아버지……?"

"우리 할아버지랑 의형제셨으니까 작은할아버지죠!"

"허! 녀석 넉살도 참 좋구나."

서슴없이 자신을 작은할아버지라 부르는 막강을 보며 내

심 흡족해한 두문충은 막강의 두 눈을 지그시 바라보며 되묻
는다.

"너와 이십 년을 함께 살았던 네 할아버지와 부친은 너의
무엇이냐?"

"가족이죠."

"그분들과 함께 살면서 넌 행복했느냐?"

"당연하죠!"

"그럼 그분들이 모두 네 곁을 떠났을 땐 어떠했느냐?"

"음……."

막강의 표정이 금세 어두워졌다.

"외로웠겠지. 집도 텅 비고, 마음도 텅 비어 버렸겠지."

"…네."

"또한 갑자기 너무도 사람이 그리워졌을 게다. 맞느냐?"

끄덕.

막강은 아버지를 묻고 무덤 가에 누웠을 때, 자신이 불연
듯 언년을 떠올렸던 것을 기억했다.

'사람이 그리워진다……? 그래서 언년이를…….'

생각에 잠긴 막강의 귀에 두문충의 음성이 계속해서 들려
왔다.

"사문이 있으면 좋은 점이 무엇이냐고 물었느냐? 최소한
지금처럼 외롭진 않을 것이다. 제자들을 받아들이고, 애정으
로 그들을 키워낸다면 너는 두 분과 같이 살 때와 동일한 행

복을 누릴 수 있을 것이다. 무엇보다 너는 형산파의 유일한 계승자, 곧 네가 형산파라고 할 수 있으니, 네가 원하는 문파를 만들어가는 재미 또한 적지 않을 게다. 한 사람의 무인으로서 그만한 즐거움을 누릴 기회는 결코 아무에게나 주어지는 것이 아니지."

"아……!"

두문충의 말에 막강은 마침내 탄성을 발한다.

"정말 사문을 만들면 그렇게나 많은 좋은 점이 생긴단 말이죠! 외롭지도 않고, 재밌고, 즐겁고, 행복하고 그런……!"

순식간에 얼굴빛이 달라진 막강을 보며 두문충은 쓴웃음을 머금었다.

'허허…… 다 큰 녀석이 입을 벌리며 좋아하는 꼴이라니. 으음, 그래도 왠지 싫지가 않구나, 싫지가 않아. 어르신께서도 이 녀석과 함께 계시면서 항상 이런 기분이셨을까……?'

절로 흐뭇한 표정이 된 그와 마주 보며 웃던 막강이 돌연 그를 향해 물었다.

"근데 한 가지 궁금한 게 있는데요."

"무엇이냐?"

"형산파를 다시 세우고 제자들을 받아들이면, 빨리 혼인할 수 없다거나, 애들을 많이 낳을 수 없다거나 뭐 그렇진 않겠죠?"

막강의 질문에 두문충은 너털웃음을 터뜨린다.

“허허! 그럴 리가 있겠느냐. 형산파가 불가나 도가에 적을 둔 문파도 아니거늘. 네가 하고 싶을 때 혼인하고, 아이도 네가 낳고 싶은 만큼 낳으면 되는 것이다. 그런데 그것은 왜 묻는 것이냐? 어디 점 찍어둔 처자라도 있는 게냐?”

이에 막강은 실실 웃는다.

“헤헤, 네. 아주 예쁜……!”

“허허! 그래? 어떤 아이인지 궁금하구나. 조만간 내게 보여 줄 수 있겠느냐?”

“당연히 보여 드려야죠! 나한테 작은할아버지가 생긴 걸 알면, 그 친구도 좋아할 거예요.”

고개를 끄덕이던 두문충은 미소를 거두며 마지막으로 당부하듯 말했다.

“하나의 문파를 세우는 일은 그리 어려운 일이 아니다. 하지만 문파를 제대로 일으키는 일은 실로 매우 어려운 일이다. 이미 네 마음은 정해졌으나, 그렇다고 너무 서두르진 말거라. 형산파를 재건하기에 앞서 많은 준비를 해야 할 것이다. 그래야만 중간에 큰 어려움을 겪지 않을 수 있기 때문이다. 다행히 지금 네가 몸담은 이곳은 상단이고 또 좋은 사람들도 많다고 하니, 이곳에 잠시 머물면서 여러 경험도 얻고, 형산파 재건을 위한 구체적인 방법들과 계획들을 생각해 보도록 하거라.”

“음, 네. 알겠어요, 작은할아버지. 안 그래도 여기 총관 어

른께서 나중에 제가 형산파를 다시 세우게 되면 도움을 주시
겠다고 약속해 주셨어요."

"오, 그래? 그렇다면 정말 잘된 일이구나. 이만한 상단이
도움을 준다면, 사문을 다시 일으키는 데 자금적으로 큰 보탬
이 될 게다."

그 말을 마친 두문충은 곧 자리에서 천천히 몸을 일으켰다.

"엇! 가시려고요?"

"……?!"

이는 옆에 앉아 있던 구공산과 단고립도 물어보고 싶던 것.

"그래야지. 이미 산에 사는 것에 익숙해져서인지 오랫동안
산을 떠나 있었더니 영 기운이 나질 않는구나."

"어디로 가시게요?"

"일단 융중산에 들러 그곳의 거처를 정리할 생각이다. 그
리고 서둘러 어르신을 뵈러 가야겠지. 앞으로는 네가 살았다
던 모옥에서 지낼 생각이다."

그 말에 막강은 벌떡 일어서며 활짝 웃었다.

"아! 거기서 사시겠다구요! 하하! 그럼 앞으로 자주 뵐 수
있겠네요!"

기뻐하는 막강을 보며 그의 눈가에 주름이 더해진다.

'어르신, 제가 잘한 것인지 모르겠습니다. 어르신의 뜻을
곡해하여 이 아이에게 괜한 짐을 지은 것은 아닌지……. 제가
얼마나 더 살 수 있을는지 모르겠지만 기력이 남아 있는 동안

엔 이 아이의 곁에서 작은 도움이나마 주려고 합니다. 혹여 이놈에게 잘못이 있다면, 훗날 저승에서 뵐 때 꾸짖어주십시오.'

내심 회한에 젖었던 그는 이내 막강을 향해 낮게 웃었다.

"허허, 요란스러운 건 질색이니, 너무 자주 찾아오진 말거라."

그 말을 끝으로 두문충은 신형을 돌렸다.

이에 그때까지 석상처럼 멀뚱히 앉아 있던 구공산과 단고립이 황급히 일어서며 그를 따르려 했다.

그러자 신형을 세우고 그들을 쏘아보는 두문충.

"이제부터 너희는 이곳에서 강이와 함께 있도록 해라."

"예에……?"

드디어 둘의 입술이 동시에 떨어졌다.

그러더니 곧 구공산의 입에서 당황한 음성이 터져 나왔다.

"사부님! 그게 무슨 말씀이세요?"

그러나 두문충은 그의 말을 무시하고 막강을 돌아보며 물었다.

"네 나이가 올해 스물이라 했느냐?"

"네? 네."

고개를 끄덕인 두문충이 말을 잇는다.

"그럼 네가 위이니. 저 녀석들을 아우로 삼으면 되겠구나."

그 말에 구공산이 갑자기 펄쩍뛰며 말했다.

"커헉! 사! 사부우! 거짓말 한 건 정말 잘못했어요! 백 대라도 더 맞을 테니까 제발 이러지 마세요! 이씨! 뭐 해! 이 자식아!"

싹싹 빌던 구공산은 옆에서 우뚝 서 있기만 한 단고립을 향해 두 눈을 부라린다.

"어? 웅! 사, 사부. 가, 가지마세요……."

'어휴! 이 곰탱이!'

구공산은 그대로 머리가 돌아버릴 것만 같았다.

가지 말라니? 지금 상황에서 가지 말란 소리가 왜 나오냔 말이다.

단고립의 단단한 머리통을 한 대 쥐어박고 싶은 것을 꾹 참은 구공산은 아예 바닥에 엎드려 두문충의 옷자락을 부여잡는다.

"아우라뇨, 사부님! 말도 안 돼요! 이러지 마세요! 사부우!"

그러나 구공산은 곧 들려온 두문충의 음성을 듣고 그대로 뚝하고 입을 닫아버렸다.

"그것이 정히 싫다면 형산에 처박혀 일평생 내 종노릇이나 하면 되겠구나."

"헉! 그, 그건……!"

그리고 잠시 뒤, 모두의 귀에 단고립의 어눌한 음성이 들려왔다.

"나, 난 그냥 여기서 아, 아우할래."

"……!"

그 말에 힘이 쑤욱 빠져나간 구공산.

'이! 이! 배신자 놈!'

이에 두문충은 구공산의 손을 뿌리치며 다시금 걸음을 옮긴다. 그런 그의 입에서 마지막 당부가 흘러나왔다.

"지난번처럼 허튼짓하며 말썽 피우지 말고, 형님 말 잘 따르면서 얌전히 지내거라."

"……."

구공산과 단고립은 아무런 말도 못한 채 그저 두문충이 방을 빠져나가는 것을 지켜보고만 있었다. 이렇게 되자 이번엔 막강이 다급하게 두문충을 불러 세운다.

"저, 저기요! 작은할아버지! 잠깐만요!"

막강도 갑작스런 상황에 당황스럽긴 마찬가지였던 것.

그러나 두문충은 그대로 방을 빠져나가고, 그가 남긴 전음성이 막강의 귀에 또렷하게 전해질 뿐이다.

"생긴 건 그래도 두 놈 모두 심성이 착하고 제법 실력도 있는 녀석들이다. 부탁하마……."

"아니! 저어……? 으음……."

곤란한 듯 머리를 긁적이던 막강은 고개를 슬쩍 돌려 구공산과 단고립을 번갈아 쳐다본다. 그리곤 더욱 심각한 표정이 되는 막강.

구공산은 그렇다치고, 거대한 체구에 구릿빛 피부, 시커먼 수염마저 덥수룩하게 난 단고립이 자신보다 나이가 어리다는 것은 도무지 믿기지가 않는 것.

'작은할아버지가 농담하신 거겠지?

막강은 자신을 멍한 눈으로 쳐다보고 있는 단고립을 향해 조심스레 묻는다.

"저기…… 몇 살이세요?"

이에 단고립의 험상궂은 얼굴에 미소 같은 것이 번지는 것 같더니, 이내 그 두툼한 입술이 벌어지기 시작한다.

"여, 열여덟이에요, 혀, 혀엉……. 헤헤……."

"……!"

당장이라도 튀어나올 듯 커지는 막강의 두 눈.

오늘은 작은할아버지와 귀여운(?) 동생 둘이 생긴 매우 기쁜 날이었다.

*　　　*　　　*

"싫어욧!"

짧게 외친 언년은 이불을 콕 뒤집어쓰며 돌아눕는다.

이를 본 언년의 어머니 유씨는 눈썹을 치켜 올리며 호통을 쳤다.

"이년아! 그럼 평생 처녀로 살다가 늙어 죽을 거야!"

"그럴 거예요!"

"뭐라구! 이년이 정말!"

화가 치솟은 유씨는 언년이 뒤집어쓰고 있는 이불을 잡아당기기 시작했다. 그러자 온힘을 다해 필사적으로 이불을 부여잡는 언년.

그렇게 한동안 이불을 사이에 둔 두 모녀의 힘겨루기가 벌어지고.

끙끙대며 용을 쓰던 유씨.

결국 힘이 달리자 언년의 둔부를 세차게 내려치며 한숨을 내쉰다.

"아이구, 이년아! 사내들 골라봐야 다 거기서 거기야! 몸 튼실하고 정신만 제대로 박힌 놈이면 그냥 같이 살 비비며 사는 거야. 언덕배기 장 씨 아들놈이 성격이 좀 지랄 맞아서 그렇지 허우대 멀쩡하고, 일 잘하고, 또 어려서부터 그놈이 너 좋다고 좀 따라댕겼어. 그러니까 고집부리지 말고……."

"그래두 싫어욧! 싫단 말이에요!"

"이년이……!"

더 이상 말해 봐야 그녀의 고집이 꺾일 것 같지 않자, 유씨는 속을 태우며 연신 손을 휘둘러 그녀의 둔부를 후려친다.

짜악! 짝!

"아이구! 아이구! 이 쇠심줄 같은 년! 예이! 질긴 년! 지 아빌 닮아서는!"

한탄을 하던 유씨가 결국 일어서서 방문을 열고 나가자, 언년은 얼굴을 가리고 있던 이불을 슬며시 내리며 중얼거린다.

"후우…… 언제까지 이래야 하는 거야, 정말……."

지금 나갔다고 해서 이대로 물러설 유씨가 아니다.

언덕배기 장 씨가 언질을 준 뒤부터 보름 내내 하루도 빠지지 않고 언년을 달달볶고 있는 유씨다.

물론 언년 역시 꿈쩍도 않고 버티고 있지만 자신의 고집은 어머니 유씨에게 물려받았다는 것을 잘 알고 있는 그녀는 내일도 이런 실랑이를 벌여야 한다는 걸 생각하자 머리가 지끈거렸다.

어머니 유씨의 마음을 모르는 건 아니다.

젊어서 과부가 되어 어린 자신만을 바라보고 살아온 어머니가 자신을 빨리 시집보내고 싶어 안달이 났을 리는 없다.

그저 당신 밑에서 고생하는 딸이 가여워 서둘러 살길을 찾아주고 싶은 어머니의 마음임을 언년도 잘 알고 있다.

그렇지만 싫은 걸 어쩌란 말인가?

시집가는 것 자체가 싫은 것일까?

그건 아니다. 언젠간 갈 거다.

그리고 열아홉이면 갈 때도 됐다.

그럼 장 씨 아들놈이 싫어서?

맞다. 싫다.

특히 평소엔 별 이상이 없다가 어느 순간 갑자기 폭발하는 그 지랄 같은 성미는 생각할수록 난감함 그 자체인 것.

하지만······.

꼭 그 이유 때문만은 아니다.

찌찍!

가느다란 소리와 함께 이불 속에서 조그만 무언가가 살금 살금 기어나온다.

"소소, 안 잤니?"

끄륵! 끄륵!

소소는 언년의 얼굴을 빤히 쳐다보며 앞발을 위아래로 흔 들어댄다. 그것이 유씨가 자신의 엉덩이를 때리는 모습을 흉 내낸 것임을 알아챈 언년은 얼굴에 절로 미소를 그린다.

"홋, 엄마 때문에 깼구나? 미안 미안. 내가 엄마 말씀을 안 들어서 혼이 났거든. 이리 와서 다시 자렴."

찍!

언년이 슬며시 손을 내밀자 냉큼 그 위로 뛰어오른 소소는 이내 몸을 웅크리며 눈을 감는다.

다른 손을 들어 조심스럽게 소소의 머리를 쓰다듬는 언년.

순간, 한 사내의 바보 같은 미소가 그녀의 머릿속에 떠오른 다.

'칫! 뭐? 한 달에 한 번씩은 꼭 만나러 오겠다구? 석 달째 코빼기도 안 보이면서!'

장사는 큰 도시라 먹을 것도, 볼 것도 많다는데, 그것들을 즐기느라 자기 따위는 생각조차 나지 않는 것인지 아니면 지천에 널린 예쁜 여인들에게 푹 빠져 자기 같은 시골 처자는 이제 눈에도 들어오지 않는 것인지.

갈수록 오만가지 생각이 다 드는 언년이었다.

"아웅! 내가 미쳐!"

언년은 세차게 머리를 흔들며 다시금 이불로 얼굴을 감싸 버린다.

끽!

그녀의 돌발 행동에 겁을 집어먹은 소소가 저만치 도망가 잔뜩 몸을 웅크린다.

그것을 본 언년은 자신의 잘못을 깨닫고 미안한 표정이 되어버린다.

"후우, 미안. 기껏 자라고 해놓고……. 내가 잘못했어, 소소."

다시금 소소의 작은 몸을 두 손으로 감싼 언년.

자신의 품에 소소를 안은 그녀는 소소의 눈이 스륵 감기는 것을 확인한 뒤에야 짧은 한숨을 내쉬며 눈을 가늘게 뜬다.

"이게 다 그 사람 때문이야! 어디 오기만 해보라지! 칫!"

이튿날 새벽.

밤새 잠을 설친 언년은 부스스한 모습으로 여느 때처럼 물지게를 지고 집을 나섰다.

막 마을 어귀를 벗어나려던 그녀는 자신의 앞에 나타난 한 사내를 보고 우뚝 걸음을 멈췄다.

"…언년아, 물 길러 가는구나……?"

듬직한 체구에 순박한 얼굴.

전형적인 농사꾼의 모습을 한 이 사내가 바로 언덕배기 장씨의 아들 장두다.

자신을 보고 어색하게 웃는 장두를 보며 언년은 쌀쌀맞은 표정으로 대꾸한다.

"여긴 웬일이니? 새벽부터?"

어릴 적부터 그녀가 자신을 좋아하지 않는다는 것을 잘 알고 있는 장두는 언년의 냉정한 태도에 더욱 기가 죽는다.

"아니… 저기… 그냥 할 얘기가 있어서……. 아! 내가 그거 들어줄까?"

물지게로 손을 뻗는 장두.

이를 보며 흠칫 뒤로 물러서는 언년.

"아냐, 됐어. 또 나랑 혼인하고 싶다느니 뭐 그런 얘기하러 온 거면 미안하지만 그냥 가줬으면 좋겠어."

그녀의 말에 장두의 얼굴엔 다급함과 애절함이 떠오른다.

"그, 그러지 말구 언년아! 내가 정말로 잘할게. 그러니까… 내가……!"

"정말 싫다니까! 니가 싫은 건 둘째고, 난 지금 혼인하기가 싫다구! 내 말 알았지? 그러니까 제발 너도 포기해 줘. 응?"

할 말을 끝낸 그녀는 재빨리 장두를 비켜 지나가려 했다.

이에 장두는 황급히 언년의 팔을 붙잡으며 매달렸다.

"언년아! 내가 너희 어머니한테도 잘하구! 니가 싫어하는 건 다 안 하구! 또……!"

"글쎄! 아무리 그래도 싫다잖아! 이거 놔!"

언년은 장두의 손을 세차게 뿌리치며 더욱 빨리 걷기 시작했다.

그러나 이번만큼은 장두도 필사적이다.

매번 이런 식으로 언년을 보냈지만 오늘은 제법 각오를 단단히 한 모양.

장두는 계속해서 언년을 부여잡으며 애절하게 외쳤다.

"언년아! 나 정말 너 많이 좋아 한다구! 내가 어릴 때부터 너만 좋아했던 거 알잖아! 응? 언년아 그러니까 제발……!"

이쯤 되자 언년도 솟구치는 짜증을 자제할 수가 없었다.

장두의 마음을 생각해서 지금껏 되도록 심한 말을 하지 않으려 조심했는데, 이젠 그러기도 힘들어진 것이다.

몸을 크게 흔들어 찰싹 붙은 장두를 밀쳐 낸 그녀는 물지게를 바닥에 내려놓으며 장두를 향해 쏘아붙인다.

"너야말로 제발 그만 좀 해! 이게 그렇게 매달린다고 될 일이니! 정말 싫다는데 왜 자꾸 이러는 거야! 너 때문에 우리 엄마한테도 매일같이 시달린다구! 알아? 아무리 그래 봐야 난 절대 너한테 시집 안 갈 거야! 절대로! 알았어?"

"……."

자신을 노려보며 소리 지르는 그녀를 그저 허탈한 표정으로 바라보던 장두는 이내 고개를 푹 숙였다.

이를 본 그녀의 마음엔 금세 미안함이 떠오르고…….

'너무 심했나……?'

어색한 침묵이 흐르는 가운데, 그녀의 귀를 쫑긋하게 만드는 너무나도 익숙한 음성이 들려온 것은 바로 그때였다.

"어라? 언년아 무슨 일이야?"

어느새 나타나 언년의 곁에 서 있는 막강.

막강을 본 언년의 얼굴엔 그녀 자신조차 모를 기이한 표정이 떠오른다.

석 달 만에 보는 얼굴이라 반갑기도 하지만 지금과 같은 상황에 나타난 것이 당혹스럽기도 한 것.

"와, 왔어요?"

언년은 막강과 장두를 번갈아 쳐다보며 조심스럽게 입을 연다.

이에 언제나 그렇듯 막강은 언년을 향해 활짝 웃어 보였다.

"응! 그동안 너무 바빠서 너 보러 못 왔어. 미안해, 나 많이 보고 싶었지?"

막강의 말에 언년은 흠칫하며 장두의 눈치를 보았다.

아니나 다를까?

막강과 자신을 바라보는 장두의 얼굴이 싸늘하게 굳었다.

이를 본 그녀는 황급히 막강의 소매를 잡아끌었다.

"…저쪽으로 가서 얘기해요."

"응?"

"어서 가자구요!"

"왜 그러는 거야? 그리고 이 사람은 누구야? 아까 막 화내는 거 같던데, 아는 사람이야?"

막강이 궁금한 듯 자꾸 물으며 쉽게 움직일 생각을 안 하자 그녀는 더욱 세차게 막강의 소매를 잡아당겼다.

"그냥 마을 친구예요. 빨리 가요!"

그러나 그 말을 들은 막강은 오히려 눈을 동그랗게 뜨며 장두에게 다가갔다.

"아, 언년이 친구라구? 반가워! 난 강이라고 해, 막강!"

장두는 그런 막강을 외면한 채 그 옆에서 당황한 표정으로 막강의 옷깃을 부여잡고 있는 언년을 향해 씩씩대며 말했다.

"이… 이놈 때문이었구나. 이놈 때문에 나랑 혼인하기 싫다고 하는 거였어. 그렇지! 그런 거지!"

장두의 어깨가 거칠게 들썩였다.

"혼인……?"

막강이 놀란 듯 눈을 끔뻑거리자 언년은 지끈거리는 머리를 한 손으로 짓누른다.

그런 그녀를 향해 막강이 재차 물었다.

"언년이 너 이 친구한테 시집가는 거야?"

그러자 언년은 기겁을 하며 버럭 소리를 지른다.

"아니에요! 시집을 가긴 누가 가요! 쓸데없이 이러지 말고 어서 가자니까용!"

그 말에 막강의 표정은 금세 희색으로 돌아온다.

"그치? 시집가는 거 아니지?"

장두에게 시선을 돌린 막강은 씨익 웃으며 말했다.

"이봐 언년이 친구. 미안하지만 언년인 나랑 혼인할 거야. 언년이랑 난 이미 볼 거 안 볼 거 다 본 엄청 친한 사이거든."

"헉! 지금 도대체 무슨 소릴 하는 거예요!"

언년은 막강의 대책없음에 혀를 내둘렀다.

막강의 말은 활활 타오르려는 장두에게 기름을 끼얹고 있는 것이나 다름없었다.

아니나 다를까?

그런 언년의 염려는 곧 현실로 나타났다. 장두의 얼굴이 터질 듯 붉게 달아오르고 있는 것이다.

"다, 다 봐……? 크웃……!"

막강과 그녀 사이에 벌써 그렇고 그런 일이 있는 것으로 잔뜩 오해한 장두는 주먹을 불끈 쥐고 부들부들 떨기 시작했다.

"이! 이 나쁜 새끼! 가만 안 둘 거야!"

순식간에 이성을 잃은 장두는 그대로 막강에게 달려들며 주먹을 날렸다.

“아앗!”

이를 본 언년이 손으로 입을 막으며 비명을 내질렀다.

반사적으로 주먹을 피하려던 막강은 달려드는 장두의 모습을 보더니 웬일인지 피하려던 것을 그만두고 장두의 주먹을 고스란히 얼굴로 받아낸다.

퍼억!

주먹에 얼굴을 강타당한 막강의 신형이 뒤로 날아가며 바닥에 쓰러졌다.

“헙!”

너무도 놀란 언년은 비명도 지르지 못하고 그저 손으로 입을 막을 뿐이다.

그녀는 막강이 당연히 피할 줄 알았던 것. 막강은 무공이란 걸 익히지 않았던가?

그러나 그사이에도 장두는 성난 황소처럼 쓰러진 막강을 향해 달려든다. 막강의 몸 위에 올라탄 장두는 괴성을 지르며 미친 듯이 막강의 얼굴에 주먹을 퍼붓기 시작했다.

“이 개자식아! 네가 뭔데! 이 나쁜 새끼야! 감히 언년이를……!”

퍽! 퍼벅! 퍼억!

힘든 농사일로 다져진 몸이다.

비록 무공을 익히진 않았지만 장두의 주먹엔 힘센 장정들도 무시 못할 힘이 담겨 있었다.

쉴 새 없이 주먹은 쏟아지고, 막강은 아무런 저항도 하지 않고 그저 간간이 입을 벌려 몇 마디를 외칠 뿐이다.

"너 언년일……! 으윽! 진짜 많이 좋아하는구나! 억! 그! 그래 좋아……! 크윽! 네가 언년일 좋아하는 만큼……! 큭! 날 때려봐! 으윽……!"

그 말은 들은 장두는 목에 핏대를 세우며 더욱 거세게 막강의 얼굴을 후려갈겼다.

"뭐얏! 이 새끼가!"

뻐걱!

"크윽!"

드디어 피가 튄다.

막강의 두 눈은 맞고 또 맞아 이미 퉁퉁 부어올라 있었다.

"그, 그만둬! 그만두라구!"

사색이 된 언년이 장두에게 달라붙으며 고함을 쳐 보지만 장두는 꿈쩍도 하지 않고 막강을 향해 주먹을 휘두를 뿐이다.

"넌 비켜! 비키라구! 이잇!"

장두의 몸짓에 밀려 나가떨어진 언년은 바닥에 털썩 주저앉아 그예 울음을 터뜨리기 시작했다.

"으아앙! 왜 맞고만 있어요! 왜에! 으흑흑!"

퍼버벅! 퍼억!

그렇게 한동안 주위엔 격타음과 욕설, 울음소리가 뒤섞여 울려 퍼지기 시작했다.

그리고 그렇게 반 각 정도의 시간이 흘렀을 즈음.

쉼없이 주먹을 휘두르느라 완전히 녹초가 된 장두는 때리기를 멈추고 드디어 막강의 몸 위에서 신형을 일으켰다.

"후우! 후우! 이 나쁜 새끼!"

이를 본 막강은 혈흔으로 빨갛게 물든 이를 드러내며 히죽 웃었다.

"다, 다 때린 거야?"

"…뭐어? 이! 이 새끼가?!"

그 미소에 흠칫한 표정이 된 장두.

막강의 한쪽 눈은 형체를 알아볼 수 없을 정도로 부어올라 눈동자조차 보이지 않았고, 얼굴은 터진 상처에서 나온 핏물과 진물들로 범벅이 되어 있었다.

"크윽! 주먹이 무지 세구나, 너? 그치만… 버틸 만했어."

스윽.

"……!"

천천히 비틀거리며 일어선 막강.

크게 놀란 표정으로 자신을 바라보는 장두를 향해 막강이 두 주먹을 움켜쥤다.

"자, 그럼 이젠 내 차례네. 지금부터 나도 언년일 좋아하는 만큼 널 때릴 거야. 너도 나처럼 버티면 언년일 계속 좋아하게 해줄게. 그치만 못 버티고 기절하거나 죽으면, 앞으로 넌 절대 언년일 좋아하면 안 돼. 내 말 알겠지?"

“흐으······!”

막강의 결의에 찬 눈빛을 대한 장두는 자신도 모르게 흠칫하며 한 걸음 뒤로 물러섰다.

“미! 미친놈······!”

막강은 얼굴을 굳힌 채 천천히 장두에게 다가갔다.

“물러서지마. 도망가면 지는 거야. 좋아하는 사람을 놔두고 도망가는 건 진짜 좋아하는 게 아니야.”

“흐윽! 오! 오지마! 오지 말라구!”

잔뜩 겁을 집어먹은 장두는 뒷걸음치는 것으로 모자라 이젠 아예 등을 돌린 채 마을 쪽으로 뛰기 시작했다.

그 모습을 보며 막강의 입가엔 힘없는 미소가 떠올랐다.

“후우, 이겼다······. 히히. 이크!”

볼에서 느껴지는 통증에 살짝 얼굴을 찡그린 막강은 몸을 돌려 주저앉아 있는 언년에게 다가갔다.

언년 앞에 쪼그려 앉은 막강은 눈물과 콧물로 범벅된 그녀의 얼굴을 들여다보며 입을 열었다.

“이제 그만 울어. 난 괜찮으니까. 응?”

훌쩍거리며 애처로운 표정으로 막강의 망가진 얼굴을 쳐다보던 언년은 돌연 소리를 빽 지르며 막강의 가슴을 마구 두드렸다.

“왜 그랬어요! 왜 무공도 안 쓰고 바보같이 맞고만 있었나구요! 왜요! 흑흑······.”

이에 막강은 머리를 긁으며 미소 짓는다.

"무공을 쓰면 불공평하잖아. 비겁하게 이기긴 싫었어. 그 친구도 언년일 많이 좋아하는 거 같았거든."

"……!"

언년의 귀에 '그 친구도' 라는 말이 맴돌기 시작한다. 그 말은 곧 막강도 자신을 좋아한다는 뜻이 아닌가?

그녀가 자신을 멍하니 쳐다보고 있자 막강이 장난스럽게 물었다.

"내 걱정 많이 한 거야?"

이에 정신을 차린 언년은 더욱 세게 막강의 가슴을 때리며 부끄러운 듯 고개를 떨어뜨렸다.

"몰라욧! 흑……."

씩 웃으며 일어선 막강은 언년을 향해 자신의 손을 내밀었다.

"가자."

"……?"

눈물이 그렁그렁한 눈으로 막강을 올려다보는 언년.

"어디를요……?"

"언년이네 집."

"네에?"

눈이 휘둥그레진 언년은 울음을 뚝 그쳤다.

"갑자기 우리 집엔 왜……! 어맛!"

"으샤!"

막강은 주저앉아 있는 언년을 다짜고짜 안고 일어섰다.

경악하는 언년의 얼굴을 보며 막강은 두 눈을 반짝였다.

"언년이가 너무 예뻐서 더는 그냥 못 있겠어."

"그, 그게 무슨……! 앗!"

타앗!

땅을 박찬 막강의 신형은 순식간에 마을로 사라지고, 두 사람이 있던 자리엔 당황한 언년의 외침만이 남았다.

"자! 잠깐만요! 이봐요! 이……!"

그리고 잠시 후.

우당탕탕탕!

새벽 공기와도 같이 고요하던 남악촌은 한 청년으로 인해 발칵 뒤집혀 버렸다.

자신의 딸을 안고 나타난 피투성이의 낯선 청년을 본 유씨가 아침 밥상을 둘러엎으며 그 자리에서 혼절해 버리고 말았던 것이다.

*　　*　　*

"일인 당 은자 스무 냥 되겠습니다."

"뭐라구? 스무 냥?"

막강은 자신의 앞에 팔짱을 끼고 서 있는 선동을 향해 눈을 치뜬다.

"지난번엔 은자 열 냥 내면 태워줬잖아?"

"동절기로 접어들 때라 손님이 없어 삯이 올랐습니다."

뻣뻣한 태도로 일관하는 선동을 보며 막강은 실실 웃기 시작했다.

"에이, 그러지 말고 열 냥씩만 받고 우리 좀 태워주라, 응? 우리 이거 타려고 정말 멀리서 왔거든. 음… 그러니까……."

막강이 내미는 은자 스무 냥을 내려다보며 인상을 구긴 선동은 단호하게 거절한다.

"죄송하지만, 그건 절대 안 됩니다. 돈이 부족하시면 저쪽에 있는 배를 이용하시지요. 허험!"

그 말을 끝으로 등을 돌려 버리는 선동.

"자, 잠깐! 꼬마야!"

막강이 선동을 붙잡으려 하자, 그 보다 먼저 막강의 팔을 붙잡는 손이 있었다.

"그러지 말고 우리 그냥 저거 타요."

음성의 주인공은 바로 언년.

그녀는 막강이 갑작스레 배를 타러 가자고 조르며 다짜고짜 악양까지 끌고 오는 바람에 반강제적으로 끌려온 것.

이미 남악촌에 두 사람에 대한 소문은 날대로 난 데다가, 그 과정이야 어찌 됐든 완강하던 어머니 유씨마저 응락을 한 상태였기에, 여기까지 언년을 데리고 올 수가 있었던 것이다.

막강은 언년과 우측에 있는 평범한 목선을 번갈아 쳐다보며 울상을 짓는다.

"난 저게 아니라 이거 꼭 태워주고 싶었단 말이야…….
쩝."

언년에게 자신이 탔던 누선을 태워주려고 한가한 틈을 타 모개로부터 보름간의 휴가를 얻은 막강이다. 물론 진강후와의 비무를 위해 의천맹 호남 지부도 찾아갈 겸해서 말이다.

이를 위해 국연의에게 모자란 배 삯인 은자 열 냥까지 뜯어낸 막강은 그녀와 함께 배를 탈 기쁨에 잔뜩 기대에 부풀어 있었는데, 배 삯을 무려 두 배나 더 내라고 하니 막강의 실망은 이만저만이 아니었다.

"흐음, 어쩌지……?"

눈알을 위아래로 굴리며 나름대로 고민을 하던 막강은 어쩔 수 없다는 표정과 함께 대뜸 언년의 손을 붙잡았다.

"왜, 왜 이래요!"

불식간에 손을 붙잡힌 언년은 부끄러움에 황급히 손을 빼려 했으나, 막강은 그녀가 채 힘을 쓰기도 전에 곧 손을 놔주었다.

언년은 자신의 손에 은자 스무 냥이 쥐어져 있는 것을 확인하곤 의문스런 눈으로 막강을 쳐다봤다.

"이걸 왜 날 줘요?"

막강은 히죽 웃으며 말했다.

"너 혼자라도 타. 난 타봤으니까."

"네?"

"같이 타고 싶었는데… 에잇! 이럴 줄 알았으면 돈을 더 가져오는 건데! 다음엔 꼭 같이 타자."

언년은 자신을 향해 웃고 있는 막강의 얼굴을 가만히 바라봤다.

아닌 게 아니라 사실 그녀도 내심 기대를 했다.

산골 촌에서만 자란 그녀다.

이런 큰 배를 타고 유람을 하는 것은 꿈도 꿔본 적이 없다. 이렇게 집을 떠나 멀리 나와 본 것도 귀빠지고 처음이다. 게다가 아직 열아홉, 새로운 것에 들뜨고도 남을 나이였다.

고개를 숙여 손에 쥐어 있는 은자를 내려다보던 언년은 살포시 미소를 머금는다. 동전도 제대로 구경 못해 본 자신이 은자 스무 냥이라는 거금을 다 만져 보다니.

'고마워요…….'

언년은 속으로 깊숙이 읊조린다.

이런 거금을 자신을 위해 스스럼없이 내어놓는 그 마음이 고마웠다.

감히 꾸어본 적도 없는 꿈을 꿀 수 있게 해준 것 자체로도 너무나 고마웠다.

자신을 바라보는 막강의 눈빛에 담긴 마음만으로도 이미 배를 탄 것과 진배없는 기쁨을 누린 그녀는 짐짓 새침한 표정을 지어 보이며 입을 열었다.

"칫! 이걸 나 혼자 타라구요? 싫어요!"

그러자 막강은 눈을 동그랗게 뜨며 말했다.

"응? 왜? 이게 얼마나 재밌다구."

"그래도 싫어요. 혼자는 무섭단 말이에요!"

짐짓 삐친 얼굴을 하며 막강의 시선을 외면하는 언년.

이를 보며 막강은 씩 웃었다.

"하하! 이제 보니 언년이 겁이 많구나? 괜찮아, 내가 타 봤는데 하나도 안 무서웠어. 그러니까 내 말 믿고……!"

"아무리 그래도 난 혼자는 절대 안 탈 거니까, 그냥 저쪽에 있는 거 같이 타든지 아니면 그냥 돌아가든지 결정해요!"

휙 하고 고개를 돌려 버리는 언년을 보며 막강은 이러지도 저러지도 못하는 난감한 표정이 되어버린다.

"음, 내가 너 이거 얼마나 태워주고 싶었는데……. 그러지 말구……."

그렇게 막강이 다시 한 번 언년에게 사정을 하려던 찰나,

"막 소협? 이곳에서 또 만나네요."

음성이 들려온 곳으로 고개를 돌린 막강의 눈에 순백의 경장을 차려입은 채 곱게 서 있는 진소천의 모습이 들어왔다.

"엇! 진 소저!"

막강은 금세 활짝 웃으며 그녀를 반갑게 맞았다. 이에 역시 환한 미소로 답한 진소천이 물었다.

“또 배를 타려고 온 건가요?”

“네, 이번엔 우리 언년이랑 같이 타려고 왔어요. 진 대협께도 들릴 겸해서요.”

“아……! 그렇군요. 훗! 벌써 찾아오다니, 막 소협도 정말 아버지만큼이나 못 말릴 사람이네요.”

내심 고개를 젓던 진소천은 막강의 곁에 서 있는 언년에게로 시선을 옮겼다.

진소천과 시선을 마주친 언년은 황급히 살짝 고개를 숙였다. 그런 그녀의 얼굴엔 당황스런 표정이 역력하다. 그 모습을 본 진소천의 눈이 빛났다.

‘이 사람이 막 소협이 자랑한 친구……? 음, 곱네……. 귀여운 듯도 하고. 훗, 막 소협이 자랑할 만한 건가?

지난번 막강이 언년을 가리켜 자신보다 예쁘다고 했던 말을 떠올리며 내심 중얼거린 그녀는 밝게 웃으며 언년을 향해 인사를 건넸다.

“막 소협의 말대로 정말 미인이군요. 반가워요, 난 진소천이라고 해요.”

진소천의 인사에 언년은 고개도 제대로 들지 못한 채 수줍게 대꾸한다.

“…전 임언년(林彦年)이라고 합니다.”

실실 웃으며 둘의 모습을 가만히 지켜보던 막강이 갑자기 무슨 생각이 들었는지 탄성을 터뜨린다.

"아!"

"……?"

이에 언년과 진소천 모두 의아스런 눈으로 막강을 쳐다봤다.

막강은 곧 진소천을 향해 미소 지으며 입을 열었다.

"저기, 진 소저…… 혹시 은자 스무 냥 있나요?"

"……?"

갑작스런 말에 두 눈을 동그랗게 뜨고 막강을 쳐다보던 진소천이 되물었다.

"있긴 한데, 그건 갑자기 왜……?"

희색이 된 막강은 손을 들어 머릴 긁적거렸다.

"아! 그럼 그거 저 좀 꿔주면 안 될까요? 일인 당 은자 열 냥씩인 줄 알고 왔는데, 배 삯이 올라서 스무 냥이 모자라거든요. 하하! 나중에 꼭 갚을게요."

"……!"

막강의 말에 진소천은 살짝 당황한 표정이 되고, 언년은 아예 막강의 옆구리를 콕콕 찌르기 시작했다.

이를 본 진소천은 곧 장난스런 표정으로 입을 열었다.

"호호……! 막 소협, 너무 뻔뻔한 거 아니에요? 어떻게 몇 번 보지도 않은 사람, 그것도 여인에게 그렇게 아무렇지 않게 돈을 꿔달라고 할 수가 있는 거죠?"

이에 막강은 쑥스러워 하기는커녕 더욱 짙은 미소를 지으며 말한다.

"음… 진 소저는 부탁하면 뭐 줄 것 같아서요."

"네에? 무슨 근거로……?"

진소천은 막강이 어디까지 뻔뻔해질 수 있는지 궁금해졌다.

"뭐 그냥, 일단 진 소저는 얼굴도 예쁘고, 또 마음도 동정호처럼 넓고… 또 돈도 많을 거 같고… 또오……."

기대를 저버리지 않는 막강의 대답에 진소천은 살며시 입을 가리며 웃었다.

"훗! 호호! 막 소협! 아부가 정말 심한 거 아시죠?"

"어? 아부가 아니라 진짠데?"

그 순간, 언년의 아랫입술이 살짝 튀어나오는 것을 본 사람은 아마도 없을 터.

웃음을 그친 진소천은 곧 고개를 끄덕이며 입을 열었다.

"좋아요. 꿔 드리죠. 하지만 이건 막 소협의 부탁이 있어서가 아니라, 준비성 없는 막 소협만 믿고 이곳까지 온 여기 임매(妹)를 위해서 드리는 거예요. 아셨죠?"

그러나 막강의 귀엔 그저 꿔준다는 말만 들릴 뿐, 진소천의 뒷말은 아예 들리지도 않았다.

"와! 정말이죠? 고마워요! 진 소저! 하핫!"

목청을 높이며 좋아하는 막강을 보던 진소천은 이내 언년에게 시선을 돌리며 부드러운 미소를 지어 보였다.

"내가 나이가 많은 것 같은데, 그냥 임 매라고 불러도 되죠?"

그러자 언년은 당황하며 고개를 더욱 숙였다.

"저! 저 같은 사람이랑 어떻게……."

이에 진소천은 짐짓 서운한 표정을 지었다.

"음… 난 한눈에 그쪽이 맘에 들었는데, 그쪽은 아닌 거예요?"

"그! 그런 게 아니라!"

더욱 당황하는 언년을 보며 진소천은 다시 미소를 지으며 쐐기를 박았다.

"아니죠? 호호, 그럼 임 매라고 불러도 되는 거죠?"

이렇게 되자 언년은 그저 고개를 끄덕일 수밖에 없었다.

"…네, 네에……."

이에 진소천은 냉큼 언년에게로 다가가 그녀의 손을 잡았다.

"좋아! 임 매! 어서 배에 올라타자."

"……!"

진소천에게 끌려가듯 배에 올라타는 언년을 보며 이번엔 막강이 의아한 표정이 되고 말았다.

"엇! 그새 둘이 언니, 동생하기로 한 거예요?"

진소천은 막강을 돌아보며 싱긋 웃었다.

"본래 미녀들끼린 이렇게 빨리 친해지는 거랍니다. 막 소협도 서둘러요. 배가 곧 출발할 거예요."

"아! 탑니다! 타요!"

그녀들의 뒤를 따라 허겁지겁 누선에 올라타던 막강은 곧 작게 중얼거렸다.

"역시 우리 언년이가 더 예쁘다니까! 히히!"

위이잉!
바람은 강하진 않지만, 차갑다.
동절기라곤 하지만 비교적 남쪽에 위치한 호남성은 대체로 기후가 온난 습윤했기에 겨울에도 그다지 춥진 않았다. 그것이 동절기가 시작된 후에도 동정호에서 뱃놀이를 즐길 수 있는 이유다.
누선이 출발한 뒤, 세 사람은 나란히 선수 쪽 난간에 기대어 동정호의 풍광을 만끽했다.
막강은 연신 호들갑을 떨며 입을 놀렸고, 진소천은 이에 적절히 장단을 맞춰주었으며, 언년은 그저 묻는 말에 짧게 대답만을 하고 있었다.
어색함 없이 대하는 진소천의 태도에 어느 정도 편안해진 것 같지만 여전히 언년의 표정은 자연스럽지 못했다.
그렇게 일각여가 지난 때에, 막강과 언년을 한 차례씩 바라보던 진소천이 난간에서 한 걸음 물러서며 입을 열었다.
"전 이만 안으로 들어가 봐야겠네요."
"어! 왜요?"
"멀리까지 온 두 사람 사이에 끼어서 지금까지 방해한 것도 미안한데, 더 방해하면 정말 생각없는 사람처럼 보일 것 같아서요. 호호……."

그러자 막강은 눈을 크게 뜨며 손을 저었다.

"방해라뇨! 아니에요. 진 소저랑 같이 있으니까 더 재미있는 걸요? 그치? 언년아?"

흠칫한 언년은 잠시 머뭇거리며 진소천을 향해 입을 열었다.

"네… 언니, 그냥 여기서 우리랑 같이 있어요……."

그러나 진소천은 말없이 피식 웃었다.

이미 막강을 통해 두 사람이 혼인하기로 했다는 이야길 들은 그녀다.

자신이 이쯤에서 빠져줘야 한다는 것을 잘 알고 있는 것이다.

"아니야, 임 매. 난 눈치없는 언니는 되고 싶지 않거든. 훗, 지금 못한 이야긴 우리 나중에 자기 전에 나누도록 해."

그 말을 끝으로 진소천이 선실로 들어가 버리자 막강이 언년을 바라보며 입을 열었다.

"어때? 여기 정말 멋지지?"

"네. 멋져요."

정말 멋졌다.

지난번 형산의 운무를 헤치고 올라가 보여준 광경도 그랬고, 이번에도 역시 막강은 자신에게 멋진 선물을 선사해 주었다.

그렇지만 그때만큼 마냥 기쁘지 않은 것은 왜인지……?

언년은 막강의 환한 얼굴을 보며 넌지시 말을 꺼냈다.

"소천 언닌 정말 좋은 사람 같아요……. 그쵸?"

이에 막강은 한 치의 망설임 없이 고개를 끄덕였다.

"웅! 얼굴도 예쁘고 마음씨도 곱고…… 하하. 진 소저 만나 보니까 너도 정말 좋지?"

"…네……."

웬일인지 힘이 없는 언년의 대답.

가만 보니 그녀의 얼굴에 뭔가에 실망한 기색이 역력해 보였다.

그러나 이를 알아채지 못한 막강의 말은 계속 이어지고.

"진 소저도 언년일 만나서 무지 좋았을 거야. 내가 저번에 언년이가 진 소저 보다 더 예쁘다고 하니까, 진 소저가 나한테 언년일 꼭 한 번 만나 보고 싶다고 했었거든."

"……!"

순간 어둡던 언년의 얼굴이 언제 그랬냐는 듯, 활짝 핀 봄꽃처럼 환해지기 시작했다.

막강에게 그런 모습이 들킬까 봐 걱정이 되는 그녀.

하지만 자꾸만 입이 벌어지려 하는 건 어쩔 도리가 없다.

그때, 막강이 언년을 향해 고개를 돌리며 물었다.

"그런데 너 안 추워?"

언년은 황급히 표정 관리를 하며 대답했다.

"네? 조, 조금… 하지만… 아직 견딜 만해요."

"……!"

이상하게도 막강의 대꾸가 없다.

막강의 눈은 지금 표정 관리를 위해 쉬지 않고 꿈틀대고 있는 언년의 진홍빛 입술에 고정된 채 움직일 줄 모르고 있었다.

꿀꺽!

저도 모르게 한 차례 마른침을 삼킨 막강.

"저기… 언년아……?"

"네에?"

"…언년아?"

"왜요?"

"우리… 뽀뽀하자."

"네……. 헉! 네?!"

화들짝 놀란 언년이 막강을 향해 고개를 치켜드는 순간이었다.

"으읍!"

막강의 입술이 그대로 그녀의 작은 입술을 덮어버렸다.

파닥파닥…….

낚시 바늘에 걸린 물고기마냥 잠시 허공을 휘젓던 언년의 두 팔은 곧 힘없이 축 늘어져 버린다.

촤아악.

쏴아아…….

선상은 고요하고 바람은 차되, 청춘은 뜨겁기만 하다.

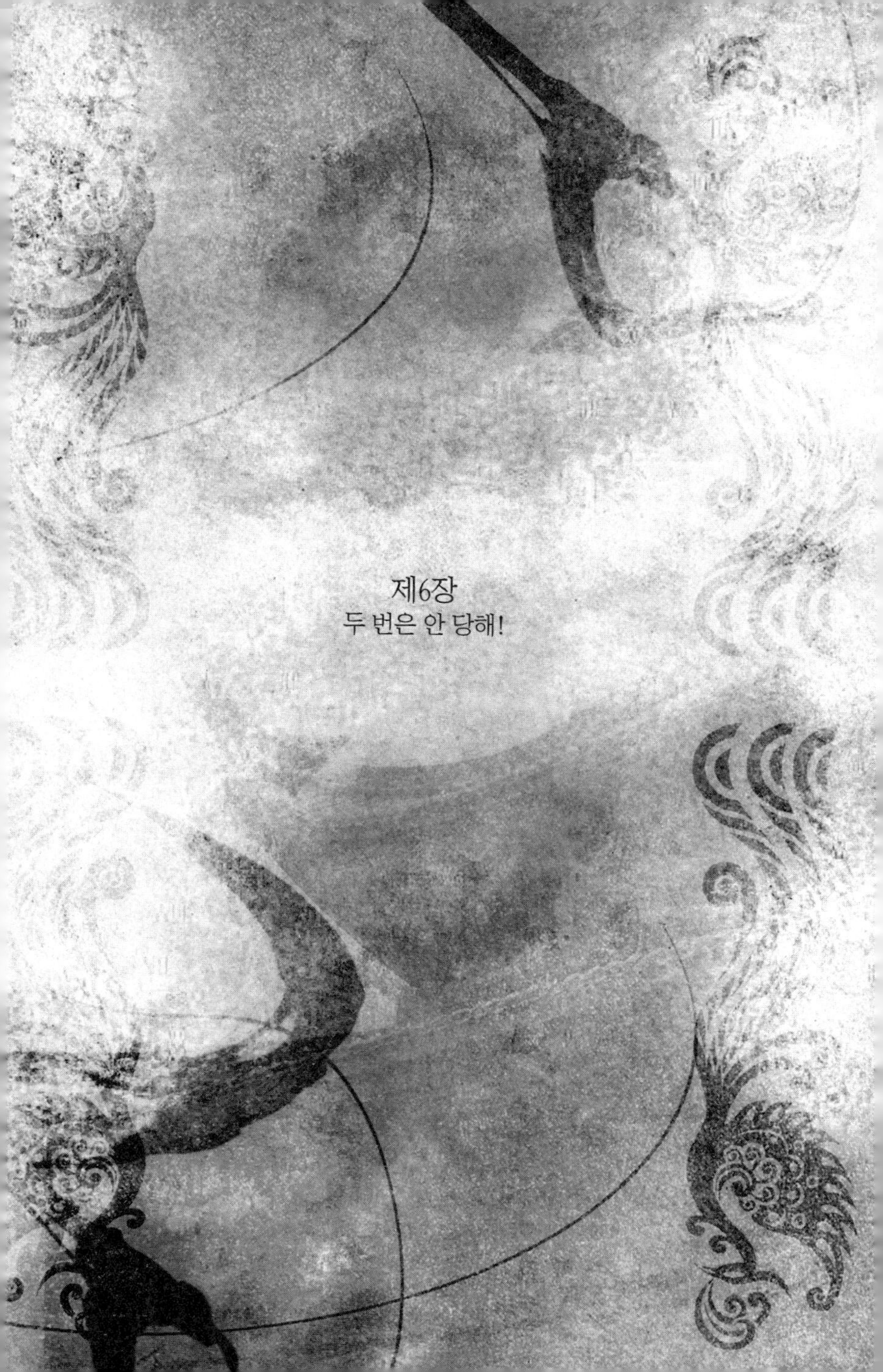
제6장
두 번은 안 당해!

“**누**가 왔다고?”

수하의 보고를 받은 진강후의 두 눈이 절로 크게 떠졌다.

그의 그런 반응을 보고, 함께 앉아 대화를 나누던 다른 삼 인(三人)도 의문스런 표정이 되었다.

“금가장의 호위무장이 지부장님을 뵙길 청하고 있습니다.”

“그놈이 벌써 찾아왔다? 허!”

어이없어 하는 그를 보며 삼 인 중, 긴 머리를 단정하게 늘어뜨리고 새까만 수염을 탐스럽게 기른 준수한 얼굴의 중년인이 입을 열었다.

"금가장의 호위무장이라면, 익영단원에게서 건네받은 비호를 지부장님께 전해줬다는 바로 그 형산파의 전인이 아닙니까?"

사십대 초반인 그는 이 자리에서 가장 나이가 어렸는데, 그가 바로 종남파(終南派)의 장로이자, 호남 지부에 할당된 영웅일대(英雄一隊)를 책임지고 있는 옥면신협(玉面信俠) 좌명호(左明毫)다.

미남인 데다가 성정 또한 깔끔하고 반듯하여 젊어서부터 옥면신협이라 불리며 많은 여인들의 마음을 설레게 했던 장본인이기도 하다. 지난번 막강이 이곳을 방문했을 땐 임무관계로 지부를 떠나 있었기에 막강을 만나 보지 못한 그였다.

좌명호의 물음에 진강후가 고개를 끄덕였다.

"맞네."

"그렇다면, 설마 그때 하셨다던 그 약조 때문에 찾아왔단 말입니까?"

"아마 그렇겠지."

이에 좌명호의 입에서 헛웃음이 터져 나왔다.

"허! 돌아간 지 얼마 되었다고 벌써……?"

하지만 진강후는 그저 피식 웃을 뿐이다.

"그놈은 그러고도 남을 놈이지."

그런데 바로 이때, 그의 좌측에 앉은 노인에게서 카랑카랑한 음성이 들려왔다.

"아니, 이것들이! 지금 늙은이들 앉혀 놓고 뭣들 하는 거야! 알아듣게 얘기를 해봐, 이놈들아! 알아듣게!"

누가 있어 감히 진강후를 가리켜 이놈 저놈 할 수 있을까?

하지만 머리엔 제비집을 짓고, 빨지도 않은 누런 마삼을 걸친 이 작달막한 체구의 노인에겐 그 모습이 너무나 자연스럽기만 하다.

당사자인 진강후 또한 별다른 싫은 기색없이 그저 한심하다는 듯이 노인을 쳐다볼 뿐이다.

"아니, 그게 정보에서 강호제일이라는 개방의 왕초가 할 말입니까? 도대체 방주 노릇을 하기는 하는 거요, 형님?"

진강후가 형님이라 부르는 자.

그런 사람은 이 세상에 단 한 사람뿐이다.

당대 개방의 방주, 열풍신개 가규가 바로 노인의 정체인 것이다.

은근히 찔러대는 진강후의 말에 가규의 성격을 그대로 대변하는 듯한 카랑카랑한 음성이 다시금 흘러나온다.

"이놈아, 일을 방주가 하냐? 아래 것들이 다 알아서 하는 거지."

"허! 그래서 이번에 맹주께서 통의령(通義令)를 발했는데도 얼굴도 안 비치고, 법개를 대신 보냈습니까?"

통의령은 중대 사안에 대하여 의천맹에 적을 둔 모든 문파를 소집하는 명령으로써, 오직 맹주만이 갖고 있는 권한이다.

일단 통의령이 발해지면, 이유 불문하고 모든 문파의 대표는 령에 따라 맹주가 있는 총단으로 모여야 할 의무가 생기는 것이다.

진강후의 말에 살짝 찔끔한 가규는 어색함을 무마하려는 듯, 일부러 더욱 흥분하며 버럭 소리를 질렀다.

"그! 그건 몸이 안 좋아서 어쩔 수 없었다고 몇 번이나 이야기했잖어! 이놈아!"

그러나 자신이 불리할 때마다 일단 고함부터 치고 보는 것이 가규의 특기임을 잘 알고 있는 진강후는 거기서 그만두지 않고 궁시렁대기 시작했다.

"몸이 안 좋아서 못 왔는지, 술독에 빠져 뻗어서 못 왔는지 누가 알겠소? 그러니 오 가 그놈이 더 이상 법개 노릇 못해 먹겠다고 난리지……. 쯧쯧!"

"뭐! 뭐얏! 이런 무식한 황소 같은 놈을 보았나! 형님한테 그게 무슨 말버릇이란 말이냐! 내 이놈을 당장!"

잔뜩 흥분한 가규가 자리를 박차며 일어서려 하자, 그제야 진강후도 반응을 보이며 반사적으로 상체를 슬쩍 뒤로 뺐다.

"어허! 얌전히 있는 아우한테 왜 그러실까나……?"

그 순간, 방 안에 있던 나머지 한 사람이 두 사람을 보며 너털웃음을 터뜨리기 시작했다.

"허허허…… 언제 봐도 두 분의 모습은 정감이 넘치는구료. 보는 이로 하여금 절로 미소를 짓게 하니, 부럽기 짝이 없소이다."

태극문양이 수놓인 황색 도포를 입은 그는 머리에 상투를 튼 노도인(老道人)이었다.

"크음! 뭐, 부, 부러울 것까지야……."

일어선 것도 아니고 앉은 것도 아닌, 어색한 자세로 노도인의 말에 대꾸하는 가규.

탐스러운 백염(白髥)을 매만지는 노도인의 음성은 청아하기 그지없어서, 누가 말리지 않았음에도 가규는 슬쩍 자세를 풀며 다시 자기 자리에 엉덩이를 붙였다. 그러나 여전히 못마땅한 표정을 지은 채 진강후를 노려보고 있는 그.

이를 본 노도인, 현허(玄虛)가 온화한 미소를 지으며 가규를 살짝 쳐다본 후, 진강후에게 시선을 돌린다.

"노도(老道)가 듣기론 그 아이가 삼절검협의 전인(傳人)이라 하던데, 그 말이 사실인가?"

"삼절검협?!"

순간 눈이 휘둥그레지는 가규.

진강후가 자신과 눈을 마주치자 현허는 그만 알 수 있도록 살짝 고개를 끄덕거린다. 이참에 그냥 가규의 궁금증을 풀어주라는 무언의 부탁인 것.

이에 진강후는 어쩔 수 없다는 듯 짧게 한숨을 내쉰다. 다름 사람도 아닌, 현허의 부탁을 거절할 수는 없어서이다.

현허 진인이 누구인가?

소림과 함께 무림의 태산과 북두로 불리는 무당파의 현 장문인, 옥영자(玉詠子)의 스승이 바로 그다.

전대 무당제일검.

백 년이래 태극혜검(太極慧劍)을 가장 완벽하게 익힌 자.

세속에 대한 아무런 욕심 없이 그저 득도(得道)를 위해 정진하여 세인들로부터 활선(活仙)이라 칭송을 받고 있는 자.

이 외 수많은 수식어가 알려주듯, 강호인이라면 누구나 현허을 마음으로 존경하고 있었는데, 진강후 또한 예외가 아니었다.

게다가 그의 가문인 욱일진가가 위치한 의창(宜昌)은 무당산과 가까워 젊어서부터 자주 왕래를 했기에 그와 현허와의 친분은 매우 두터운 편이었다.

현허가 지금 이곳에 있는 것도, 의천맹주의 간청에 의해 총단에 잠시 발걸음을 하고 돌아가는 그를 진강후가 간곡히 붙잡아서였다.

가규를 힐끔거린 진강후는 곧 입을 열었다.

"그렇습니다, 진인."

이를 시작으로 진강후는 막강에 대한 이야기와 막강과 자신이 비무 약속을 한 이야기까지 모두 앞에 늘어놓았다.

"크흐흐……! 정말 그놈이 먼저 너랑 한판 붙어보자고 했다는 말이냐? 싸움이면 사족을 못 쓰는 무식한 놈이 또 있을 줄이야! 흐흐흐!"

이야기를 다 듣고 난 후 뭐가 그리도 재밌는지 웃음을 그치지 못하는 가규다.

이를 본 진강후는 짜증 섞인 음성으로 보고를 하러온 무인에게 말했다.

"잠시 뒤에 만날 테니, 기다리라고 전하거라!"

이에 무인이 막 고개를 숙이고 나가려는 찰나.

"기다리랄 거 뭐 있어? 그냥 지금 들어오라고 해. 어떤 놈인지 구경이나 하게. 안 그렇습니까, 진인?"

진강후가 뭐라 하기도 전에 선수를 치는 가규.

"허허… 그도 그렇군. 삼절검협의 전인이라 하니 노도도 빨리 만나 보고 싶소."

"그렇게 하시지요, 지부장님. 저 역시 궁금합니다."

딱히 거절할 이유가 없는 데다가, 나머지 두 사람까지 곁에서 거들자 진강후는 머뭇거리고 있는 무인에게 다시 지시를 내렸다.

"그놈을 이리로 데리고 오거라."

그렇게 무인이 물러가고 잠시 후.

"안녕하세요! 진 대……!"

진강후의 집무실을 찾은 막강의 힘찬 음성이 들어온다.

하지만 곧 나이가 지긋한 낯선 세 사람이 자리에 앉아 있는 것을 본 막강의 한쪽 눈썹이 살짝 올라갔다.

"어! 손님이 많이 와 계시네요? 안녕하십니까! 저는 막강이라고 합니다!"

곧바로 세 사람을 향해 고개를 숙이며 포권을 취하는 막강.

그리고 그런 막강의 위아래를 열심히 훑는 세 사람.

"……."

잠시 이어진 짧은 침묵.

곧 그것을 깨고 가규의 카랑카랑한 음성이 방 안을 울리기 시작했다.

"케헤헤헤! 그래도 어떤 무식한 놈하곤 다르게 인사성 하나는 밝은 놈이로구나! 크흐흐!"

그의 말에 진강후의 얼굴이 서서히 일그러졌다.

커다란 정방형의 공간.

호남 지부의 무인들이 수련을 하는 연무대 위에 막강과 진강후 두 사람이 서로를 마주 보고 섰다.

연무대와 연결된 널찍한 계단 위쪽엔 현허와, 가규 등 중심 인물들이 각자 자리에 앉아 있고, 그 반대편으로 영웅일대의 무인들이 모두 나와 두 사람의 대결을 기다렸다.

언년은 진소천과 함께 현허의 우측에 앉아 연무대를 바라보고 있었는데, 그녀의 얼굴엔 염려가 가득하기만 하다.

"각오는 하고 온 것이냐?"

뒷짐을 쥔 채 넓은 가슴을 쭈욱 펴고 서 있는 진강후의 모습을 보며 막강은 새삼 그가 참 크다는 생각을 했다.

'고립이랑 거의 비슷하겠는걸.'

잠시 금가장에서 열심히 수련을 하고 있을 동생들을 떠올린 막강은 곧 히죽 웃으며 대답했다.

"그럼요! 각오는 저번에도 이미 되어 있었습니다!"

꿈틀!

송충이 같은 검미를 살짝 떨어 보인 진강후의 인상이 딱딱하게 굳었다.

"흥! 말은 항상 자신만만하구나! 실력도 그에 합당한지 기대해 보겠다."

"네, 저도 기대합니다."

벌써부터 두 눈을 반짝이기 시작하는 막강을 보며 진강후는 내심 혀를 내둘렀다. 그러면서 조금씩 자신의 몸에 열기가 피어오르는 것을 느끼며 희미한 미소를 머금었다.

'시작하기도 전에 이런 기분이 든 것이 얼마만인지 모르겠군. 오늘은 정말 실컷 한번 놀아봐야겠어!'

그는 뒷짐 쥔 손을 스르륵 풀고 막강을 향해 입을 열었다.

"본가의 대표적인 절기로는 도법과 권법 두 가지가 있다. 둘 중 네가 자신 있는 것을 골라 보거라."

이에 막강은 서슴없이 대답했다.

"권법이 좋겠네요!"

막강의 대답에 진강후 또한 흡족해한다.

"네놈이 뭘 좀 아는구나. 화끈하게 즐기기엔 검과 도보다는 역시 박투가 제격이지. 후후."

"아! 꼭 권법이 아니어도 되죠? 손바닥이라든가 손등이라 든……."

"상관없다! 발을 쓰든, 머리를 쓰든 네놈 맘대로 한번 해보 거라."

이에 막강은 허리에 매달려 있던 묵룡을 풀어 연무대 아래 쪽에 내려놓고 다시 진강후 앞에 섰다.

"죽을 준비 다 끝났느냐?"

막강을 향해 두 눈을 부라리는 진강후.

이에 질세라 결의에 찬 표정을 지어 보이는 막강.

"제가 먼저 시작할까요?"

순간.

번쩍!

진강후의 두 눈에서 눈부신 금광이 떠올랐다 사라졌다.

"와라!"

진강후의 말이 떨어지기가 무섭게 몸을 움직이는 막강.

타앗!

살짝 발을 구름과 동시에 순식간에 연무대 위에서 신형이 사라졌다.

"엇!"

영웅 일대의 무인들 중 누군가의 탄성이 터져 나왔다.

그러나 진강후는 그 자리에서 꿈쩍도 하지 않다가 돌연 자신의 우측을 향해 일권을 내질렀다.

욱일진가의 자랑 파천십이권(破天十二拳)이 펼쳐지기 시작한 것.

그러나!

푸숙!

그대로 허공을 가르는 주먹.

'음?!'

당연히 자신의 주먹에 걸려들 줄 알았던 진강후의 눈빛이 살짝 떨렸다.

분명 막강은 허공을 격하여 자신의 우측으로 떨어져 내리고 있었던 것이다.

'놈! 뒤구나!'

목덜미를 서늘케 하는 기세를 느끼며 그는 표정을 굳혔다.

어느새 등 뒤에 나타난 막강이 쌍장을 뻗어오고 있었던 것.

그렇게 막강의 손바닥이 그대로 진강후의 등을 후려칠 찰나!

스으……!

진강후의 거대한 몸이 흐릿해지며 막강의 쌍장 역시 허공을 휘젓고 만다.

팟!

순간, 귓전을 때리는 희미한 파공성에 흠칫한 막강은 황급히 신형을 비틀며 일권을 격출했다.

소음삼수 중 가장 쾌속한 초식인 소음전시(簫音箭矢)였다.

슈슉!

꽈앙!

주먹과 주먹이 맞부딪치며 커다란 폭발음과 함께 흙먼지가 일었다.

"하압!"

터져 나오는 기합성!

한 번의 정면충돌을 벌인 뒤에도 두 사람은 잠시도 쉬지 않고 서로를 향해 손을 뻗어댔다.

그러나 이미 뿌옇게 솟아오른 흙먼지로 인해 장내에서 연무대 위의 상황을 정확히 파악하고 있는 사람은 몇 되지 않았다.

그저 쉴 새 없이 들려오는 파공음과 그곳에서 불어오는 경풍, 가끔씩 터져 나오는 폭발음이 그들이 알 수 있는 전부인 것.

연무대 중앙에서 휘돌던 뿌연 소용돌이는 어느 순간 연무대 끝 쪽으로 이동하더니, 이내 또다시 반대편으로 이동하기를 반복했다.

그렇게 끊임없이 연무대 여기저기를 휘젓던 소용돌이의 크기가 돌연 커지기 시작했다.

일 장, 이 장······.

삼 장까지 커진 소용돌이는 마치 모든 것을 빨아들이려는

듯, 전과는 비교할 수조차 없는 막대한 경풍을 휘몰고 다녔
다.

쉬쉬쉬쉭!

급박한 상황에 모두가 놀란 가운데, 잠자코 지켜보고만 있
던 현허가 양미간을 접으며 좌명호을 향해 입을 열었다.

"사람들을 모두 뒤로 물리게."

좌명호 또한 시간이 촉박함을 깨닫고 공력을 돋우어 영웅
일대의 무인들을 향해 다급히 외쳤다.

"모두 뒤로 물러서라!"

그러자 영웅일대의 무인들은 누가 먼저랄 것도 없이 일사
불란하게 오 장 정도 뒤쪽으로 물러섰다.

진소천 역시 이미 그 전에 언년을 데리고 연무대 바같으로
물러난 상태.

그렇게 모두가 숨을 죽이고 거대한 소용돌이를 주시하고
있는 찰나!

빠직!

소용돌이 속에서 기이한 섬광이 번뜩거리더니 곧 커다란
폭음이 터져 나온다.

꽝!

쿠릉!

땅이 진동하며 연무대 바닥이 갈라졌다.

크고 작은 석편들이 허공으로 튀어 오른다.

거대한 소용돌이는 순식간에 사라지고 사방을 덮었던 먼지가 서서히 가라앉기 시작했다.

그리고 조금씩 보이는 두 사람의 그림자.

뽀얀 먼지로 온몸을 뒤덮은 두 사람은 처음과 같은 자세 그대로 서로를 마주 보며 서 있다.

여기저기 해진 옷과 언뜻언뜻 보이는 긁힌 자국들을 빼면, 비무에 들어가기 전과 별반 다를 것이 없는 모습들.

두 사람이 무사한 것을 확인하며 여럿이 동시에 가슴을 쓸어내렸다. 그중에서도 가장 마음을 졸인 사람은 역시 언년.

"이, 이제 끝난 거예요, 언니……?"

언년의 떨리는 음성에 진소천은 확답을 하지 못했다.

"음, 글쎄……."

비무라는 건 생사결(生死決)이 아닌 한 누구든 한 사람이 그만두고자 하면 그것으로 그치게 되어 있다. 물론 보통 사람들 간의 비무에선 그렇다는 말이다.

하지만 지금 눈앞에서 벌어지고 있는 비무가 반드시 그렇게 된다고 확신할 수는 없다. 막강과 진강후 두 사람의 성정을 고려할 때, 두 사람 중 어느 한 사람도 먼저 그만두려고 할 리가 없기 때문이다.

결국 이 비무는 처음부터 둘 다 그만두거나, 둘 중 하나가 쓰러지기 전에는 끝나지 않을 비무였던 것이다.

바로 그때, 드디어 연무대 위의 두 사람에게서 음성이 들려왔다.

"마지막에 날 공격한 게 무엇이냐?"

묻는 진강후의 음성엔 흥분과 의문이 뒤섞여 있었다.

"선풍소음(旋風簫音)이란 겁니다."

"선풍소음이라……."

음미하듯 중얼거리는 진강후의 머릿속에 조금 전 상황이 다시금 재연되었다.

수없이 손속을 주고받으며 공방을 계속한 둘의 싸움은 선배와 후배, 중년과 청년 간의 비무라는 형식으로 인해 어쩔 수 없이 맞춤형으로 흘러가게 된다. 즉, 막강의 공격 수위에 따라 진강후가 맞춰가는 식이었다.

하지만 막강의 공격은 시간이 갈수록 강해졌고, 또한 그 강해지는 속도도 빨라졌다. 그리고 어느 순간인가부터는 진강후조차도 긴장하지 않을 수 없을 정도의 위력을 가진 공격들이 가해지기 시작했는데, 그때가 바로 소용돌이가 몰아치기 시작한 때였다.

그렇게 또 얼마간 공방이 계속되는 가운데 막강의 공격이 또다시 급격하게 변하기 시작했다.

그것은 단순한 진기의 증강이 아니었다.

본질적으로 지금까지와는 차원이 다른 위력이었던 것이다.

이에 순간적인 위기까지 느끼게 된 진강후는 어쩔 수 없이 파천십이권의 절초 중 하나인 파천뇌격(破天雷擊)을 펼칠 수밖에 없었다. 거대한 소용돌이 속에서 번뜩인 불빛은 바로 파천뇌격으로 형성된 뇌전이었던 것.

그러나 놀랍게도 막강은 그가 절초를 펼쳤음에도 별다른 타격을 받지 않은 듯했다. 파천뇌격은 그저 막강의 공격을 와해시키는 것에 그쳤던 것이다.

'으음, 산이 놈도 내 파천뇌격을 받아낸 적이 있지만 이놈은 달라. 몰아치면 몰아칠수록 뭔가 더 나올 것 같은 기대가 들게 한단 말이야. 후후…….'

진강후는 속에서부터 뜨거운 무언가가 솟구치는 것을 느끼며 잔뜩 힘을 주어 주먹을 말아 쥔다.

전신의 신경이 마치 죽었다가 살아난 것처럼 요동치기 시작하고, 모든 근육은 뛰는 심장과 같이 꿈틀거린다.

실로 오랜만에 느껴보는 이 짜릿함!

그는 마치 다시 가슴 뜨거웠던 청년의 때로 돌아간 것만 같은 착각에 빠져 버렸다.

"좋아! 확실히 한가락은 있는 놈이구나! 네놈 나이에 그 정도 실력이라면 큰 소리 칠만 하지! 암!"

그 말을 들은 막강의 얼굴엔 희색이 만연해졌다.

"하하! 정말입니까? 그럼 이제부터 본격적으로 시작해도 되는 거죠?"

이에 진강후는 막강을 향해 눈을 부라리며 호통을 쳤다.

"이놈! 감히 내가 할 말을 네놈이 먼저 한단 말이냐!"

"아! 죄송합니다!"

하지만 이내 진강후는 크게 웃기 시작했다.

"크하하핫! 좋아, 좋아! 그렇다면 이번엔 내 도를 한번 받아 보는 게 어떻겠느냐?"

그러자 막강은 신이 난 듯 소리쳤다.

"좋아요!"

잠시 후 두 사람의 손엔 각각 검과 도가 쥐어지고, 곧 누가 먼저랄 것도 없이 서로를 향해 달려들었다.

이를 지켜보던 가규가 잔뜩 인상을 쓰며 입을 열었다.

"에구! 저 무식한 놈이 오늘 제대로 쿵짝이 맞는 놈을 만났으니, 오늘 안으로 끝나긴 글렀구나!"

그러더니 그는 곧 곁에 앉은 현허를 바라보며 넌지시 물었다.

"진인께선 어떻게 보셨습니까?"

"저 아이 말이오?"

가규는 비록 현허 보다 한 배분 낮은 인물이나, 한 문파를 이끄는 자로서 그에게 예를 갖추는 현허였다.

"뛰어난 아이요. 노도는 근래 들어 저만한 재질과 실력을 갖춘 청년은 보지 못했소."

가규 역시 그의 말을 부인하지 않고 재차 물었다.

"삼절검협과 비교해서는 어떻습니까?"

현허와 막패는 동일한 시기에 함께 강호를 위진시켰던 인물들.

가규는 그런 현허에게 막강과 막패에 대한 비교를 요구하고 있었다.

"노도가 삼절검협 막 대협과 대면했던 것은 수차례이나, 실제로 그의 무위를 견식한 일은 단 두 번뿐이오. 그중 한 번은 그가 청년 시절일 때이고, 다른 한 번은 그가 죽었다고 알려지기 수 년 전이었소. 그 가운데 청년 시절의 막 대협과 저 아이의 무위를 비교한다면……."

"……?"

"저 아이가 앞선다고 봐야 할 거요."

"음! 그럴 리가……?"

가규는 이번에는 현허의 말을 쉽게 인정할 수 없는 듯, 기이한 표정을 짓는다.

삼절검협과 비슷한 것도 아닌, 그보다 앞선다니!

그 말은 곧 막강이 당대의 후기지수들 중에서도 최고의 자리를 다투는 위치에 있다는 걸 의미한다.

어디 그뿐인가? 장차 강호제일고수가 될 가능성이 농후하다는 말과 진배없기도 한 것이다.

'확실히 물건인 건 알겠는데, 설마 그 정도까지……?'

여전히 의문을 품고 있는 가규의 내심을 짐작한 듯 현허의 낮은 음성이 이어서 들려왔다.

"가 방주는 저 두 사람이 전력을 다해 싸운다면 누가 이길 것 같소?"

"그야 당연히 저 무식한 놈이……?"

가규는 즉각 대답을 하다 말고 입을 닫는다. 현허의 고개가 천천히 가로저어지는 것을 본 까닭이다.

"그것은 장담할 수 없소. 아마도 가 방주는 조금 전 격돌에서 진 지부장이 자신의 전력의 몇 할을 쏟았는지 알고 있을 거요."

"으음, 확실히 저는 저놈의 실력을 잘 알고 있지요. 방금 저놈은 아마 팔 할 정도의 힘으로 저 아이를 공격했을 겁니다."

현허는 고개를 끄덕인다.

"그렇다면 저 아이 역시 그 정도의 힘으로 진 지부장의 공격을 막아냈을 거요. 어쩌면 그보다 힘을 덜 들였을지도 모를 일……."

"……!"

마지막 말을 하는 현허의 표정이 사뭇 진지해졌다.

말을 하는 그 역시 막강의 실력이 놀랍기는 마찬가지인 것.

'이미 강호를 통틀어도 저 아이의 적수는 몇 되지 않을 것이다. 으음, 저런 기재가 멸문한 줄로만 알았던 형산파의 전인으로 나타나다니…….'

한편, 가규의 놀라움은 더욱 컸다.

자신보다 무공이 뛰어난 현허가 이렇게까지 말하는데 이젠 믿기지 않아도 믿지 않을 수 없는 것이다.

"하면… 아직 새파란 저 아이가 진 가 놈을 이길 수도 있다는 말씀입니까……?"

"이미 말했듯이, 그것은 지금으로선 확실히 말할 수 없소. 으음… 마침 저 아이가 서서히 본 실력을 보이려는 듯하오."

"……!"

현허의 말을 듣고 재빨리 연무대 쪽으로 고개를 돌리는 가규.

순간…….

쩌엉!

그의 머리 위로 찬란한 검광과 도광이 허공을 수놓기 시작했다.

*   *   *

때는 연중 기후가 온난한 호남 지역이라도 제법 날씨가 쌀쌀해진다는 음력 십이월의 한복판.

오늘도 북적대던 하루를 무사히 견뎌낸 장사 땅엔 어김없이 어둠이 짙게 깔린다.

시각은 어느덧 자시로 접어들어, 금가장의 여러 건물을 밝히던 불빛들도 얼마 남지 않고 모두 꺼져 가고 있지만 연무장

구석구석에 세워진 횃대 끝에서 미친년 치맛자락 마냥 활활 타오르고 있는 불꽃만은 꺼질 줄을 모른다.

그 불빛에 비친 세 개의 인영.

세 인영은 연무장 한가운데 서로 엉겨 붙어 쉴 새 없이 서로를 향해 쌍수(雙手)를 내지르고 있다.

가만 보니 두 인영이 나머지 한 인영을 함께 상대하고 있는 형국.

팍! 팍!

탁! 파밧!

거친 격타음이 끊임없이 장내를 떨어 울리고, 더욱 격렬해진 그들의 움직임은 서서히 절정으로 치닫는 듯하다.

바로 그때, 두 인영의 합공을 받아내고 있던 호리호리한 체구를 가진 청년에게서 맑은 외침이 터져 나왔다.

"좋아! 한 단계 더!"

음성의 주인공은 다름 아닌 막강.

막강은 말을 끝내기가 무섭게 앞에 있는 두 인영 곧, 구공산과 단고립을 향해 신들린 듯 두 팔을 휘젓기 시작했다.

쉭쉭! 쉬쉬쉭!

"……!"

지금까지 보다 족히 두 배는 빨리진 속도로 날아오는 막강의 양손.

이를 본 두 인영, 구공산과 단고립의 표정은 무겁게 가라앉는다.

거기다가 막강의 손이 움직일 때마다 그들의 귓전을 파고드는 찢어질 듯한 소성(簫聲)에 정신마저 혼미해질 지경이다.

횃불의 화광(火光)을 머금어 붉게 변한 그들의 얼굴은 뿜어져 나온 땀으로 번들거렸다.

'제길! 뭐가 보여야 막든가 피하든가 하지!'

어둠 속에서 희미한 잔영만을 그리고 있는 막강의 쾌속한 수법을 보며 내심 비슷한 생각을 품은 둘은, 동시에 본능적으로 그 잔영을 향해 일권을 내질렀다.

"하압!"

팟! 팟!

두 주먹이 그들 사이의 공간을 찢는 순간 짧은 굉음(轟音)이 터져 나오며, 강맹한 권풍이 휘몰아치기 시작했다.

휘우웅!

권풍에 의해 반대편에 있던 모든 불꽃은 꺼져 버리고, 사위는 더욱 침침(沈沈)한 어둠에 휩싸였다.

그 순간.

'음……?!'

구공산과 단고립에게로 등줄기를 쥐어짜는 듯한 불안감이 엄습해 온다. 자신들이 내지른 주먹에서 아무런 소식이 없는 것이다.

하다못해 막강의 소맷자락이라도 스친 감이라도 느껴져야

그나마 덜 불안할 것인데, 깝죽대는 파리를 잡기 위해 주먹을
뻗은 듯한 허전함만이 전해져 오고 있는 것.

　‘젠장! 오늘도……!’

구공산의 인상이 와락 구겨진다 싶은 순간.

　펙! 펙! 퍼버벅!

　“우욱!”

　“커헉!”

면상부터 시작해서 명치에 이르기까지 순식간에 각기 대
여섯 대를 두들겨 맞은 둘은 그대로 고통스런 신음을 내뱉으
며 그 자리에서 허물어졌다.

　손을 거둔 막강은 바닥을 뒹굴고 있는 그들을 내려다보며
히죽 웃었다.

　“좋아! 오늘은 그만 하자.”

그러자 구공산이 가격당한 명치를 부여잡은 채 분통을 터
뜨렸다.

　“이 씨! 왜 오늘은 다른 날보다 빨리 단계를 높이는데요!
대비도 못하고 있었는데!”

그의 얼굴 한쪽은 벌써 벌겋게 부어오르고 있었다.

이에 막강은 그저 잘 모르겠다는 표정을 지을 뿐이다.

　“어? 내가 그랬나? 훗, 공산이 니가 이해해라. 이 형님이 내
일부터 중요한 일로 바빠지잖아.”

구공산은 막강이 말한 중요한 일이 무엇인지 잘 알고 있었

다. 그 일은 그뿐만 아니라 금가장 전체가 알고 있는 일이기도 했다. 그러나 그는 분이 풀리지 않는지 여전히 볼멘소리를 해댔다.

"쳇! 바쁜 일이 있으면 다예요! 그리고 한 대만 때려도 아파 죽겠구만 왜 자꾸 개패듯 여러 대를 때리는 건데요! 아우들을 때려죽일 작정이에요!"

이에 막강은 소리 내어 웃기 시작했다.

"하하! 때려죽이긴 누가 때려죽인다고 그래? 이 형님이 우리 아우들을 얼마나 예뻐하는데. 나는 본래 한 대만 때리려고 했는데, 한 대를 때리고 보면 때릴 곳이 여러 군데가 보이는 거야. 그래서 그냥 몇 대 더 때린 것뿐이라구. 빈틈이 보이면 계속 때리고 싶어지거든. 흐흐. 다음부터는 한 대 맞더라도 그냥 있지 말고 더 맞지 않게 몸을 움직여 봐. 알았지? 고립이도 알겠어?"

"아, 알았어요, 형님."

어느새 옷자락을 툭툭 털며 몸을 일으킨 단고립이 막강을 향해 어눌한 음성으로 대답했다.

"쳇! 때리고 싶다고 계속 때리는 거나, 때려 죽이는 거나 그게 그거지!"

단고립과는 달리 불만 어린 목소리로 중얼대는 구공산을 보며 그저 재밌다는 듯 한 차례 씩 미소를 그은 막강은 둘의 어깨를 동시에 두드리며 말했다.

"히! 자식들…… 어서 가서 자자. 이 형님이 아침 일찍 출발하려면 일찍 자야 된다구."

구공산과 단고립을 바라보는 막강의 눈빛엔 따스한 정이 듬뿍 묻어난다.

막강의 말에 단고립은 고개를 끄덕이며 바로 앞서 가는 막강을 따랐고, 아랫입술을 빼쭉이며 투덜거리던 구공산도 앞서 가는 둘을 따라 쭈뼛쭈뼛 연무장을 빠져나갔다.

"쳇! 아주 신이 나셨구만!"

복호위 위사들이 쓰는 건물 앞에서 두 아우들과 헤어진 막강은 곧 자신의 거처로 향했다.

한 달…… 그리고 보름.

막강에게 구공산과 단고립이라는 두 아우가 생긴 지도 어느덧 한 달 보름이란 시간이 흘렀다.

그리 긴 시간이라 볼 순 없지만 셋은 급속도로 가까워졌다.

그리될 수 있었던 것은 누구보다 사람을 좋아하는 막강의 밝은 성품이 한 몫을 했겠지만, 가장 큰 이유는 역시 셋 모두에게 마음 깊숙이 자리 잡은 정에 대한 그리움 때문이리라.

막패 부자와 산에서만 살았던 막강은 그들이 모두 세상을 떠난 후 마땅히 정을 붙일 사람이 없었고, 구공산과 단고립 또한 천애 고아로 어린 시절을 보내다가 두문충의 손에 거두어졌던 것.

막강은 두 아우가 생기면서부터 전에는 느껴보지 못한 행복을 누리고 있었다. 아우라는 단어 하나가 가져다주는 무게감이 이토록 큰 것일 줄은 전혀 생각지도 못했다.

구공산이 자신에게 짜증을 내며 대들어도 아우라서 용서가 된다.

단고립이 말귀를 잘 못 알아듣고 답답하게 굴어도 아우라서 그저 귀엽게만 여겨졌다.

그리고 보름 전부터 시작한 두 아우와의 대련은 막강에겐 또 다른 즐거움을 가져다주고 있었다.

처음엔 둘의 실력도 좀 알아볼 겸, 가르쳐 줄 것이 있으면 가르쳐도 줄 겸해서 시작한 것이나, 오히려 대련에서 유익을 얻는 것은 막강 자신이다. 비록 대련이지만 화끈하게 박투를 즐길 수 있다는 것이 너무나도 즐거웠다.

두 아우의 실력도 금가장의 다른 위사들과는 비할 바 없이 쓸 만한 데다가, 두문충이 어떻게 가르쳤는지 둘 다 맷집 하나는 기가 막히게 좋아서 자신이 조금 힘을 들여도 곧잘 견뎌내는 것이다.

하지만 정작 지금 막강의 입이 귀에 걸려 있는 이유는 따로 있다.

그토록 기다리고 손꼽아 기다리던 언년과의 혼인이 드디어 코앞으로 다가온 것이다. 아까 연무장에서 말한 중요한 일이란 게 바로 이걸 두고 한 말.

언년을 데리고 금가장으로 올 생각을 하니 막강은 벌써부터 입이 찢어진다. 본래는 납채(納采)니 친영(親迎)이니 하는 대례(大禮) 방식을 따르지 않고 그저 간소하게 혼례를 치르려고 했으나, 이를 안 모개가 극구 반대하며 혼례 방식대로 치를 모든 준비를 몸소 해주겠다고 나섰다. 이로써 언년과의 혼례는 더없이 큰 잔치가 될 터였다.

'아우들에다가…… 이젠 예쁜 색시까지. 이제 사문만 다시 세우면 되는 건가? 흐!'

생각할수록 들뜨는 마음에 거처로 향하는 막강의 발걸음이 마치 구름 위를 걷는 것처럼 가볍기 그지없다.

한데 그렇게 모퉁이를 돈 막강이 자신의 거처가 있는 건물 안으로 막 들어가려던 찰나다.

'응?!'

무언가가 자신의 등줄기를 바늘로 콕콕 찌르는 듯한 느낌을 받은 막강은 재빨리 고개를 돌려 오 장 거리에 있는 장원 외곽의 고층 전각을 향해 시선을 고정시켰다.

순간!

휙!

전각 지붕 끝에서부터 시커먼 그림자 하나가 빠르게 담장을 넘어 사라지는 모습이 막강의 눈에 들어왔다.

'뭐지?'

굳은 표정이 된 막강의 두 눈에서 푸른빛이 번뜩인다 싶은 순간.

파앗!

단 한 번의 도약으로 십여 장을 날아간 막강의 신형은 어느새 담장을 넘어 사라진 그림자를 뒤쫓기 시작했다.

휙! 휘익!

주변 경물이 빠르게 뒤로 멀어져 간다.

인영(人影)의 움직임은 놀랍도록 신속했다.

그러나 그 뒤를 쫓는 막강은 전혀 인영에게 뒤쳐지지 않았다.

오히려 이십여 장이나 차이가 나던 인영과의 거리가 어느새 오 장 안팎으로 좁혀진 상태.

막강이 지금 펼치고 있는 것은 형산파의 대표적인 신법인 산무귀영흔(散霧鬼影痕)이란 것으로, 마치 서서히 안개가 흩어지듯 부드럽고, 귀신의 흔적처럼 은밀하고 표홀(飄忽)하다고 해서 붙여진 이름이다.

쫓고 쫓기던 둘은 순식간에 장사의 성내를 벗어나 마른 갈대가 우거진 상강(湘江)의 물줄기 근처에까지 이른다.

막강이 자신을 곧 따라잡을 듯 바짝 뒤쫓자 불안감을 느꼈는지, 앞서 달리던 인영이 돌연 달리던 속도 그대로 신형을 뒤집고는 뒤따라오던 막강을 향해 무언가를 집어 던졌다.

"엇!"

이에 놀란 막강은 그것이 붉은빛을 띤 작은 환(丸)인 것을 확인하곤 신속히 몸을 피하려 했다.

하지만 애초부터 인영은 막강의 몸을 겨냥하여 던진 것이 아니었다.

퍼엉!

바닥에 떨어진 환에서부터 폭음이 터지며 붉은 연막이 뿜어져 나오기 시작했다.

순식간에 주변을 가득 메운 연막.

앞이 보이지 않게 된 막강이 잠시 주춤한 사이 인영은 재차 속도를 내어 그 자리를 떴다.

진기가 담긴 손을 한 차례 휘저어 연막을 거둬낸 막강은 흑영이 보이지 않자 인상을 찡그렸다.

"이런! 놓쳐 버렸네! 꽤 빠르던데, 누구지?"

한 손을 들어 턱을 쓰다듬는 막강.

"나한테 들키자마자 도망간 걸 보면, 좋은 사람 같진 않은데. 도둑은 아닐 테고, 으음……."

비록 헛수고를 하긴 했으나, 막강은 일각여 동안 천천히 갈대숲 주변을 돌며 흔적을 살폈다. 하지만 아무런 흔적을 발견할 수 없자 이내 짙은 의혹을 품은 채 왔던 길로 발걸음을 돌렸다.

그렇게 갈대숲을 완전히 빠져나갈 즈음.

'어? 이건……?'

막강은 두 눈을 반짝이며 다시금 걸음을 멈춰 세웠다.

그리 멀지 않은 곳에서부터 미약한 금속성이 들려오고 있었던 것이다.

*　　　*　　　*

"왜 이리 지체하였느냐?"

칠흑 같은 흑암에 뒤덮인 숲 속의 작은 공간.

보이는 것이라곤 달빛을 머금은 희멀건 눈동자뿐인 이곳에서 한기(寒氣) 가득한 음성이 들려왔다.

음성의 주인공은 전신에 짙은 적포(赤袍)를 걸치고 있는 사내.

그의 앞에는 적의복면 차림을 한 또 다른 자가 부복하고 있었는데, 그자는 놀랍게도 조금 전까지 막강에게 쫓기던 바로 그 인영이다.

적포 사내의 물음에 적의 복면인이 머리를 조아리며 대답했다.

"철수하려는 순간 놈에게 발각되어 추적을 따돌리느라 늦었습니다."

"발각이 돼? 정녕 그놈이 확실했느냐?"

"그렇습니다. 영주(領主)님!"

잠시 침묵한 채 적의 복면인을 내려다보던 적포 사내의 눈빛이 돌연 가늘게 변했다.

"너는 그놈을 확실히 따돌렸느냐?"

"무, 물론입니다! 놈이 생각 외로 빠르긴 했지만 혈막환(血幕丸)을 써서 속하가 확실히……!"

"쓸모없는 놈!"

적포 사내는 더 들을 것도 없다는 듯, 짧게 일갈(一喝)하며 한 손을 아무렇게나 휘저었다. 그러자 엎드려 있던 적의복면인의 얼굴이 갑자기 흉측하게 일그러지며, 입에서부터 검붉은 선혈이 흘러나오기 시작했다.

"영, 영주니……! 끄엑!"

그대로 혀를 길게 내밀고 숨이 끊어져 버린 적의 복면인.

그 시신을 내려다보던 적포 사내에게서 돌연 살기 어린 음성이 흘러나왔다.

"언제까지 쥐새끼처럼 숨어 있을 생각이냐?"

잠시 동안 숨 막힐 듯한 정적이 주변을 내리 누르는가 싶더니, 곧 십여 장 떨어져 있는 바위 뒤에서부터 한줄기 인영이 허공으로 솟구쳐 올랐다.

오 장 거리를 두고 적포 사내 앞에 사뿐히 내려선 그 인영은 청수한 얼굴과 패기 어린 눈빛을 지닌 이십대 중반의 청년인데, 구름 문양이 새겨진 백색 장삼과 이마에 두르고 있는 청색 비단으로 만든 영웅건(英雄巾)만으로도 그의 출신이 보통이 아님을 짐작케 했다.

적포 사내는 백삼 청년의 신색을 살핀 후 미간을 살짝 찡그
렸다.

'다른 놈이었다니……?'

그는 적의 복면인이 자신의 앞에 당도할 때부터 숨어 있던
자가 막강일 것으로 짐작했으나, 정작 자신이 알고 있는 막강
의 인상착의와는 다른 자가 나타난 것에 당혹스러워했다.

"너는 누구냐?"

은은한 혈광을 내뿜는 적포 사내 앞에 당당히 마주선 백삼
청년은 정광이 번뜩이는 눈으로 그를 보며 입을 열었다.

"나는 남궁현(南宮賢)이라 한다."

그리 크진 않으나, 그의 음성에선 패기와 기품이 느껴졌다.

"남궁현……? 그렇다면 네가 남궁호(南宮毫)의 아들이란
말이냐?"

"그렇다."

운중룡(雲中龍) 남궁현.

오대세가 중 하나인 남궁세가의 가주 남궁호의 장자이자,
당금 무림에서 가장 주목받고 있는 후기지수를 일컫는 칠신
룡 중에서도 수위를 다투고 있는 자가 바로 그다.

올해 나이 스물넷인 그는 일신에 지닌 뛰어난 무공뿐만 아
니라, 성품 또한 공명정대하여 세인들 사이에서 차기 의천맹
주로서 손색이 없다고 이야기가 나돌 정도였다.

그런 그가 어떻게 이 자리에 나타나게 된 것인지 적포 사내

는 궁금하지 않을 수 없었다. 그러나 그보다 먼저 남궁현이 적포 사내를 향해 질문을 던진다.

"당신은 누구지?"

이에 적포 사내에게서 음울한 소성(笑聲)이 흘러나왔다.

"크흐흐, 내가 누구인지도 모르면서 쥐새끼처럼 숨어 나를 엿보았단 말이냐?"

그러나 별반 표정의 변화를 보이지 않은 남궁현은 돌연 적포 사내의 앞에 쓰러져 있는 적의 복면인의 시신을 턱짓으로 가리키며 물었다.

"방금 전 당신이 저자에게 발출한 것이 적마기(赤魔氣)인가?"

"……!"

남궁현의 말에 적포 사내의 신형이 작게 움찔거렸다. 이를 본 남궁현이 미간을 접으며 진중한 음성으로 다시 물었다.

"다시 한 번 묻겠다. 당신은 누구지?"

그러나 적포 사내는 예의 그 음울한 웃음소리와 함께 보기에도 섬뜩한 혈광을 두 눈에서 뿜어냈다.

"크흐흐흐! 어떻게 네놈이 적마기를 알아보았는지 모르겠지만, 적마기를 알아본 이상 네놈은 결코 살아서 여길 빠져나가지 못할 것이다."

"……!"

남궁현은 조금씩 자신을 조여 오는 숨 막힐 듯한 마기(魔

氣)를 느끼며, 이에 대항하기 위해 창궁대연신공(蒼穹大衍神功)을 끌어올렸다.

그러나 적포 사내가 손을 쓸 줄 알았던 그의 예상을 깨고, 돌연 적포 사내의 뒤쪽에서부터 기이한 검을 뽑아 든 두 인영이 살과 같은 속도로 어둠을 가르며 남궁현을 향해 쏘아져 날아왔다.

스릉!

재빨리 자신의 검을 뽑아 든 남궁현은 이미 지척으로 다가온 두 인영을 향해 기합과 동시에 일검(一劍)을 떨쳐냈다.

"차압!"

챙! 채앵!

세 개의 검이 허공에서 맞부딪치며 불꽃이 튀었다.

사사삭!

재빨리 거둬들인 검을 하단으로 내려뜨린 남궁현은 자신의 좌우에 내려선 두 인영을 쓸어보며 흠칫했다.

뜻밖에도 얇은 은빛 능의(綾衣)에 비친 그들의 체형이 여인의 그것인 것이다. 뿐만 아니라, 그녀들이 손에 들고 있는 검또한 그로선 처음 보는 기이한 모양이다. 검신(劍身)의 중간부분이 두 갈래로 갈라져 마치 쇠뿔을 연상시켰다.

남궁현은 왠지 모를 허전함에 검을 들고 있는 자신의 손을 슬쩍 내려다보곤 곧 안색을 굳혔다. 소매의 밑단이 깨끗이 잘려 나가 있는 것.

두 여인의 합공을 막아내긴 했으나, 기이한 검의 형태로 인해 하마터면 크게 손해를 입을 뻔한 것이다.

"흐흐, 이번엔 운 좋게 잘 막았다만, 그 운도 거기까지다. 쌍비(雙飛)의 합공은 나 역시 장담할 수 없을 정도지. 뭣들 하느냐! 서둘러 끝을 내거라!"

적포 사내의 말이 떨어지기가 무섭게 두 여인이 검을 젖혀 들고 남궁현을 향해 다시금 몸을 날렸다.

슈슉!

과연 쌍비란 이름에 걸맞는, 놀랍도록 빠른 몸놀림.

그러나 남궁현은 그녀들이 자신의 지척으로 다가올 때까지도 검을 내려뜨린 자세 그대로 서 있을 뿐이다.

'되도록 빨리 이 여인들을 제압해야겠군.'

내심 생각한 그의 검이 드디어 움직였다.

그는 남궁세가의 검법 중에서 자신이 익힌 제왕검형(帝王劍形)에서 그 위력이 강맹할 뿐만 아니라 자신이 가장 자신 있게 펼칠 수 있는 초식인, 제왕격산세(帝王擊山勢)을 펼쳐 냈다.

쉬하학!

따앙! 츠츠츠츳!

"으음!"

남궁현의 검과 부딪친 두 여인은 그 위력을 모두 감당하지 못하고 그대로 뒤로 이 장여를 밀려났다.

남궁현은 손등에서 느껴지는 화끈거림에 짧은 신음을 내뱉었다. 쌍비의 검날에 긁힌 그의 손등엔 가느다란 혈선이 길게 그어졌다.

한편, 쌍비는 남궁현보다도 상태가 좋지 않았다. 남궁현의 검에 밀리며 둘 다 허리 부근이 살짝 베어져 버린 것이다. 베어진 상처에선 붉은 선혈이 흘러내리고 있지만, 그녀들은 고통스런 표정은커녕 신음 한 번 흘리지 않고 곧 바로 다시 남궁현을 향해 달려들기 시작했다.

슈욱! 수우웅!

한 명은 남궁현의 심장을 향해 검을 찔러오고, 나머지 한 명은 기이한 각도로 검을 비틀며 그의 머리를 베어왔다. 어찌 보면 단순한 합격술 같으나, 당하는 남궁현 입장에선 전혀 그렇게 느껴지지 않았다.

동시에 뻗은 것 같지만 둘의 공격은 미세한 간격을 두고 있을 뿐만 아니라, 검이 날아오는 각도 또한 교묘하여 자신이 조금이라도 몸을 움직일 경우 언제든지 방향을 틀어버릴 수 있어 보이는 것이다.

또한 갈라진 검신(劍身)은 마치 네 개의 검이 움직이는 듯한 착각마저 일으키고 있어 더욱 그를 까다롭게 만들었다.

'쉽게 여길 수 있는 여인들이 아니구나!'

남궁현은 긴장의 끈을 잔뜩 조이며 검을 틀어쥤다.

눈앞의 적은 호흡이 척척 맞는 합격술과 그에 걸맞는 무기,

거기에 더해 쉬이 흔들리지 않는 냉정함까지 갖춘 실로 까다
로운 상대.

'그렇다면……!'

그는 결국 제왕검형의 절초 중 하나를 펼치기로 마음먹었
다.

우웅!

진기를 머금은 그의 검이 작게 떨린다.

그리고 그가 막 검을 들어 쌍비를 향해 휘두르려는 찰나.

'윽!'

남궁현의 안색이 급격하게 굳어버렸다.

무언가 진기의 흐름을 방해하고 있다.

그와 함께 단전에서부터 미약한 통증이 찾아들었다.

'독(毒)……?'

그의 머릿속에 조금 전 충돌에서 입은 손등의 상처가 떠오
랐다.

그러나 이미 쌍비가 내친 검이 그의 상체를 핍박해 오고 있
기에. 더 이상 딴생각을 품고 있을 겨를이 없다.

남궁현은 통증에도 아랑곳없이 진기를 끌어 모아 본래 시
도한 대로 쌍비를 향해 검을 크게 내리그었다.

순간 그의 검끝에서 희뿌연 백색 빛줄기가 뿜어져 나오기
시작했다.

일 장 가까이 늘어난 빛줄기는 그대로 허공을 가르며 쌍비

가 뻗은 검을 사정없이 휩쓸어 버렸다.

하늘을 뒤엎는 제왕번천(帝王飜天)이었다.

채재쟁! 채앵!

후두두둑……!

광풍이 지나간 듯, 허공으로 솟아올랐던 낙엽들이 다시 서서히 바닥으로 떨어져 내렸다.

남궁현의 일격에 의해 십여 장 밖으로 날아간 쌍비는 엎드린 채 모두 전신에서 피를 흘리며 꿈틀거렸다. 한눈에 보기에도 심각한 부상인 듯했지만 그럼에도 그녀들은 검을 놓지 않고 일어서려고 안간힘을 썼다.

그 모습을 바라보던 남궁현이 돌연 검을 바닥에 찍으며 한 모금의 선혈을 토해내고 말았다.

“우욱!”

독에 당한 통증을 참으면서까지 무리해서 진기를 끌어올린 탓에 내상이 도진 것이다.

이를 본 적포 사내는 여러 감정이 뒤섞인 어조로 중얼거렸다.

“저 나이에 검기(劍氣)라니! 분명 독에 당했을 텐데……?”

이에 남궁현은 힘겹게 몸을 일으키며 적포 사내를 노려보았다. 그의 얼굴은 창백하지만 눈빛만은 여전히 정기가 넘쳐났다.

“검에 독을 발라 놓다니! 큭! 진정 악랄하구나!”

적포 사내는 아직까지도 그에게서 무시 못할 기세가 일어남을 보고 속으론 경계를 늦추지 않으면서도, 겉으론 조롱이 가득 담긴 미소를 머금으며 서서히 남궁현에게로 다가갔다.

"쯧쯧, 어리석은 놈! 당장 운기조식을 취해 독기운을 막지 않으면 일각도 버티지 못할 것이다. 그렇게 흥분을 하면 독기운이 더욱 빨리 퍼져 네놈의 명만 재촉하는 꼴이지. 크흐흐흐!"

분하지만 적포 사내의 말은 사실이다.

이미 독이 전신 혈맥으로 퍼지기 시작하는지 서 있기조차 힘든 남궁현이다.

당장 적포 사내가 손을 쓴다면 막을 수 있을지 확신이 없다. 그렇다고 이 자리에서 운기조식을 취할 수도 없는 노릇이었다.

그야말로 이러지도 저러지도 못할 사면초가(四面楚歌)에 빠져버린 남궁현.

'너무 경솔했어……!'

의천맹 총단 소속 호검당(號劍堂)의 당주를 맡고 있는 남궁현은, 기실 익영단주 추심언의 지시로 적포 사내의 행적을 은밀히 조사하고 있던 중이었다.

강서성(江西省)에서부터 적포 사내의 종적을 따라온 그는 이곳 장사의 성문 외곽에 이르러 적포 사내의 종적을 그만 놓치고 만다. 그러나 때마침 갈대숲을 벗어나 산속으로 사라지는 적의 복면인을 발견하게 되었고, 그를 따라 이곳까지 와서 바위 뒤에 숨어 있었던 것이다.

사실 본래대로라면 남궁현은 발각이 되지 않을 수도 있었다. 적의 복면인의 말을 듣고 적포 사내가 공력을 돋워 더욱 치밀하게 주변을 살폈기 때문에 그에게 발각되고 말았던 것이다.

그러나 진짜 문제는 발각된 후 그가 취한 행동이다.

발각된 즉시 그 자리를 피해야 했다. 추심언은 그에게 지시를 내리며 분명 은밀히 조사하고, 절대 그들 앞에 나서지 말라고 당부를 했던 것이다. 그러함에도 나서서 결국 이런 위기를 자초하고 만 것이다.

'…자만이 화를 불렀군.'

내심 크게 후회한 남궁현은 곧 그것을 떨쳐 냈다. 대신 눈앞의 적포 사내를 노려보며 의지를 불태웠다.

어차피 돌이킬 수 없게 된 이상, 적포 사내와 동귀어진이라도 하여 맹과 가문, 그리고 자신을 위해 당당히 의기(義氣)를 세우고자 마음먹은 것이다.

남궁현은 혈광을 내뿜으며 다가오는 적포 사내를 향해 한층 가라앉은 음성으로 입을 열었다.

"한 가지만 묻겠다. 어떻게 멸천교가 다시 부활한 것이지? 사십 년 전 교주와 사대마군, 색혈대까지 모두 죽었을 텐데?"

이에 적포 사내는 음산하게 웃었다.

“놈, 감히 누구를 떠보려는 것이냐? 누가 멸천교며, 무엇이 부활했단 말이지? 크흐흐! 진정 궁금하다면 그것을 알 수 있는 방법은 아주 간단하다.”

“……?!”

순간.

번쩍!

적포 사내의 웃음이 그치며 그의 두 눈에서 무시무시한 혈광이 폭사되기 시작했다.

“본 영주의 손에 죽으면 된다.”

그와 동시에 터질 듯 부풀어 오르는 그의 적포.

파라락!

사위는 순식간에 적포 사내에게서 뿜어져 나오는 혈광과 마기(魔氣)로 가득 차버린다. 남궁현은 소름끼치는 사이한 기운이 전신을 옭아매는 것을 느끼며 창궁대연신공을 끌어올렸다.

‘크윽!’

그러나 독기운에 내상마저 당한 상태에서 진기를 휘돌리자 엄청난 고통이 그를 엄습했다.

그렇게 고통을 감내하며 결국 어렵게 한 모금의 진기를 끌어 모은 남궁현이 적포 사내를 향해 검을 떨쳐 내려는 바로 그 순간!

휙!

마치 허깨비처럼 허공에서 한 인영이 그와 적포 사내의 중간으로 떨어져 내렸다.

짙은 흑의를 입고 삼단 같은 흑발을 단정히 묶은 장신의 청년. 막강이었다.

갈대숲을 빠져나와 빽빽한 수풀로 들어선 막강은 거리가 가까워질수록 격렬하게 들리는 금속성에 더욱 걸음을 빨리하여 반 각도 안 돼 이곳에 이르렀다.

그리곤 도착하자마자 적포 사내가 내뿜는 혈광과 마기를 보고 앞뒤 재지 않고 장내로 뛰어든 것이다.

남궁현과 적포 사내 모두 갑작스런 상황에 당황한 나머지 잠시 주춤한 상태로 막강에게 시선을 집중시켰다.

그러나 막강의 관심사는 오로지 적포 사내가 내뿜고 있는 혈광과 사특한 마기!

"음……! 그때 본 사람이랑 똑같네."

혼자 중얼거리던 막강이 짐짓 심각한 표정으로 적포 사내에게 물었다.

"당신도 멸천교?"

자신의 눈을 뚫어지게 쳐다보는 막강을 역시 의문스럽게 바라보던 적포 사내는 막강의 입에서 멸천교라는 말이 나오자 움찔하며 흉흉한 혈광을 쏘아내기 시작했다.

"네놈은 누군데 감히……?!"

'가만? 이놈이구나! 패천도와 이틀 밤낮을 싸웠다던 금가

장의 호위무장이란 놈이!'

그가 잠시 멈칫거리자 막강은 그의 눈을 직시하며 다시 입을 열었다.

"내가 먼저 물었어요. 멸천교 맞아요?"

혈광을 집어삼킬 듯한 맑은 청광이 막강의 눈에서 번들거렸다.

이를 본 적포 사내는 흠칫했다. 막강이 내뿜는 기세에 자신의 팔성 공력이 담긴 혈우마공의 마기가 제대로 힘을 못 쓰고 있는 것이다. 이와 같은 막강의 기세에 놀란 것은 남궁현도 예외가 아니다.

'음, 보통 고수가 아니구나……. 이자는 누구지?'

한편, 막강은 지금 평소답지 않은 사뭇 진지한 태도를 보이고 있었는데, 이러는 데에는 나름대로 이유가 있었다.

한 달여 전, 의천맹 호남 지부를 찾아가는 중에 만난 적의 인의 눈에서 본 혈광과 전신에서 뿜어져 나왔던 마기를 또렷하게 기억하고 있는 막강은 그와 동일한 혈광과 마기를 내뿜는 적포 사내를 보며 큰 의문을 가지게 된 것이다.

이미 막강도 호남 지부를 두어 번 들락거리며 멸천교에 대한 소문을 대강 들은 바가 있다.

그것이 아니더라도 멸천교란 이름은 처음부터 막강에게는 그냥 흘려 버릴 수 없는 이름인 것.

형산파를 다시 세우기로 마음먹은 지금, 형산파를 무너뜨리고, 막퍼의 남은 삶을 앗아간 멸천교는 막강도 모르는 사이에 서서히 가슴 한 켠에 또렷이 새겨지고 있었다.

잠시 긴장된 얼굴로 막강을 주시하던 적포 사내는 두 눈을 가늘게 뜨며 입을 열었다.

"네놈이 형산파의 진전을 이었다는 놈이로구나."

이에 막강의 눈 또한 가늘어졌다.

"나를 어떻게 알지요?"

적포 사내는 막강의 기세가 더욱 강렬해지는 것을 느끼며 눈두덩이를 잘게 떨었다.

'으음… 이 정도일 줄이야……!'

그가 수하를 시켜 금가장을 몰래 살핀 이유는 바로 막강을 주시하라는 특별 지시가 위에서 떨어졌기 때문이다.

막강은 모르고 있지만, 이미 막강의 이름은 호남과 호북을 넘어, 여타 지역에까지 알려진 상태였다.

진강후와 이틀을 꼬박 새며 비무를 벌인 일과, 지켜보던 현허의 만류로 어쩔 수 없이 무승부로 결판이 났다는 일은 누가 의도하지 않았음에도 입에서 입을 통해 삽시간에 강호 전체로 퍼져 나갔던 것이다.

진강후와 무승부를 이뤘다는 것도 놀라운 일이지만 더욱 세인들의 이목을 사로잡은 것은 막강이 형산파의, 그것도 삼절검협의 전인이라는 사실이다. 이를 두고 몇몇 호사가들은 벌써부터 막강을 칠신룡 중에 포함시켜, 팔신룡이 되어야 한다는 둥 호들갑을 떨 정도였다.

좌우간 그런 막강을 실제로 대면하게 된 적포 사내는 소문을 무색케 만들 정도의 기세가 막강에게서 일어나는 것을 보며 내심 무거운 마음을 다스렸다.

돌연 적포 사내의 머릿속은 복잡해졌다.

남궁현에 이어 막강까지 귀찮은 불청객이 둘씩이나 눈앞에 나타난 것이다.

'제길! 일진이 사납구나!'

바로 이때, 막강이 돌연 적포 사내의 뒤쪽으로 시선을 던지며 두 눈을 희번덕거렸다.

"엇! 저 사람은?"

막강이 발견한 것은 바로 죽어 있는 적의 복면인의 시신.

이미 적의 복면인의 숨이 끊어진 것을 안 막강은 뭔가 알겠다는 듯 고개를 끄덕였다.

"같은 색 옷인 걸 보니, 당신도 저 사람이랑 한패군? 금가장엔 왜 몰래 들어왔지? 빨리 대답해!"

한 손으로 아래턱을 감싼 막강은 잔뜩 화가난 눈초리로 적포 사내를 쏘아봤다. 말투부터 돌변한 막강의 태도에 적포 사내는 더욱 긴장하지 않을 수 없었다.

'음, 어쩐다……? 일단 이놈부터 상대해 볼까? 아무리 날고 기어도 고작 애송이 아닌가?

그러나 막강은 그에게 더 이상의 생각할 시간을 주지 않았다.

"안 되겠네! 당신이 누군지부터 알아야겠어! 당신 누구지?"

자신을 만만히 보는 것도 모자라 이젠 완전히 무시하는 태도를 보이는 막강을 보며 결국 적포 사내는 분노를 터뜨렸다.

"발칙한 놈! 어린놈이 죽고 싶어 환장을 했구나!"

막강은 한층 짙어진 적포 사내의 흉흉한 혈광을 보며 인상을 썼다.

"정말 기분 나쁜 눈이야. 당신은 그냥 보고만 있어도 기분이 아주 나쁘다구!"

"이! 이런 찢어 죽일!"

순간, 분노를 참지 못한 적포 사내가 막강을 향해 크게 일장을 휘둘렀다.

그런데 이상하다.

그의 손에선 아무런 소리도 들리지 않고, 아무런 기운 또한 느껴지지 않았다. 그 흔한 장풍(掌風)마저 일지 않는 것이다.

이에 막강이 의아함을 느끼려 하는 찰나.

"조심하시오! 그것은 적마기요!"

이를 본 남궁현이 막강을 향해 다급히 외쳤다.

순간 소름끼치도록 음독(陰毒)한 무형의 기운이 전신의 심맥(心脈)으로 스며들려 하는 것을 느낀 막강은 황급히 적포 사내를 향해 마주 일장을 날렸다.

파락!

퍼엉!

"크윽!"

막강의 손은 그대로 적포 사내의 손바닥을 때렸고, 폭음과 동시에 신음을 내뱉은 적포 사내는 뒤로 세 걸음이나 물러났다.

반면, 소음전시를 장법의 형식으로 펼쳐 낸 막강은 별다른 충격을 받지 않은 모습으로 여전히 적포 사내를 쏘아보았다.

'이! 이럴 수가!'

적포 사내는 내부가 진탕되는 고통을 느끼며 경악에 가득 찬 표정이 되었다.

'이놈의 공력이 나보다도 높단 말인가!'

방금 전 그는 오래 끌지 않을 요량으로 모든 공력을 끌어올려 적마기를 펼쳤다.

적마기는 멸천교의 사대마공(四大魔功) 중 하나인 혈우마공(血雨魔功)에서 비롯되는 것인데, 혈우마공의 성취가 오성을 넘어가면 펼칠 수 있는 무형의 기운이라 할 수 있다.

그야말로 소리없이 상대의 심맥을 파괴하여 단번에 숨통을 끊어버릴 수 있는 가공할 수법이다. 그러나 혈우마공의 진정한 힘은 그 성취가 팔성을 넘어서야만 펼칠 수 있다는 적마강(赤魔罡)에 있다. 적마기의 무형의 기운을 응축시켜 강기(罡

氣)로 유형화한 적마강의 무시무시한 위력은 이미 사십 년 전 멸천교가 활동할 당시 잘 알려진 바 있다.

비록 적포 사내의 성취가 아직 칠성에 불과하여 적마기를 펼칠 정도밖엔 안 되지만, 자신의 모든 공력을 담은 절정의 적마기를 갓 스물이 된 애송이가, 그것도 한 손으로 너끈히 받아냈다는 것은 그로선 진정 믿기 힘든 일인 것이다.

'크으! 빌어먹을! 마군께서 왜 이놈을 주시하라 하셨는지 이제야 알겠구나!'

분통해한 그는 곧 자신은 막강의 상대가 아니라는 사실을 인정했다.

두 눈에서 뿜어져 나오는 청광과 지금도 사그러들 줄 모르는 막강의 전신에 서린 기운을 보며 그는 빠르게 결정을 내렸다.

'으음… 이 자리에 더 있어 봐야 득 될 것이 없다.'

아무리 진귀한 보석이 처박혀 있다 해도 그곳이 자칫 빠져 죽을 늪이라면 절대 가까이 가지도 않으며, 아니다 싶은 일은 당장 돌아서는 것이 상책.

그렇게 그가 몸을 빼낼 궁리를 하는 사이 막강은 조금 벌어진 그와의 사이를 좁히기 위해 천천히 다가서며 말했다.

"더 할 거야? 내가 더 센 거 같은데. 나도 싸우는 건 무지 좋아하니까 더 해도 되긴 되는데, 먼저 내가 물어본 것들은 다 대답해 줘야 할 거야."

막강이 점점 다가오자 자기도 모르게 한 걸음 물러선 적포 사내는 막강의 좌측 뒤편에서 힘겹게 서 있는 남궁현을 힐끔거리곤 곧 억지로 미소를 그리며 말했다.

"크흐흐! 네놈이 진정 하늘 높은 줄 모르고 날뛰는구나! 그 주둥아리를 언제까지 놀릴 수 있는지 보자!"

말을 끝냄과 동시에 적포 사내의 양손이 다시 움직였다. 그런데 두 손이 모두 막강을 향하지를 않고, 한 손은 막강을, 나머지 한 손은 남궁현 쪽을 향하고 있었다.

스으으!

"음!"

적포 사내가 남궁현을 공격할 줄은 생각지도 못한 막강은 잠시 어찌할지 갈등했으나 이내 결정을 내렸다. 남궁현이 상태가 좋지 않음을 알고는 있으나, 이미 도와주기에는 늦어버린 것이다.

결국 적포 사내를 제압하기로 마음먹은 막강이 손을 쓰려는 순간, 막강은 적포 사내의 손에서 눈에 익숙한 물체가 던져지는 것을 볼 수 있었다. 그것은 다름 아닌 갈대숲에서 적의 복면인이 막강에게 사용한 혈막환이었다.

"또 도망가겠다 이거지! 두 번은 안 당해!"

두 번은 당하지 않겠다고 다짐하며 오히려 날아오는 혈막환을 향해 돌진하려던 막강은 뒤쪽에서 갑작스레 터져 나온 비명에 또다시 주춤거렸다.

"크으윽!"

이미 바닥에 쓰러진 남궁현이 연신 입에서 검붉은 선혈을 토해냈다.

독기를 제때 제어하지 못한 상태에서 적포 사내의 적마기까지 받아낸 그는 더 이상 버텨내지 못할 지경에까지 이르고 만 것이다.

퍼엉!

막강이 잠시 주춤하는 사이 결국 혈막환은 터져 버리고, 자욱하게 퍼진 핏빛 연기 너머에서부터 적포 사내의 조롱섞인 웃음소리가 들려왔다.

"크흐흐흐! 네놈은 오늘 일을 반드시 후회하게 될 것이다! 내 손으로 네놈의 사지를 갈기갈기 찢어놓고 말⋯⋯! 헉!"

적포 사내는 웃으며 어둠 속으로 몸을 날리려다 말고 돌연 기겁을 하고 발을 멈췄다. 어느새 나타났는지 막강이 이미 그의 앞을 가로막고 선 것이다.

"어! 어떻게⋯⋯?!"

"두 번은 안 당한다고 했잖아."

퍽!

"우욱!"

막강의 주먹에 복부를 강타당한 적포 사내는 두 눈을 부릅뜨며 허물어졌다.

"어서 말해! 당신이 누군지, 왜 우리 금가장을 몰래 엿봤는지 어서 말하란 말⋯ 어?"

무너진 그의 신형을 붙들고 다그치던 막강의 두 눈에 갑자기 이채가 어린다. 고통스러워해야 할 적포 사내가 오히려 웃고 있기 때문이다.

"크흐흐……! 그… 나이에 제법… 이구나! 크윽! 하나, 나를 건드린 이상 네… 네놈은 이미 죽은 목숨이다……! 우욱!"

그것으로 끝이다. 적포 사내는 더 이상 움직이지 않았다.

"어! 이봐! 왜 죽은 거지? 그렇게 세게 치지 않았는데……?"

막강은 갑작스런 적포 사내의 죽음이 이해가 되지 않아 당황스러울 뿐.

"그, 그자는 스… 스스로 심맥을 끊은 것이오. 크윽!"

간신히 상체를 세운 남궁현이 막강에게 말했다. 그의 안색은 창백했고, 얼굴은 고통으로 가득 차 있었다.

"스스로?"

"멸… 천교도라면 그러고도 나, 남을 거요. 우엑!"

남궁현은 더 이상 견디지 못하고 왈칵 핏물을 쏟아냈다.

이를 본 막강이 적포 사내의 시신을 내려놓고 황급히 그에게 달려왔다.

"괜찮습니까?"

하지만 대답은 없다. 이미 남궁현은 의식을 잃어버린 상태였다.

한눈에 남궁현의 내상이 심각한 것을 알아차린 막강은 서둘러 한 손에 진기를 끌어올려 그의 단전 부근에 가져갔다.

"음, 독에 당한 것 같네. 내상도 심하고……."

평생을 산에서 자란 막강이다. 하여 독초(毒草)나 독과(毒果)에 대한 지식을 어느 정도 가지고 있었다.

"해독하려면 해약이 있는 곳으로 데려가야 할 텐데, 이 상태로 데려가기는 너무 위험해."

독이 퍼지는지 남궁현의 얼굴이 벌써 검게 변하기 시작했다.

잠시 어찌해야 할지 고민하던 막강은 곧 남궁현의 가슴 부근의 옥당혈과 그 아래 명문혈에 각각 손을 대고 진기를 주입시키기 시작했다. 생면부지의 인물이지만 이렇게라도 하지 않으면 생명이 위독할 수도 있기 때문이었다.

남궁현의 내부에서 진기를 휘돌려 독기를 한곳에 몰아넣은 막강은 곧 그를 들쳐 업었다.

한 차례 적포 사내의 시신을 쓸어본 막강.

"누군지 알아냈어야 했는데……. 음, 이 사람이 깨어나면 알 수 있을지도 모르겠군."

탓!

입맛을 다신 막강의 신형은 이미 그곳에서 사라지고 없었다.

『쾌로막강』 2권에 계속…

입소문을 통해 아는 분은 다 알고 계십니다!
올 한해 공인중개사 최고의 화제작!

1~2권 합본 | 이용훈 지음
3~4권 합본 | 이용훈 지음
5~6권 합본 | 이용훈 지음
용어해설 | 이용훈 지음

수험생 기본 필독서
만화 공인중개사

제목 : 만화공인중개사 쓰신 분에게 감사드립니다.

학원을 두 달 다녔어요 근데 과연 그 숫자 외우기 그런 게 몇 문제나 나올까 생각을 했어요
아니라는 생각이 드네요 학원강의를 뒤로하고 서점을 갔어요 내 머리에 가장 이해될 수 있는
책이 없나 하구요. 거기서 만화를 발견했어요 무조건 세 번 봤어요 3개월 걸렸어요 문제집을 보라고
했는데 그건 시행을 못했어요 근데 합격을 했네요
어떻게 감사의 말을 해야 될지……
도서관에서 만화책 들고 다니니까 사람들이 비웃더라구요 만화책으로 공인중개사를 공부한다고
미친 사람처럼 보더라구요 근데 그거 다 감수하고 했던 내가 자랑스럽습니다.
어떻게 감사의 말을 해야 할지… 정말 감사합니다.
부디 행복하세요 제 나이 41살에 좋은 스승을 만난 것 같습니다.
엎드려 감사드립니다.

−본사 홈페이지에 독자분이 올린 메일 中에서 발췌−